大象无形

泽帆·著

江苏文艺出版社
JIANGSU LITERATURE AND ART
PUBLISHING HOUSE

目 录

红衣男孩

2009年5月28日，发生了一件惊动中国的死亡案。

有人根据现场线索，为凶手画像：农村人，迷信，约50岁，得绝症，四处游荡，找续命人。

续命要取魂，怎么取？做法。做法要准狠恶，不容差错。非走火入魔者难为。

时辰要对，五行要齐，道术要精，做法要绝，死者的命格要与做法者同。

中国的农村都是凶莽之地，命力旺盛，没有秩序，眼明手有力，就能随便扼住一条鲜活的生命。

受害者都是留守少年。父母上城打工，少年跟爷奶生活。其中一位少年，小学生，被凶手看上。他精瘦，黝黑，腿肚上有一块疤，单眼皮，在夏天喜穿一件宽松背心，每周上城跟父母相聚。

被杀前，他跟他妈说要去割门前草。后来电话响起，没人听。父亲回家，发现儿子已死。

现场很复杂，各种阵，各种道具，各种奇装异服。死者在中心悬竖轻旋，现场有一种诡异感。父亲痛苦也不敢单独待。有阴风在逼迫他走。

警察说，从没见过这种死法。

死者9岁，根据八字推，是阴命格，作案时间也理应是阴时，最有可能亥时——下午九时整至下午十一时整。

死亡报告证实了这一点。

谁杀的。要抓出来，因为凶手这种做法，要达到续命目的，须杀八个阴命格人。不断他去路，各地将有多位无辜少年步入死阵。

有个记者各种走访。他找了被害者比较亲密的同学，问死者平时喜欢做什么。同学想了想，说他平时很喜欢看书。什么书？《聊斋志异》。有一天晚上停电，他点蜡烛，在窗边读《聊斋志异》，喊他玩，他抬头看了同学一眼，摇曳烛光打在脸上，似笑。

父母文化低，家里的桌上和抽屉都是街头分发的男科医院杂志。爷爷奶奶是文盲。在家里找到几本书，都是少年的。书上有借阅贴纸，问是在哪借的。同学说，是在旧书摊上拿的。一天一毛。

记者推想，凶手要达到目的，就要找对命格人。他在学校门外摆摊。伪造慈祥老头的假象，跟孤独少年交朋友。你想看什么书，随便拿，不用钱。套出少年生日，等时机到，跟少年说带他去一个地方。

什么地方？去了你就知道，你跟你妈打个电话，说有事不上城了。好。

老头头发稀疏，内脏正在腐烂，眼珠浑浊，要戴一副眼镜来抵消面孔散发出来的凶恶。手臂皮肤松弛，死人斑从脚底上升。

他研读《易经》，口散恶臭，慢慢走火入魔，想要快点找替死鬼，不然命不久矣。

首先，用尸油泡针，扎天庭处，分魄。水是泳衣，要买。红肚兜象征火，要买。脚挂秤砣是金，自己有。横梁为木，屋宅有。土地为土。死者用黑布蒙眼，死后魂魄散，永不超生，就算化作厉鬼，也找不到路，只会在屋宅外徘徊。

旧书摊出事后消失了。锁定了犯罪嫌疑人，但慢一步。问学校学生对老头的外貌特征，描述不一。火车站也没有留下记录。

记者搜集各农村凶杀案，他说，看了一整个屋子资料，从没发现这样诡异的案件。因为作案风格鲜明，他只能守株待兔，留意后续是否再出现类似案件。

我说，这是玩窒息play玩过头，不小心死的。法医出来澄清了。

他说，绳结绑得过于专业，一个人不可能做到。现场有第二者。

记者嗅觉灵敏——并不是借喻——能在一家一百平米火锅店闻出厨房天花板下有一只死去三天的老鼠。他说，凶案现场有种臭味弥杂难辨，发源是角落一口蒸发的浓痰，密如中子星，是病入膏肓的极恶之人所留。

“一定要找到他，花前半生不足惜。”

树鬼

我跟大象相识于实习的报社。

当时我在家无事，需找个地方实习，拿个证明，正好小舅认识报社的领导，就介绍我进去打杂。一开始贴发票，看读者来信，写回信，更新网站，去印厂协调以及帮忙校对和搬货。

我看其他几位同事写的报道，觉得我也能写，说不定比他们好。除了大象，他有时报道一些鸡毛蒜皮的新闻，印在报纸的角落，写得利落，特点是经常发表一点“笔者”看法，我觉得观点都新颖，而且一看就是个推理迷。我很喜欢看。

比如有位年轻人跳楼，站在路口楼的挑檐上，最后没跳，自己往回退。大象报道这则新闻，在后面论述：这位年轻人头发刚理，衣服、裤子和鞋都是新买的。种种特征都表明是个强迫症患者。他有条不紊地做赴死准备，但却选择跳楼这种自杀方式，可能是想到还有转圜余地。选择闹市跳楼的人，第一目的都不是死，他们需要别人给意见。后来他退回去，估计找到了不死的理由。

主编说，删掉。不要发表影响不好的见解。

我觉得大象说的有道理。但又很好奇他怎么知道这些细节。忍不住去问他。那是我第一次跟他正式聊天，还跟他不熟，叫他原名，“吴行，你怎么看出来这个人头发刚理，衣服和鞋是新买的。”

他说：“他被警察带下来时，我特地走去他身边闻的。”

我以为他在开玩笑。

“我嗅觉很好。新买的衣服有甲醛味，他是第一次穿。头发是发廊洗发水味，大部分发廊都用那类廉价洗发水，他跳楼之前刚去理，衣服上沾有碎发。一般来说，只有强迫症患者在自杀前才会做这种准备，但按照正常逻辑，既然下了那么大的决心自杀，就会默然赴死，不会站在楼顶让人围观。他后来自己退回去，要么是想到死前还有事情没做好，要么是在人群中看到某个人。这个自杀者的处境动人，深挖下去可能有很多故事。”

我当时的内心独白是，我身边居然有这种奇人。我当即决定跟主编申请，跟大象一起做事，虽然我跟大象同龄，但让我给他打下手也行啊，至少比贴发票强。

混熟之后，我就叫他大象，因为“大象无形（吴行）”。他也觉得这种动物符合他特征，粗壮、黝黑、敦厚、隐忍、亮眼大耳、鼻子（嗅觉）奇特，还能站着睡觉。有一次我们市要举办一个国际展览，加班开会，他倚站在会议室的墙角，居然睡着了。

我开始跟大象跑民生新闻，大部分是无聊事，半个小时就能写完稿。直到我们去报道一宗抢劫案。

这宗抢劫案特殊，是因为抢劫者是个精神病人，叫张德天。按大象的说法，找不到犯罪动机。排除掉纯正的杀人恶魔，普通犯罪都有动机，张德天为什么要去抢项链？

——他在巷子的拐角窜出，把一名妇女的项链抓扯下来，致使妇女跌倒受伤。

“因为疯子没有逻辑，所以犯罪也是一时兴起，或许根本就不存在动机。”我说。

“你仔细想这个叫张德天的疯子，他在路口睡了多久了？应该有一年多了吧。是本地人，有一处房产，为什么不在自己家住？为什么突然去抢劫？疯子不是没有逻辑，而是跟常人的逻辑大不一样，但是他们有。抢劫犯的逻辑是项链能换钱，张德天当然不可能为了钱，所以如果能弄懂张德天抢项链的逻辑，可能会挖到一些东西。”

我又说不过他，问：“所以下一步应该干吗？”

大象说：“去他家看看。”

房子是平房，那一处待拆迁，住的都是一些老人。张德天家没锁，周围一片破落，没有生息。我们进去，没待一分钟就出来。太他妈臭了。

我问大象能从臭味中辨别什么出来吗？他说是各种臭组合到一起，臭到超出他的能力范围。

张德天第二天就被抓了。之所以这么快是因为，一，他第二天又回到他自己在路口的被窝。二，被抢劫的女士，是市公安局局长的妻子。

我们去派出所。报社跟派出所的关系不错，有一次一名警察查获了一辆走私车，抓了几个嫌疑犯，人物报道就是大象写的，后来省报原封不动转载了，还上了电视台。市里七个派出所，大象因此能刷脸出入。

张德天被冲洗一遍，头发还湿漉漉。警察问他，“为什么抢劫？”

张德天在抖，可能给他冲洗的水是冷的，他说：“有鬼。”

警察一头雾水，“什么鬼？”

张德天说：“有鬼。”

警察拍了一下桌子，换了个问题：“说，项链藏在哪？”

“树下，埋在树下。”

大象眉头紧促。

“哪棵树？”警察的口气变得关切，他朝张德天靠近。

“河边的树，最大的树！”

大象说，这案子不简单，要做好准备。

警车上，大象脸色凝重。到了指定的河边，张德天指着远处一棵大榕树，说：“那，那，有鬼。”警察拉他过去，他一脸惊恐，死活不肯，只好把他拷在车上。两个警察拿铲子到树下挖，大象让我拍照，其中一个警察还说，这种小案子不用那么认真啦。

二十分钟后，说这话的警察吐了，他们挖到一具尸骨。

人血腐烂之后弥漫屋内的气味，混杂在各种臭味中，大象说，他当时并没有辨别出。

我买了一个面罩，大象没有。赶在张德天家被警察封锁前，去现场勘测。大象全程皱眉，几次出去外面干呕。但他执意不戴面罩，说没有嗅觉，会大大影响判断和思考。

我们回报社之后，我写报道，大象负责搜集整理资料。

用了一个通宵，我们将各种资料碎片用逻辑推演，不用法医鉴定，提前知道了死者的身份。隔天我们走访了一些当事人，根据这些关键情节，基本确定了案件的来龙去脉。

死者是他女朋友，外地人，叫段梅。据说来自广西，但找不到资料证明。

两年前，张德天还是正常人，但懒，一事无成，没有女人愿意跟他交往。他是家中独子，父母早逝，留下一处房产。后来认识段梅，交往不久两人同居。同居生活并不愉快，经常吵架。张德天依旧闲散，段梅在一家塑料厂打工，不情愿赚钱养他。

后来有人跟张德天说段梅在塑料厂偷人，两人因此大吵，不久，张德天去派出所报失踪案，还在报纸刊登寻人启事。他说意识到自己的错误，只要女友愿意回头，他以后会好好对她，找一份工作，还说要跟她结婚。

因为打工人口流动大，塑料厂当时也没有登记女孩的信息，警察说，“这种失踪案，除了她回心转意，否则找到的几率为零。”周围人觉得张德天可怜，被一个外地女孩抛弃，据说还被拿走了所有的积蓄。后来张德天发疯，他们也都默认是因为受到了女人的背叛导致的。

但事实是，他跟段梅吵架，之后杀了她。他捂住段梅的嘴，随手拿了桌上的小刀扎她的身体，血汩汩流，有一些喷到墙角。他深夜开第一趟摩托车去河边挖了个大坑，第二趟将用床单裹住的尸体运往树下埋。用了两天清理房间，将墙上的血迹用刀刮下来，重新涂白墙漆，将濡血的床垫翻面，再覆上新的床单。最后去派出所报案。流泪，扇自己耳光，说自己对不起她，希望警察能帮他找回自己的女朋友。

骗过所有人，却逃不过杀人的罪恶感。每晚在行凶的床上睡觉，总被噩梦惊醒。精神状态在阴森的屋子里越变越差，人开始消瘦，头发开始凌乱，走在路上会时不时警惕地回头。后来索性没回家，在路口成为一名疯子。

疯了之后，杀人的回忆淡化，死者的鬼魂却愈加真实地占据他的头脑。他觉得要害他的鬼魂藏在树下，只有让人去抓它，他才能得救。怎么让人去抓它，他想到了一个抢劫的办法，让警察去挖它出来。

这就是他抢项链的动机。

公安局长特地给报社打电话，说这件案是他主导的，焦点要集中在他身上写。希望大象主笔。

因为破获了一宗杀人案，公安局长受了表彰，两年后调任副区长。

但树下并没有挖到项链。项链成为一个谜。

火云邪神

【马太效应：累积一定程度的名望，一切就会往好的方向发展。】

报道“树鬼”案后，大象在市里名声大振，他忌惮关注，出席公开场合或演说，全交由我代理，实在推脱不过的事情——比如跟公安局局长见面——则私底下进行，还规定不能有其他记者在场，搞得像秘密会议。大象是真有病，他怕闪光灯，但至今病因未明。

拿了局长两面锦旗，作为回礼，大象给对方做了个专访，用了无比炫丽的夸张手法，写了一篇魔幻现实主义报道：《局长老万：抽丝剥茧见真相》。大象晋升报社主笔，假模假式为报社做了个未来五年战略方针，说不能局限本市，要接轨国际，“fashion”，才能有影响力，才能接到大广告。

主编问：“具体怎么做？”

大象说：“比如各地有大案，让我们第一时间去报道，报销路费吃住。”

主编想了会儿说：“可以报火车或动车。”

大象说：“那去到现场案都破啦。给我点时间。”

我们市刚建成一个机场，大象通过老万，联系到了机场的负责人，用了五天，给他们团队做了一个人物风采系列报道，签订合作协议，在报纸上免费刊登机场广告，报纸在飞机上投放。报社人员工作出行可免费搭乘国内航班。

搞定。有些人就是能让你服。

【吸引力法则：把注意力集中在某个领域上，相关事情就会接踵而至。】

接触湖南的“红衣男孩”案后，大象受到很大的冲击，说了很决绝的话：“一定要找到凶手，花前半生不足惜。”

像入了魔怔，跳进犯罪深海——混迹网络，搜集资料，研究著作，画凶案图谱。我帮不了他，因为不知道他要什么。唯有跟着他。

跟着他去各种犯罪现场，很多地方已经了无痕迹，也去，一般是拍照，再无功而返。

大象有间资料室，三十平米，三面墙上标满犯罪信息，一面墙放一个大玻璃格子柜，每个格子都摆了一件他搜集来的“味道”证物，因此房间总有股怪味。他花了一万块从一位犯罪爱好者手中买了一个记事本，是一位杀人狂魔的作案录，犯罪细节纤毫毕现地记在纸上，有时还画人体图，像现代达芬奇，区别是他对活人做肢解实验。

将受害者在平台固定住，连接心跳仪，切除一只耳朵或割下一块头皮。你看记录能浮出画面，大象说，每一页都有浓浓血腥味，但纸上没沾一滴血。

犯罪者是大学教授，40岁，温文尔雅，很受学生欢迎，但感情生活一直是个谜，之所以被抓，是几个学生在情人节那天定制了一个充气娃娃，想放在他汽车后备箱表达一下特别关心，没想到在里面发现一袋零碎的人体部件，四位被囚禁虐待的受害者因此得救，教授杀人未遂，死刑，缓期两年。案情轰动，又发生在邻省，大象觉得他是一个特殊的罪犯，可以从他身上获得启发。

大象找了很多关系，得到跟他会见的资格。大象给死刑犯写信，前头写了一些对他犯罪的疑问，最后写“有些事想请教您”。死刑犯同意跟大象会见。

他跟大象说的第一句话：“别叫我名字，叫我26。”是他编号的末两位数。

26的杀人目的，如果真的要说出答案，那就是一，想看一个人因为极度恐惧，身体各项数据的反应。二，一个人要惊恐到什么程度，才会昏迷。三，除了心脏，某个器官切除，生命能维持多久？四，因为享受这种过程。

大象说：“杀人狂魔没有犯罪动机，怎么抓？很难，只有从这个杀人狂的三次作案中入手研究，研究什么？研究作案规律。通过这些规律去反推这个杀人狂的性格、怪癖、身份，预判他下一次的作案时间节点，守株待兔。26说，杀人狂魔也分高级和低劣。低劣的，就是为了杀人快感，破绽百出，智商低下，花点精力，部署警力，一下子就能抓获。像我，就是高级的。我作案没有规律，没有怪癖，找不出嫌疑，要怪就怪我太受学生喜欢。败于偶然性，我是服气的，这是神看不下去，在我杀死四位受害者之前出手解救。故事中的‘巧合’是作者无能，但现实中的‘巧合’是神迹。我触动神，我很服气。”

大象说：“26跟我说，‘红衣男孩’这个案子有动机，我也因此确立了他的大概画像，但他行踪诡异，手法狂放但作案严谨，无疑是位老手，且高智商，依26看，‘红衣’案是凶手草率的一次作案，因此暴露在公众视野，在之前和之后，他很可能稳妥地杀了几个人，并收拾干净，估计很难找到他。他的目标多是流浪少年，无家可归，杀害，掩埋，无人知晓，很难入手。如果未来他再露面两次，而我又有幸见证现场，再去找26，没准他能推推看。”

大象回来之后去搜集了26作案的细节，二十天后，他说他找到了26作案的规律。

“他自己不是说没有破绽吗？四个受害者跟他一点关系都没有。”我说。

“肯定地说，没有无破绽犯罪。人是惯性生物，只要样本足够大，一定有规律可循。我仔细研究这四位受害者，表面上看确实毫无联系，但一位猎人，他又捕鱼，射鹿，设陷阱抓熊，还开枪打鸟，那这四种猎物就一定因为这个猎人而有一种共同点，找到这种共同点，一定能发现深处的规律。26要做到毫无嫌疑，首先要从与自己无关的人身上下手，这些人一定是自闭和缺爱的，俗称都市游魂，他们有工作，看起来正常，但私生活一团糟，通过生理快感来抵消心理空虚。网络上有各种各样的亚文化社区、群组、论坛，26就是在这些地方定位猎物的。一位是女性瘾者，白领；一位是没出柜的男同性恋，公务员；一位是女SM爱好者；一位是女HPV病人。我找了一名计算机高手人肉这四位受害者的网络信息，再破解他们各个社交账号，找出一大堆私信，从这些私信里面分类，重合出一个熟面孔，也就是凶手26。这就是规律。虽然事后26很谨慎地清空注销了自己的账号，但是通过服务器的数据副本，应该能找出他的IP地址。我估计他备份有数十个账号，专门用来寻找猎物的。”大象说，“这就是我从他身上获得的启发，并因此推翻他。”

“从单独的案件中很难突破，要攒三个样本，找出其中的规律。”大象兴致勃勃。

“所以我们下一步应该干吗？”亮出我的口头禅。

“等‘红衣男孩’凶手露出水面！密切关注接下来出现的类似案件。”

【木桶理论：短板即突破口。】

等了两个月，终于等来一件大案。

这世上有各种以高效闻名的小众兴趣社群，比如大象加入的这个“第一手命案”网站。有的命案几乎是一发生，就有人在网内爆。大象因此得知这桩诡异凶杀案，当即跟我前往。

是2010年，九月，深圳，一场台风刚过。

早上九点有人发现，报警。我们十一点知道这个消息，十一点半到机场，下午三点到现场，是一个正在建筑的小区工地。警察把案发的那幢楼封锁了。我们亮明身份，坚决不让进。这种反应表明案件严峻，不宜公开。没办法，只能另辟蹊径。

大象绕了封锁区域一圈，最后来到一位指挥人身边，跟他说话。不一会儿，他同意我们可以进入凶案现场，但身上的相机、手机、录音笔都不能带进去。

大象闻到这位领导身上的香水味，会用这种香水的，大部分是二十五岁上下的女性。领导头发凌乱，脸色憔悴，最重要的一点，身上有一股酒店特有的床单消毒剂味，种种迹象推测，很可能昨晚正在跟情人幽会，早上接到任务，匆忙赶来。大象装娱记，跟他说我们已经跟踪他有一段时间，掌握了他偷情的证据，如果能让我们入现场，这事可以当作没发生过。作为补偿，当案件准许公开，我们希望成为第一个报道此案件的媒体。

入瓮领导一下子放行，条件是要把偷情证据销毁。大象拿给他一个U盘，说照片都在里面。大象知道他来不及检查。

案发现场比“红衣男孩”案还惊悚诡异。一个青年，用黑布蒙眼、封嘴，裸体，双手掌双脚掌各被四根钢条插穿，隔空俯卧，血顺着钢条流地，喉咙被割开，用桶盛血，再用血围着青年在地上圈了一个大圆，大圆里面各种线条交叉，线条经过青年，就覆盖在他背上，看起来像一张红蛛网罩在他身上。还在青年身上画满各种符号。地上有两只死鸡，皆死于割喉。工地上的四根柱子，贴有符咒。

同样是法术作案。大象眉头紧蹙。

阴风阵阵。

得知死者是工地的工人。根据生辰八字推，是阴命格。问在场的一些工人，都说青年比较孤僻，没什么朋友。这段时间有没有发现可疑的人。有几个人说，这段时间经常看到一位头发稀疏的老人在工地走动。

因为发了台风预警，工地停工三天，人员疏散，有人说，青年是停工当天不见的。没想到台风刚过，就发生这样恐怖的命案。

大象去找工地的工头，开门见山：“我问你，有人跟你买这些工人的资料信息吗？”

工头被凶杀案吓到了，一个劲点头，说：“有有有，一个月前有人给了我五千块，说要买工地上的人的详细身份信息。我找了个理由，重新让工人填了一份详细的个人资料表，还给他们拍了照，给那个人发去。”

“他怎么联系到你的？你们怎么交易？”大象问。

“给我发短信，一开始我以为是骗子，后来直接给我打了两千块，说发资料给他，会再打三千。之后我把资料发到他给的邮箱地址。”

号码是深圳的，打过去空号。问有没有打电话联系，没有。跟警察头儿说调查一下邮箱的IP地址，可能是凶手的住处。头儿一脸疑惑，以为我们是来找茬，但因为把柄在我们手上，他让两个警察跟我们去运营商查到了具体的地址。

【思维定势：哑巴想买一个钉子。他用左手做拿钉子状，右手做锤状，用右手锤左手。服务员给了他一把锤子。哑巴摇摇头，用右手指左手。服务员这才给了他钉子。这时店里又来了一个盲人，他想买一把剪刀。很多人认为他会用手做剪刀状，却忽视了他能说话。】

我们来到一间平房，凶手已经离开了。

找到中介人，对租客的描述与工人一致，老头，头发稀疏，还透露一点，普通话不标准，话很少。说是短租三个月，愿意多付两个月钱，一次性全交，不用合同约束，因此没签。

房间几乎没有住过的痕迹。厨房落满灰尘。大象在各个地方嗅，没嗅出特别的味道，除了一种油蜡味。最后发现这种味道来自玄关鞋柜上的一盒鞋油，估计凶手在房间穿着皮鞋行动。

鞋油上面标泰文，算是个大线索。

杀人手法，普通话不标准，泰国人？所有疑点都跟“红衣男孩”案不匹配。味道也不对。他杀人做法，也是为了续命吗？

大象再回看工头手机里跟凶手的短信，在文字上发现了疑点。“几时好？”“相片”“电子信箱”“影印件”“人民币三千元”。前四个词更像粤语称呼“什么时候好？”“照片”“邮箱”“复印件”，最后一个词为什么要强调“人民币”？说明经济来源有多种。这个泰国牌子的鞋油，淘宝搜不到，基本可以断定凶手不是内地人，很可能是常驻香港的泰国人。深圳毗邻香港，他昨天作案，今天逃离，现在最可能出现在的地方，是香港机场。

大象说：“这是一个大案！受雇法术杀人，在一个未完工的小区工地，目的是做风水！凶手很可能是一位东南亚风水师。他这么做，是要让这个建筑项目失败，让地产公司破产。凶手的背后，极可能就是这家地产公司的竞争对手。因为惯性思维，我一直以为此案是‘红衣男孩’案的延续或翻版，完全没想到这一层。不久一定有大报纸报道这起杀人案，而且会刊发细节照片。”

跨区办案手续复杂，深圳警察也不可能为了一个推断大动干戈，但因为大象的帮助，他们确定了嫌疑人和住处，所以同意给调两名警察，便衣随同我们去香港机场。

凶手确实在香港机场，但是被暗杀在厕所内，手机、钱包和行李均遗失。我们四人到达时，尸体已经被运走。

隔天香港报纸刊登这则新闻，标题为：东南亚“火云邪神”死于机场厕所。我跟大象才知道，原来这个人是声名赫赫的风水大师，明手是看方位，暗手也做杀人活，价钱应该非常高。因为长相酷似《功夫》里的“火云邪神”，因此得名。

他身份败露，无疑是导致他被暗杀的原因。当然香港报纸不会知道。至于幕后主使，十有八九是同行。

大象说：“手段太黑了。”

【异夫规律：小的地震每时每刻都在发生，我们几乎感觉不到，大的地震发生的次数很少，但带来的破坏力巨大。】

深圳，21世纪以来中国发展最快的城市。城市规模越大，地皮只会越来越贵，地产公司要快速树立龙头地位，要在财富、权力、名望池中脱颖而出，往往会使用非常规手段。

很多犯罪是看不见的。真相也不可能公之于世。

案发一天后，“火云邪神”凶杀案就在媒体见光，还暴露很多细节，刷新以往凶杀案的惊悚程度，一下子引起轰动。涉案地产公司成为焦点，一年后破产，利益链牵连市长，抓了很多高层。

大象知道不可能扳倒这个对手，并没较劲。他去查报道此案的媒体的背后集团，果然是一家地产公司。我们回去后，主编喜出望外，说战略方针成效了，真的接到了一个大广告，一看，真巧，就是这家公司。我们油然而生“老大哥在看着你”的既视感。

广告词我还记得：“当你知道要去哪里，没人能阻止你的脚步。**地产强势入驻！！！”

这家公司后来接手凶案工地，把黑乌乌的烂尾楼全推了，重建高档小区，供不应求。

还挺讽刺的。

孤儿

据统计，中国平均每天非正常死亡人数有800多人，其中有15具无主尸体，死于蓄意谋杀的，不到10人。因为杀人狂魔的典型性和传奇性，以及恐怖凶杀案能够激起公众恐慌从而诱导传播的特点，所以这类事件和人物经常被小说化、影视化，并被媒体大肆报道。最终制造出一种错觉，这个世界有很多杀人狂魔，随时随地都有凶杀案发生。

事实上并不是这样。世界范围内，真正的杀人狂魔，十年最多出一个。

在大象看来，“红衣男孩”凶手，就是真正的杀人狂魔。简称——红魔。

“这个称号会不会让你产生画面，一个穿红衣的老头，走在雾蒙蒙的无人小径。”大象问我。

“我只想到了曼联……”我说。

后来大象改称“红鬼”，我认为气势弱了很多，感觉是个小角色。

这个小角色，在2009年跟大象打了个照面之后，就销声匿迹了。果真如26所说，是个严谨老手。他不可能停手，因此只能得出他作案后抹光痕迹的结论。

大象一直在等他露出马脚，每天去“第一手命案”网站看消息，里面注册成员有五百多人，都是真正能接触关键事件的人物，警察、记者、法医、黑客和对遗留命案痴迷的高智商者。进网的标准是，你真正接触过命案，资源、技术、经验或钱，这四者至少需具备两者，并且出类拔萃。网站由一位香港的计算机高手创立，只有在数据库被登记的IP才能获准登录，每月会清理一次成员。

托大象的福，我也进网了。为了防止被踢，我时不时要在里面说一些话。

“我认为……”，“我觉得……”，“嗯”，“哈哈”。

后来还是被清除了，理由是混淆视听。

好吧，反正我知道大象的密码。

2011年3月，有位江西的警察，名叫沈牧野，在网站里说了一件凶杀案。大象终于等到了，当即跟我前往。

由于沈牧野的帮衬，以及大象对此类案件的资深身份，我们得以进入现场。

凶案发生在江西的一个偏僻农村，在一个山脚废弃屋宅里，屋宅是农村一位富人建的，一开始可能是用于度假，后来全家迁移，就任屋宅荒废，已有两年之久。这地方周围蒿草丛生，无人走动，距离高速公路一公里路程。

怎么发现命案的？一位穷游搭车客，春节过完之后，开始施行他的中国之旅，从海南出发，途经广东，计划一路搭乘，借宿，向北而行。却在江西高速收费口遇到挫折，深夜，天冷，他就想沿着高速路边走，先找个地方借宿，看到远处有个屋宅，想在院子里钻睡袋睡一觉也好，明天清晨再搭车，没想到是一个废弃屋。

摸索着进门，开关皆坏，一股腐臭味，伴有苍蝇嗡嗡声，凭借窗外月光，可辨屋内轮廓，家具萧索，搭车客心悸，但又自认是胆大之人——不胆大怎么敢一人穷游？就逐渐深入，深入苍蝇声和腐臭之地。是一个卧室，门开着，但太黑，没看清。打开手机手电照射。

眼前景象足以把他吓掉半条命。天花板上，挂着一具高度腐烂的尸体，有蛆虫在簌簌掉落，亮光照射尸体腐烂面部，死者蒙眼布脱落，两颗眼珠森然直视来者。

我在派出所看这位搭车客，他右脸上留有一块幼年烫伤疤，裤子上的尿还没干，一直在发抖。不知他是怎么跑出来的。穷游计划估计就此夭折了。

废弃的屋宅里，挂着两具高度腐烂的尸体。另一具在楼上的卧室，腐烂程度更甚，可见白骨。内脏涨破，肠子洒地，地上爬满蛆虫。根据腐烂程度和蛆虫体长，大象估计，楼上的尸体死亡时间应该有一个月左右，楼下的一周左右。具体时间很难判别。

虽然我经常被迫看这样的照片，但身临现场，视觉、味道、声音，加上场景的气势夹击，还是让我呕吐了几次，不敢再进。大象拿着相机，进里面照。

作案手法跟“红鬼”神似，两位死者看身形也都是少年人。但因为太神似，而有一种仿照感，缩手缩脚，风格不像。两个凶案卧室，地上都有很多烟头。凶手是个烟瘾很大的人。因为地面蒙尘，根据鞋印38码数反推，凶手的身高应该是一米六五左右。现场没有拖拽、打斗痕迹，是将受害者扛入屋。

大象观察地上的烟灰还有烟头，总共有十二个烟头，疑点是，掉落的烟灰都是一截，即是说，这些烟灰都是自然掉落，每个烟头都燃尽。

“这不是很正常吗？”我说，“凶手在作案的时候，无暇去抖烟灰，咬着烟，烟灰就自然掉落了，太专心，导致燃到了烟屁股才发现。”

“一个老烟枪，抽烟已经成为习惯了，习惯是化入行为模式的，是潜意识行为，比如每天我们早上刷牙，挤牙膏在牙刷上，倒水，刷牙，洗脸，吃饭，已经是一种固化流程，无须动脑。你有过在刷牙的途中，才发现忘挤牙膏吗？或者说，吃饭的时候，发现忘了刷牙吗？”大象说。

“还真有。”我说。

大象白了我一眼，“那说明你早上刷牙还没有形成习惯。”

“好好好，你接着说。”

“如果形成习惯了，那在哪种情境下，都会这么做。正常人抖烟灰，是用手指弹，凶手如果是这种抽烟习惯，他在作案的时候，仍然会空出手来弹烟灰，我再强调，这是一种潜意识行为。但你看地上的烟灰，全都是一截一截，说明他的抽烟习惯是咬着，任烟灰自然掉落，而不是因为作案不允许他去弹烟灰。每根烟都燃到烟蒂才吐出，也是这种习惯的佐证。”大象说。

“然后呢？”我一头雾水。

“你反推一下，凶手为什么有这种抽烟习惯？”大象问。

“他手指不利索？手有残疾。”我说。

“这些绳结绑得这么精细，你说他手指不利索。”

“他认为这样抽烟很酷。”我开了个玩笑，“实在猜不出。”

“之所以有这种抽烟习惯，是因为他的工作环境不适合他用手去抖烟灰，符合这种职业的，大多是手工匠，要花大量时间握工具，比如木匠、石匠、泥匠、电工、修车匠，一些雕塑家、画家也有这种抽烟习惯。首先看高速路口监控，看看能不能排除掉过往车辆作案的可能，再去排查这个屋宅往下的农村小镇里面有关做这些职业的人，暗中观察他们的抽烟习惯，再根据死者时间，查他们不在场证明与和死者的关系，抓出凶手问题不大。”

我露出了轻蔑的笑容：“你知道下面的农村叫啥吗？”

大象说：“并不想知道。”

“磨石村，几乎所有人的职业，都是石匠！个个都符合你说的特征。”

“额……此路不通，再另寻蹊径呗，又不是没有别的线索。”

查看了两位死者死亡时间段的高速路行车情况，没有发现可疑车辆，排除了凶手是过往司机的可能。两位死者身份不明，在村中发布寻人启事，无家属来认领。核实村中孤儿，问询流浪汉，最后查明两位死者皆是村中人，一位是孤儿，一位父母离异，在外打工，各自成立家庭，不再回来，将他寄养老人家中，老人去世后，成为流浪儿。

大象在纸上将凶手的特征记下：身高一米六五左右，熟悉村中人员情况，烟瘾大，有特别的吸烟习惯，将受害人杀害或昏迷之后，扛入废弃屋宅作案。模仿红衣男孩案作法，可能是迷信人士，想续命，可能有隐疾。

根据这些线索，无法缩小嫌疑人范围。再去勘查车轮印。

凶手将不省人事的受害者扛进这处偏僻的废弃屋，必然需要有交通工具代步，因此根据屋外的车轮印，可以再缩小嫌疑人范围。

案发屋宅人去楼空，虽尸体已搬离，但气味仍在，更显阴森。大象在屋里屋外巡查了一圈，在蒿草丛中找到一双鞋，是一双布鞋，38码，鞋后帮压平，是直接用脚趿拉上去。对比屋内二楼的凶案房间，纹路吻合，是凶手的鞋子。为何作案后将鞋扔掉，这是大象想不通的地方。

屋外不远处的蒿草有车轮碾压痕迹，压弯的蒿草处有滴落的一小片血迹。蒿草保留了车轮印痕，可以根据车轮的纹路，宽度和压入的深度，来推测是什么交通工具。

“是三轮车。”我蹲着说。

“对，你再看两个后轮。”大象指着蒿草上的压痕，“花纹不一样，说明是两个纹路不一样的轮胎。根据三轮车，后轮不同这些线索，再结合之前的线索，可以大大缩小嫌疑人范围。”

“你再看这摊血迹，我闻了，绝对不是人血，很腥臭。”大象说着，将沾血的叶片用刀割除，装进塑料袋。

大象站起来，“我怀疑这些血是猪血，凶手很可能是骑着一辆后轮胎不同的三轮车的屠夫。让警察查村里菜市场的肉贩，以及养猪者，看他们里面有没有符合以上条件的人。有的话，我就不用再去化验这些血的来源了。”

车确实是一位猪肉贩子的，微胖，35岁，单身。吸烟习惯确实是咬烟，不抖烟灰。但是，他身高有一米七四左右。目测他的脚长，有42码。

去做口供，问他为什么车会出现在凶案现场，他也不掩饰，说他的车通常放在菜市场，没锁，有一天丢失了，后来又出现在原位。这几个月来，天天上工，菜市场的人可以作证。

大象对比了凶案现场与肉贩子的烟头咬痕和口水残留味道（烟头燃尽看不出品牌），两者吻合。查他的病例，是白血病患者。肉贩子的工作时间为早上6点到11点，天天上工，并不等同不在场证明成立，下午和深夜都有空当。大象断定他是凶手，但在没有确凿证据之前，无法将他抓获。

再走另一条路。

流浪儿也有朋友，去问流浪儿有关死者的信息，几时失踪的，为什么不报案。一人说，因为死者当时准备坐火车出去，他们都以为他离开了。拿肉贩子的照片给他们看，他们都表示没有见过这个人。

孤儿也是买了出去的火车票，之后被害的。

看来凶手是在火车站物色猎物。

调出火车站的监控，在售票大厅看到了肉贩子的身影。期间还看到肉贩子跟等候区的一位少年聊天。找到那个少年，他说当天跟家里闹别扭，想离家出走，后来有个人问他的情况，然后走了。拿出肉贩子的照片，少年点头，说是他。凶手之所以放过这个少年，是因为知道他有家庭，杀了他容易败露。

凶手为什么穿38码的鞋子，还将鞋子扔掉？

因为这是死者的鞋。

大象看凶案照片，两位死者都光着脚，脚码恰好都是38，两个房间的鞋印有出入，是两双鞋。肉贩子知道废弃屋宅地面蒙尘，容易留下真实鞋印，因此他极有可能是用脚套着死者的鞋子作案的。鞋后帮压平即是证明。

凶手会这么做，即表明他有防范意识，事后又面不改色地说谎，说明心理素质强。拿火车站的监控，他也可能会说那天恰巧去了火车站，这不能证明他杀的。大象只好使出最后一招，伪造假证据。

大象打印了一份烟头牙痕和唾沫检测证明，并印了英文和数据，盖了章。跟警察说，让他们以证据确凿为名，将肉贩子抓捕，在审讯室里给他出示这两份资料，凶手一定认罪。

根本没有牙痕检测，案发现场的烟头唾沫早挥发干净，也根本检测不出来。但事到如今，只能冒险一试。

肉贩子看到火车站监控加上“检测结果”之后，知道无法再说谎，终于承认犯罪。确实是套着死者的鞋作案。在火车站看中受害者，尾随他，将他电晕，凌晨两点开三轮车将受害者运往废弃房屋，五点半准时去屠宰场运猪，途经废弃屋，又进来收尾，车上的猪血垂落，滴在蒿草上。

至于作案动机，说是续命。问为什么知道这些做法的细节，缄默不语，说自己反正命不久矣，杀了两个人，一命抵两命，不想多说，判死刑吧。

“这两个孩子不是猪，是活生生的人啊，你怎么下得了手，这不可能会给你续命！”大象说。

肉贩子说：“你了解我吗？我也是孤儿啊，他们除了遗传我白血病，什么都没留给我。没人来杀我，我不想等死，不能延长寿命，那我杀了这两个被遗弃的孤儿，也是在帮他们解脱吧。外国讲究人道屠宰，把牛羊快速击毙，电晕，再放血宰杀。我是将他们电晕之后，再杀害的。他们并不晓得。”

大象无话可说。我们回来之后，他消沉了很长一段时间。

周昊

大象接连深入法术命案现场，并快速破案，名声窜起，在“第一手命案”网站中形成漩涡。成员看出大象的执念，注意力都放在此类凶案上，帮助大象搜寻相关线索，联通要人，慢慢形成一道法术凶案网。

周昊就是因此进网的。网站有人尊称他为周警探。

周昊31岁，武汉市刑警。2008年破获一桩剧组凶杀案，破案过程堪称推理小说，被很多推理迷津津乐道，故有“周警探”之名。

他辗转听说大象的事迹，此次前来，是因为在他工作中也遇到了这样一件案子，邀请大象过来协助调查。

大象因此跟我前往武汉。

此时是2012年3月。到达武汉是上午九点，天在下蒙蒙细雨。

凶案发生在一处老式小区里面，七层楼，无电梯。楼道堆满杂物，墙上贴满广告，霉味重，死者是一位15岁男孩，家住第五层，初二，差生，经常旷课，学校对此已经习以为常，加之父母在美国打工，家长会都是唯一监护人外婆参加。外婆经营一家牛肉面馆，每天早上五点半出门，昨晚七点回来看到孙子被吊挂在自家风扇挂钩上，大惊失色，救下来已经没有呼吸。

周昊知道大象有靠嗅觉破案的技能，现场保持完好，除了尸体搬离。

证物绳子上有轻微的氯味和铁锈味。凶手作案前将绳子在房间水里泡过，之后拧干。周昊证实这点，他到凶案现场时，绳子还未完全干透。大象对比凶案现场的自来水味，味道一致。这个小区是楼顶水箱蓄水，因此有铁锈味。除此之外，没闻出其他味道。

将绳子泡水，看来是为了呼应五行中“水”的关系。

吊挂尸体时，凶手在墙上钉入一枚铁钉固定绳子。工具皆取自房内。离开房间时，还用拖布将地板拖干净。

工具箱在客厅的一个柜子里，现场变动极小，凶手能一下子找到铁锤和钉子，说明是知悉住户情况的人。犯罪过程快速流畅，最后离开房间拖地，说明准备充分。凶手进屋方式，是趁受害者开门时不注意，挟持进屋，说明熟悉外婆的作息时间以及清楚受害者行踪。作案当天周二，凶手知道受害学生经常旷课，老师不会打电话过来。

这个小区有一个出口，后门封堵。出口处有监控。死者离开网吧和进小区时，并没有人尾随。凶手是静候在小区内等待受害者。调查当天离开小区的几位外来人，都可以排除嫌疑。

根据监控、现场情况、尸体体征及第一目击者外婆的证词，可大致还原犯罪过程：早晨六点半，下雨，天阴，受害者在网吧通宵，昏沉沉回家，打开门，被后头的凶手捂住嘴推进屋，关门，在玄关处将受害者掐死。然后将客厅的窗帘拉上，打开灯。在厕所里用水泡绳，在房间内柜子里拿出所需工具，固定绳子，实施法术仪式。绳子在老式风扇挂钩处环绕七圈，死者同样眼蒙黑布，天庭有一个针洞。凶手在现场只留下绳子，绳子拇指粗大，全长二十米，携带在身明显，凶手可能用包掩饰。

获得的线索少，但凶手是小区内住户的可能性很大。大象没什么突破，周昊只能行使老方法，给发生命案的楼层住户一一做口供，再拓展整个小区。

这个老小区有八幢楼，每幢楼七层，每层两户，满打满算一百一十二户，做口供是个体力活。周昊安排下属登门，只问三个问题。此时距离命案发生已经过去十六个小时。

请问认识这个小区里面的一位学生佳佳吗?

如果认识，请说说对他的印象。

不认识，就给对方简述一下犯罪情况。

最后再问问当天的不在场证明。

四个小时录完口供，再用一小时整理，周昊从中挑说得最多的看，一般来说，犯罪者如果说谎，容易犯欲盖弥彰的错。从说最多里面挑那些声称不认识死者的人下手，一下子就有收获。

是这样的口供：

“昨天早上七点这里发生一起凶杀案，我们想来证实一下，您认识住在这里的一位学生佳佳吗？”

“啊，这里有学生被杀害了吗？”

“是的。”

“我腿脚不便，一个人住，很少出门。你们不上门来问，我都不知道这里发生了这样恐怖的事。这个孩子是怎么受害的？门锁有被撬吗？”

“凶手是趁受害人开门的时候进屋的。”

“家里没其他人吗？”

“当时家里没其他人。”

“孩子的爸妈都没在家啊，凶手会不会是熟人啊，不然怎么知道家里没有人。看看小区早上六七点的监控，会不会有人尾随孩子回家……”

我一时并没有在这份口供上发现疑点，周昊用笔圈了“尾随”两字。

“我们做口供，特别是凶杀案，都不会透露太多具体信息。有些知情人为了摆脱嫌疑，会事先练习，因此会多说一些，一不小心就会起到补充作用，被一个词或字出卖。这个人是第一次听说这起命案，早上七点学生开门，被凶手挟持进屋，正常联想，都是他要去上学，被门外的凶手闯入。怎么能脑补出他是被凶手尾随呢？所以这个人，是知道这个孩子通宵上网吧的情况，他极有可能说了谎。”

命案发生位置是六号楼五层，这位口供者住五号楼五层。两幢楼平行，房间相对。如果嫌疑人在对面观察一段时间，基本可以摸清房间客厅的构造布局，住客的作息时间。

这位嫌疑人叫张延实，67岁，退休医生，妻子前年去世之后就一直独居。有一儿一女，儿子在北京当医生，很忙，有时春节都没能回家一趟。女儿远嫁英国，也很少回家。他患有风湿病，去年在医院检查出糖尿病。

我们暗中观察他。在做完口供当天深夜，他下楼扔了垃圾，还特意走到八号楼的垃圾桶。我们从垃圾中找到一对医用手套，一张揉成一团的五行表，还有很多风湿膏贴。

打电话给他北京的儿子了解情况，得知他并不知道父亲得了糖尿病的事。在张延实儿子的印象中，父亲养鸟，有很多朋友，每天下楼锻炼。“我爸他经常说，自己很好，去年春节，这边安排值班，打电话跟他说，他说跟一群老朋友一起过年，不用担心他。”

周昊说：“张延实是个自尊心很强的人。在我的工作经验中，很多孤寡老人为了吸引儿女关注，会故意犯一些低级错误，让儿女过来教训、关照他们。很多电话诈骗案，为什么多发生在老人身上，有些是明知故犯，你跟他们说是骗局了，他照样给对方汇款，一方面有赌气成分，觉得自己攒的这些钱没用，一方面就是想获得关心，哪怕被骂。让张延实的儿女过来一趟，或许能让他动摇，卸下伪装。”

再去敲张延实的门，出示医用手套和五行表，问能否来派出所做一些调查，他没有意见。在派出所他一开始还保持沉默。后来让他的儿女出现，他突然就流泪了。当着儿女的面，说了这样的话：“反正我要死了，活得难受，每天一个人，都不知道要干吗好，房子到时拆了，款项就赔给受害者一家吧。跟我孩子无关。”

从张延实家中翻找出一架望远镜，他暗中观察佳佳已有四个月，知道他经常通宵上网，因此找准时机，埋伏在楼道杂物处，等佳佳上楼开门……

虽然破了案，但大象内心有很多谜团未解。凶案里面的一些疑点都表明，跟前面的案子似乎有关联，大象跟周昊商量，想对张延实进行非正式的“测谎”。

由于测谎结论并不能作为证据，心理测试在中国并未普及，很多派出所的测谎室形同虚设，建在顶层，很少启用。周昊出于私情，在将延实转交上级前，让大象在测谎室对延实做一次心理测试。只有我们三人在场。

“你杀了这个小孩，目的是为了续命吗？”大象问张延实。

张延实沉默。

“你一丝不苟地遵循着法术杀人的仪式，根据五行表里面的五色，死者穿黑裤，象征水；白内衣，象征金；红外套，象征火；黄头发，象征土；以及悬挂的青色风扇，五行关系都一一对应，但孩子的生辰八字并不是阴命。”

张延实说：“事到如今，我不想多做解释。”

大象又问：“为什么还要洗绳子？”

张延实抬头看大象，屏幕上的图谱波峰增高。

“请看看这个。”大象拿出一张照片给张延实看。

屏幕上的图谱波峰达到最高值。

看来后续还有得忙。

遥相犯罪

“红鬼”，“孤儿”及张延实杀人案，三者看似都是邪术犯罪。但只有“红鬼”犯罪现场滴水不漏，自成体系。对比后两起犯罪现场照，大象发现，死者的吊法、捆绑极其相似。特别是“孤儿”案中，屠夫为了不留下脚印，故意穿死者鞋。回溯张延实的犯罪过程，他从外挟持被害者入屋，将其杀害之后，为什么也要将鞋子和袜子脱掉，还整齐地放于一旁？

“像是精细的模仿。”大象认为这两起凶杀案有一丝半缕的联系，因此他用屠夫凶杀案的死亡现场照片测试张延实，通过测谎仪的数据，认为张延实很有可能知情。

江西跟武汉距离这么远，张延实不可能从新闻报道中获取到这些犯罪细节。找出他们两者的联系，是破案关键，也是大象新的心结。

大象回家后，闭关半个月。出来之后，他说要去做另外一件事，事不宜迟。此时是2012年5月。

两年前大象跟死刑犯26见过一面，他跟大象说，如果未来凶手再露面两次，可以让他推推看。虽然之后发生的三起案件分属三位凶手，但之间存在可疑的相似性，大象直觉要去再见26一面。

每个大案都会成立专案组，破案或过时效后解散。由于大象这几年来在“红鬼”案上帮了很多忙，因此引起了相关人员的注意，属于“外部特别人员”，没酬劳和头衔，但只要他想调动内部资源，都可以通过一套复杂关系通行。比如去见死刑犯26，大象的理由即是，“对此案将有重大帮助”。

当然只此他一人面见。

除了身上穿的衣服，26跟两年前一样，神情寡淡。大象开门见山，简洁扼要地将后来两起类似命案跟26阐述了一遍，并说出了两者之间有微妙关联的结论。

26仔细看完大象拿来的资料，认同这个结论，“一飞（屠夫）案跟张延实案确实有联系，鞋子这个是疑点，但巧合也说得过去。两起案件中，细节不一，除了一点，那就是绳结的编法，我之前细致研究过捆绑术，常见的编法有枪栓结、蛇结、平结，但这种编法我是第一次见，即是说，是原创编法或罕见编法。他们俩关联的可能性很大。”

26接着说：“这两起凶杀案，看细节都非内行，从作法的程序来看，死者的生辰非阴命，五行对应不上，种种细节遗漏，都不能达到邪术目的。他们的绑法，是师承‘红衣男孩’案的凶手，串联起这三起命案的，即是这个罕见的编法。你要抓出‘红衣男孩’案的凶手，溯源去找，先去研究调查屠夫一飞的底细。”

大象在纸上画了一个比词游戏的图，“经你这么一梳理，疑点都解释得通了。”

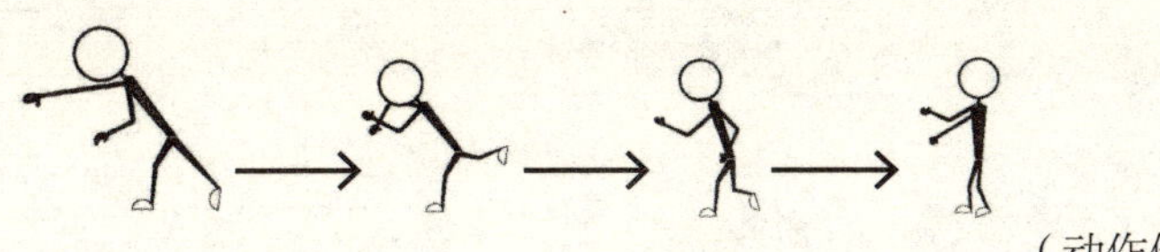

（动作传词）

“就像一种动作传词游戏，一群人排队，给领头的人看一个词，他用动作传递下去，期间不能说话，直至队尾，得到的结论往往跟答案有很大的出入。这就解释了张延实为什么要做脱死者鞋和袜这种无用功的事。他看了屠夫传递下来的照片，原样复制了。”

“嗯，你把笔和纸给我下。”26戴手铐的手接过大象的纸笔，在纸上画了另一种图形。

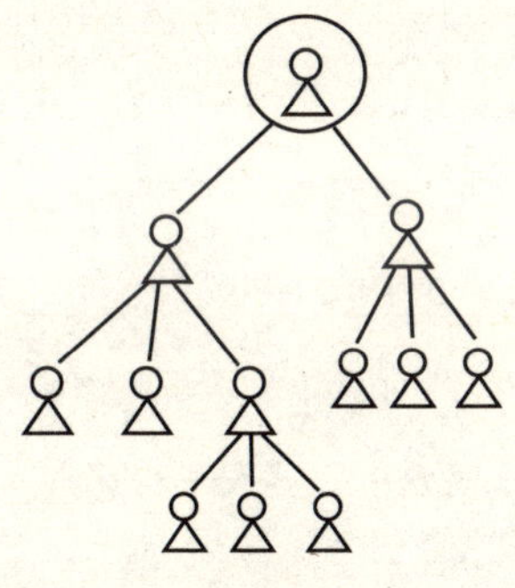

（传销形式）

“假如是这样一种情况，传销形式，那回溯源头的困难性将大大增加。根据邪教的一贯做法，我更倾向后一种。”

“嗯。”很意外的，大象起了鸡皮疙瘩。

“我是心理学教授，我跟你说说犯罪心理吧。十年最多出一个犯罪天才。他们犯罪，真的就是因为天性‘邪恶’，是纯粹的，不是因为复仇或有心理疾病，而犯罪的心理，一部分是想传播恶，一部分是想通过这些滴水不漏的犯罪，钓出一个福尔摩斯。正邪都是相对的，天才总想找到另一个天才，跟对方博弈。这些人，在世上真的就只剩下这些欲求了。但福尔摩斯只有一个，还是虚构的。我之所以犯罪，有一部分原因，也是想深入研究这种犯罪心理——你可以认为是走火入魔。另一部分原因，就是想通过恐惧的辐射，来钓出像你这样被隐藏的侦探。

“这里还有一种因果关系，并不是因为他们杀人手段残忍才成为冷血恶魔，而是因为他们是恶魔才选择手段残忍。没有什么比极度的恐慌更能在大众中大规模传播了，必须形成这种犯罪影响力，才能挑衅全世界，他们深谙这点，被害者在这里只是一个道具，不是目的。犯罪天才被抓到，大多是因为疏忽、巧合、意外，或者他们自首。心理学家对他们进行测试，发现没有问题，但要给恐慌的大众一个说法，就要有犯罪动机，所以在事后报道中，他们会将原因归为童年、家庭、异性缘、社会、身体和性格缺陷上。我相信‘开膛手杰克’就是一个正常人。我再跟你说说我当时研究挖掘到的一个冷门犯罪案例。”

芬兰奥卢省有一个凿脑人，将人跪着捆绑，装进一个三角形木盒中，露出头部，寒冬深夜开车去往郊区，将人盒埋进预先挖好的土中，只剩头颅暴露地外，然后用十字镐凿脑，通常一击致命。杀人隔天当地报纸或者电视台会接到一个凶手变声电话，告知死亡地点和人物。接连杀了十一个人，在欧洲引起恐慌，成为无解谜案，直到有一天，当地警局收到一封“老派”举报信，文字是用报纸文字剪切组合而成，内容是英文，不是芬兰语，没有邮戳，是本人直接投递进信箱。警察根据信上提供的线索，不到两周就抓获凶手。

26研究这起案件，是因为这个凿脑人是典型的挑衅型杀手，在郊区雪地杀人，头颅和血迹一夜之间就会被雪覆盖，他主动暴露案情，就是避免被忽略。而选择“凿脑”这种极端手段，也是为了快速达到生理不适进而传播的效果——大众对常规杀人手法已经免疫，杀人凶手要唤起新恐惧，手段也在不断更新。

想不通破案人为何匿名举报，还要去掉痕迹。除非是凿脑人想要升级游戏，所以“举报”自己。26在芬兰网上看到这封举报信，经过大量的考证研究，他发现，这个世界上至少有7000种英文字符印刷样式，特别是打字机时代，每个地区生产的打字机字符几乎都是不一样的，印刷在报纸上的字符，其实携带着明显的地区信息。这封举报信字母，26在字符数据库中对比发现，全部是从老式的美国报纸上裁剪的，而且对比同一个字母细节，发现来自同一张报纸的可能性很大。

从凶手被抓后的反应以及文化程度来看，可以先排除凶手举报自己的可能性。那么这位举报的侦探，为何要采取这种匿名形式呢？这是引起26兴趣的地方。那时26正好在研究连环杀手的犯罪心理，他做了一个假设：这位侦探之所以不露面，是因为他也是同类凶手。只有凶手最懂得凶手的心理。

“在文学上，博尔赫斯有这样一个论调：是作家创造出先驱，作家A惊鸿一瞥的风格，在后世被作家B发扬光大，B创造了A。套用到犯罪学上，你可以在某位连环杀手上，看出另外一位连环杀手的影子。我将这个论调定义为‘遥相犯罪’。”

以“遥相犯罪”作为理论基础，26搜集了美国一百年间各类连环杀手案，从中提取出十起跟凿脑人作案风格高度相似的案件，其中有六起案件至今仍是悬案。同时26分析定位了举报信的字符区域还有时间，发现这些报纸字符最有可能出现在20世纪50年代的美国阿拉斯加州。两种数据一重合，在那六起悬案中，正好有一起发生在阿拉斯加州费尔班克斯市镇，这一起案件，被称为“血花案”，凶手将人杀害，在洁白雪地上洒满触目惊心的血迹，作风豪放，在三年期间，至少作案九起，后来却销声匿迹。距今已有三十年，如果这位连环杀手还活着，年龄在五十到七十岁之间。

这位连环杀手就是26定位的目标，他（她）可能就是匿名信举报人。通过“遥相犯罪”，退隐的“血花杀手”发现了三十年后发生在芬兰奥卢省的“凿脑人”，“凿脑人”无师自通了自己的作案风格，但留下了很多显而易见的疑点，迫使“血花杀手”变身侦探，给当地警方提供了重要线索，最终抓获这位后辈。为了证实这个推断，26花钱请了一名黑客，进入奥卢机场数据库，因为举报信是现场投递，如果举报人真是“血花杀手”，那他很可能在投递匿名举报信之后返回，离开周期一般不会超过十一天，最简易的做法，是查找这期间从奥卢机场转机去往费尔班克斯机场的乘客，26最终提取出二十七位符合特征的乘客，再从中筛出年龄在五十到七十岁之间的人，剩下七位。其中一位跛脚，退休的报社人员，单身。26辗转向他邻居询问腿伤，证实这位乘客在三十七岁那年夏天在油刷自家房屋时，不小心从高处跌落致腿残。以此为分隔线，“血花案”退出江湖。

很明显的，他基本就是“血花案”的凶手，也是找出“凿脑人”的侦探。

26前后花了六个月，还专门去了芬兰和阿拉斯加州，在工作的间隙一步步推演出凶手。事后，26给当地警局打了一个匿名电话，破获了这起尘封三十年的谜案。而破案的关键，是距离七千公里外的另一起芬兰连环凶杀案。

三位连环杀手“遥相犯罪”，是凶手也是侦探。这是犯罪史上绝无仅有的案例，大象震惊。

“为了得出犯罪统一理论，我必须身临其境，成为犯罪者。”26说。

“与恶龙缠斗过久，自身亦成为恶龙。”大象说。

“并不是，正邪是在社会语境下的概念，脱离这个载体，天才并没有善恶之分，这是我的观点。我犯罪，是我的自主选择，并不是一个被迫感染的过程。”

大象问：“如果你没有正义感，为什么还会向警察举报凶手？”

“我只是想借警方的外力，来确保答案是不是正确。搜查、审讯、最终判刑，是这道方程的最后解。我并不是出于正义感而报警。”

大象又问：“你认为自己是天才吗？”

“毋庸置疑。”

“第一次见面的时候，你说你犯罪没有规律，但我根据受害人的网络线索，定位到了你的IP。如果你不是偶然被学生发现，迟早也会被抓获的。”大象说。

“这就是我们的差别，你得出一个IP地址，没有核实那个地址是不是我的住处。那个地方是什么地方？我将本城的地图贴在墙上，用飞镖随机定位的。找一个资深黑客，将IP换成另一个IP，没什么难度。”

“那找到那个黑客，也可以破案。”

“但黑客在这里是一个单独额外因素，他无迹可寻。在现在这个时代，你要找到一名黑客，比找到凶手还难，特别是一位掌握机密的黑客。”

大象第一次感觉自己差劲。

26看大象：“你是一名天才侦探，我很重视跟你见面。推理在我这里，是一种概率游戏，难点在于，推理对象——人，是变量，集体意识有可遵循的规律，但个人意识琢磨不透。在推理作品中，有一个侦探法则：所有侦探都有好运气。他们的推导范围都是大概率。但现实是，你总是容易进入小概率胡同，死路一条。比较科学的方式是，在各个案件样本中，找出规律，而且要预防小概率偏差。

“我如今在狱中，本来没什么留念，因为你的出现，反而不太盼着死。你知道中国注射死刑是怎么执行的吗？由三个人执行，一针毒药，一针盐水，一针清水，依次注射进死刑犯体内，执行人员不知道自己拿的是哪管药水，这样做的目的是减轻他们杀人的心理压力。连环杀手，除了变装癖，他们杀人时都会让受害者看清自己，真正的杀人恶魔，对自己都很自信，一般不会做伪装。你回溯去查一飞的底细，如果你运气好——我希望你符合侦探法则，可能再往上索引，就可以找出源头，‘红衣男孩’案的凶手。”

大象说："可不可以这样想，'红衣男孩'案的凶手，他的目的并不是我们所想的'续命'，而是为了传播恶，钓出一个对手。"

"可以大胆做这样的假设。续命法术只是他一个传播的手段，以及他授徒的外衣。他以此作为诱饵，来吸引那些病入膏肓之人成为他的教徒，以此来扩大他的犯罪影响力。如果这个说法成立，他将是一位非常恐怖的对手。

"将这些系列案件连贯起来，将里面所有逻辑说不清的疑点细节罗列出来，比如张延实杀人时，为什么要多此一举地将绳子泡水，因为他随身携带绳子作案，身上又贴有风湿贴膏，绳子沾染上这个味道，他泡水，是想去除掉这个味道。'味道'在这里是一个需要预防的事项，或许说明一个可怕的问题，凶手知道了你的存在。"

26最后说："凶手在制造一个漩涡，如果你能力不够，很可能最后自己也会被卷进去。"

大象觉得振奋，又有点害怕。

狂躁之猪

一

“依目前形态看，犯罪模型是以传销的形式排列的，张延实的犯罪接头人，正是屠夫一飞，按照这个连线游戏退回去找，通过屠夫一飞找出上一位接头人，就可能抓住这系列凶杀案的首脑 ‘红鬼’。接下来，我们将前往一飞的家乡江西，去一飞的房屋寻找物证，重新调查这起一年前的凶杀案。”

我跟随大象破案，在他身边充当华生的身份，将破案过程稍加润色，在事后发布网络，有很多读者一直在追大象侦探连载。但此次未去江西之前，大象就让我将这段预告发布在网络上，为了“壮大声势”。大象想验证，自己是否真的被幕后凶手关注着。我认为这也可能吸引到一些狂热粉丝过来干扰破案，大象认为这种情况极少。

“如果真的有，多一个额外因素，或许会催生出新东西。”

有时候，意外即转机。大象是一位浪漫主义者。

屠夫名叫一飞，白血病患者，胖，单身，2011年杀了两个流浪少年，已被执行死刑。家住磨石村南面低处的一幢三层楼，住一楼A门，杀人凶手身份败露后，其余四户租户也搬离此楼，现成为一幢空楼。楼本来就背阴，大象还特意选了下午六点过来。磨石村大多是独立成幢的自建房，这座三层楼邻近无屋，加之废弃，显得突兀、破落、阴郁。

我们打开正门进去，是一个楼梯走道，往里走，后门被封锁住。一飞家门外还贴有封条，但封条断开，事后有人来过。从封条上的蛛丝灰尘可以看出，不是最近断开。大象推开门，门轴发出吱吱声。

门内一片狼藉，大象拿出强光手电筒照屋，屋内布满蛛丝。“屋里没什么东西要找的，我就想来看看有没有人看了你发在网上的预告之后来过这里。看房间蛛丝遍布，至少很长一段时间内，没有人来过这间房。”我们又去楼上看了看，并没有什么异样。大象拍了几张照，然后就走了。并没有进屋。

接下来几天，我们去派出所调看一飞案物证，因为大象是此案的最大功劳者，过程没有波折。可惜没有突破发现。接着去采访一飞周围人，一飞父母都已去世，他生性孤僻，没有朋友，猪肉摊位如今空置。菜市场熟悉他的人，都说一飞沉默寡言，不好相处。在采访中得知，他的白血病是遗传，“他父母近亲结婚。”

反倒是猪场的负责人对一飞的评价不错，说他虽然孤僻、冷漠，但猪场的猪都是他照料，猪饲料也是他代买。每天早早到猪场，为猪槽填充饲料，“说句不太好听的话，他好像更喜欢跟猪亲近，能跟猪交流似的。有个很明显的现象，就是在他喂养期间，大概是四五年间，猪都很生猛，甚至狂躁。我这个猪场的生意也被带动起来，他被抓之后，猪的情绪就开始低迷，连带影响了生意。太奇怪了。”

我说："有谣言说他把人肉掺进猪肉里卖，虽然荒谬，但估计会影响销量吧。"

"那也不会有这么大的影响啊，我的生猪是卖周边几个村的，你们看看我这之后的生猪销售量，一直在下滑。基本跟之前处于两个水平线。"

"确实奇怪。"大象说，但也不想深究，毕竟不重要。

二

我们又回一飞家，大象让我用手电筒照屋，对比了第一次来的蛛丝分布，没有变化。但大象觉得不太对劲，就是走的时候，门是掩上的，但这次开了一条缝。

我说，"有什么可奇怪的，风吹的。"

大象说，"风吹的，才奇怪。"

整个楼层大象走时检查过，六个房间门、阳台和一楼的出口都关闭，当一幢空楼内外气流保持平衡，这几天的风向风力没有变化的前提下，风吹不动这轴承干涩的门。

"造成这样的变化，唯一可能的解释是，这幢楼又开了一个口，改变了室内的气流。风涌进来，寻找到了一飞家破开的窗这个风口，风力将这扇门吹开了一点，但奇怪的是，如果有人进来，这屋内又没有人踏入的痕迹。"大象说。

"这有太多不可控的事了，我们进门时就带进了风，是这些风吹动门也说不定。”我说。

“楼层正门面朝北，一飞房屋窗面朝西，这两天吹的是东风，风力都是2级。我们打开朝北的正门，室内的气流会被向西的气流带出，一飞家的门只会关得更严，但现在这个门扇是往室内开，也就是说，风是从门的对面，即东面吹过来的，有别人进来这个空楼，打开了窗口面朝东的房屋，改变了楼内的气流，风吹开了这扇门。而最符合这个特征的，即是一飞家的对门，有人在这期间打开了B门，或B门上面的D门或F门。”

“我还是觉得你这套理论必须建立在很完美的模型下才会成立。”

大象说：“好吧，我还闻到了这里比我们前几天来的时候多了一种味道，汽油味，这可以证明过后有其他人来过这里了吧。”

“就算有人来过，也早离开了，话说我们这次来这里是要干吗？”

“先进屋吧，做好被蛛丝缠绕的准备。”大象说着，走进了一飞家。

三

无从下手的时候，就从私生活查起。我们想在一飞家中翻找与性爱有关的东西。色情小说、色情光盘、保险套、笔记或者情书，想以此作为突破口，但我们翻遍三十平米的空间，没有找到一点相符物件。早在大象调查一飞时，就觉得奇怪，一飞的手机没有通讯，没有社交软件，菜市场的人反映，他独来独往，非常规律，雷打不动按时出摊。

“所有表现都很性冷淡，这次的翻找结果也可以佐证，他是一个性无能者。之前调看他的体检报告，看上面写身上多处伤疤，及‘阴茎处有烫伤疤’，可能在成长期间遭受过虐待，性无能可能是后天导致的……”大象说。

我们在万籁寂静中，突然听到门又响起了吱吱的声响，门在轻微地往里开，是风吹开的！

“有人在屋内。”大象偷偷地说，将手电筒捂住。

等了一会儿，没有动静。大象反应过来，“那个人一直就躲在屋内，刚才他偷偷逃跑了！”

“那怎么办？”我说。

“追！”

大象跑出去，我跟着跑。

“他是从B门屋里开窗逃跑的。往右。”大象边跑边说。

果真在远处的漆黑中看到一个跑动的身影，“你赶紧报警，让警察在几个要道拦截。”

大象追了一公多里路，没追到人。磨石村晚上黑灯瞎火，民警也没有搜到这个神秘人。

那个人在我们进屋时，就在一飞家的对门——B门里一直蛰伏，现场放有两罐汽油，估计是想烧掉物证，正巧遇上我们进来。后来想开窗逃离，不料窗户涌进多余风，门声暴露他的踪迹。奇怪的是，B门里堆放的几乎全是猪饲料。

“要么是这个物证很难找到，干脆一烧了之，要么就是这个物证太大，带不走，只能烧毁。”

最符合这个特征的东西，是猪饲料。他为什么要烧掉猪饲料？以及，一飞为什么要多此一举将猪饲料存放一屋。

猪饲料是一种普通牌子，闻起来也没有什么特殊之处。只能寄去化验。在等化验结果的期间，大象要再去猪场一遍，弄清猪与一飞的关系之谜。那个逃跑的神秘人暂且先搁置，大象让我去找找一飞的身世资料。

去猪场证实，一飞喂养猪期间，用的正是堆放B门的猪饲料，并没有多收钱，而且义务喂养。一飞被抓后，猪场老板还是买了之前那个牌子的饲料，但喂养出来的猪性情迥异，销量也一直下滑。“不是一飞与猪有某种精神契合，一定是在饲料中添加了东西，这种添加剂使猪狂躁，猪肉味道更好，销量优异。”大象对比了几个同等规模的猪场销量数据，其实下滑之后的销量数据才是市场平均值，一飞喂养期间，其实拉升了销售数据。

一飞父母是近亲，父亲也有白血病，父亲去世之后，母亲跟另外一位石匠树德同居。树德目前还活着，我去找他。因为一飞是杀人犯，他倒是对自己年轻时的“罪行”毫不隐瞒，滔滔不绝。

“这个猪仔（一飞）我早看他不对，果然长大是个祸害，居然杀了人！我年轻的时候就经常教训他，用钢筋抽他，往死里抽，因为我知道他长大一定是个祸害。还有那个婊子，近亲结婚，近亲结婚是要遭报应的，死了男人之后就找我，我给他们吃穿，你说我大不大度？后来我教训不动了，就让那猪仔滚了。”

为了套出更多实情，我用了话术（不是我本意）：“还好这个杀人犯的下体受过伤，不能生育，不然可能还会做出一些更严重的罪行呢。”

“嘿，你不知道吧，我早就预见到了，为了防止他以后留坏种，有一次我用烧红的铁条往猪仔鸡巴抽去。他十二三岁那年吧，全废了。后来他就很怕我。杀人犯就怕我。”这个恶人露出得意神情。

“你跟他母亲没有结婚是吧？”我问。

“谁要去穿这个破鞋啊，我是好心，才跟她住一起的。”

“你有没有打过那个女人？”我问。

“你这话什么意思？”

“没有没有，我就想了解杀人犯的母亲，是不是也性格恶劣、孤僻，得罪过你。”

“我跟你说，她只在床上热情。都是欠打的货，一天不打能不说话，也很怕我。”

“你们后来还有生过小孩吗？”我问。

恶人第一次露出谨慎的神情，过后说：“没有，生什么小孩，我可不想跟这破鞋结婚，猪仔就够我折腾了。”

“后来猪仔找过你吗？”我问。

“没有。”

“他曾反抗过吗？”我问。

“从来不反抗。很怕我。”

“你的腿是怎么没的？”恶人双腿从根部以下全截掉，是嫖娼得了性病太晚治疗导致的。

恶人停顿了一段时间，“做石头的时候被石头压到的。”

“什么时候的事？”我问。

“问这些干吗？”恶人再次露出警惕神情。

“我是记者，想写一篇报道，您作为了解杀人犯的人，这些细节写出来，有利于您的形象。”

“大约是五年前的事了。”

五年前，一飞的母亲去世。说是发高烧，不出意外，是这个老恶人传染给她的性病。这个老恶人也是个杀人犯。

“你现在靠什么过活？”我问。

“就靠政府救济了呀，阿弟，你回去多写写我的现状，帮我多多争取一些救济，我现在行动不方便，每个月的救济金难以维持生活，我现在这断腿一到晚上就痛，太折腾了，我需要买更多的药，你帮我跟政府反映反映吧。”听了恶人的诉苦，我产生一种莫大的快意。

《杀死比尔2》中，女主角将独眼杀手的另一只眼揪出，但并没有杀死她。这种等死神降临的痛苦，比死更恐怖。我离开了恶人家。

四

两天后，猪饲料化验结果出来，果然含有添加剂，是事后掺入的，比例约1：1000。添加剂是一种新型性激素，通过猪的消化系统转化，在猪肉上很难检测出来，却能直接作用于人，剂量无害，但相当于被迫吃了春药，性欲增强。

大象看后若有所思："这个村有两个很奇特的现象，你发现没？"

猪肉添加性激素，结合一飞案，我做了这样的联想："成年男子不少，流浪儿也很多。"

"你说的这些恰好是这两个奇特现象的反证。这个村中的'计划生育'标语非常多，几乎每堵墙都刷有标语，我一开始也选择性忽略这个现象，以为是每个村的特色，但猪肉添加激素这事，突然点亮了这个被我忽略的事实。标语之所以这么密集，说明出生人口已经超出指标了，我料想这个村的超生罚款会非常严厉，所以也导致了流浪儿变多。另一个奇特现象是，村中随处可见成人用品店，这在一个村中过于反常了。由此我可以推导出第三个奇特现象，就是可能有很多隐蔽的'发廊'，在做性交易。"

这样一对应，才意识到标语确实多得吓人，我问："一飞为什么要做这种事呢？还有这些新型激素添加剂，他是怎么拿到的？"

"他不可能买到这些东西，一定是有人指使他的。至于为什么要这么做，我认为很可能与树德有关。一飞惧怕树德，后来树德染上性病，被截肢，作为一个性无能患者，这会让一飞觉得'性'是一种极佳的惩罚手段，加之他患有白血病，父母近亲结婚，青春期遭受树德虐待，这些都可能塑造他的反社会人格，他这么做，是想报复所有人。"

"这种报复手段也太缓慢了吧。"

"宏观上看，不仅不慢，而且隐蔽，杀伤力更大。在一个封闭的环境里，当'性'失控，是会导致非常可怕的后果。一飞是用'性'在破坏这个村中秩序，加速熵增，一旦爆发，波及深远。这样的报复手段，他不可能策划得来，因此，一定有人在背后指使，他只是合适的执行人。”

亮出我的口头禅：“下一步应该干吗？”

“现在有一些谜团，那个意图烧猪饲料的是什么人？他与杀人案之间有没有关联。你帮我去找找之前跟一飞同住的那四位租客的信息。我要去派出所查看一些数据，用来证实‘性’泛滥作用于现实的危害。”

五

一飞从2006年开始承担猪场的喂养工作，大象查看了这前后九年间磨石村的生育率（总出生数与相应人口中育龄妇女人数之间的比例）数据，发现从2006年开始，生育率开始反常，远远高于世界生育率。

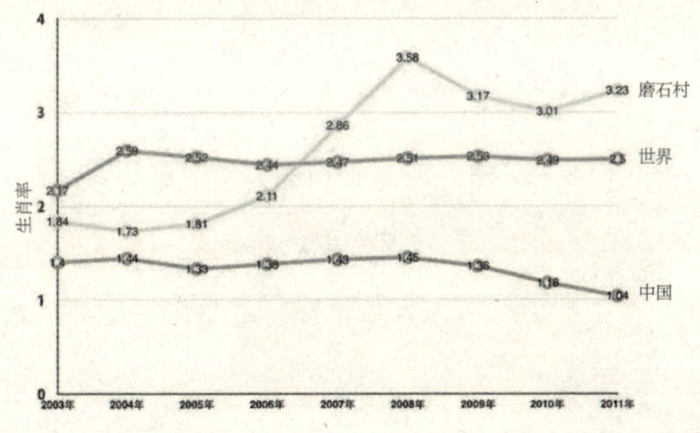

（生育率数据）

查看犯罪率（犯罪者与人口总数的比例）数据，也发现了相同的趋势。2006年开始，磨石村的犯罪率上升，其中外遇争端最多，典型案件是一位男性将外遇者一家四口杀死之后，再把妻子杀死，然后投案自首。其次是强奸和猥亵，登记在案的有十四起熟人（亲人）性侵孩子案，三起老师性侵学生案。最后是偷窃，因为流浪儿人数多，这些人经常团伙作案，2008年夏天有个少年在菜市场偷窃一辆摩托车，被当场抓获，少年被众人围殴致死，至今不知凶手是谁。

死亡率也反常，死亡大头是性病。红灯场所取缔不止，很多小姐是外地人，通过性病传播，很多人无辜死亡或伤残。医院的性病数据非常骇人，有个女学生曾在医院三楼走廊开窗跳下，当天她被诊断出淋病。犯罪者是她小叔。

村中唯一一所中学的早恋现象屡禁不止，有两对学生情侣分别被拍到在行政楼和树林偷情，视频流传网上，后来都被开除。人流手术让很多民营诊所大发横财，很多青年为了便宜，不惜冒感染风险进行手术。一位十八岁少女因做人流手术感染致死，家人医闹，将其中负责的护士打成重伤。

计生局为了控制人口，采取严厉的处罚措施，收效不大，后来强行打胎和结扎，人心惶惶，经常发生冲突。有资料显示，至少有三位被执行打胎的妇女，在事后患了严重的心理疾病。

因为超生罚款严厉，有的人生了孩子之后选择遗弃或贩卖，2009年破获一桩国内贩卖人口大案，主犯就是本地人。磨石村北面有一片树林，村中人戏称“鬼仔林”，据说有人在那里遗弃死婴。

这些都是海面上的冰山，而承托在海面下的庞大底座，是那些被掩埋的、被忽略的、不可告人的、冰冷阴郁的更悲剧人生。

六

我回租住的房间后，看大象陷在椅子里，傍晚，落日余晖打在他苦闷哀伤的脸上，我第一次觉得，他也有潦倒到不堪一击的时刻。

“我今天去调查一飞租客信息，发现一些可疑凑巧的地方，不知有没有关联。”我打破沉默。

“你说。”大象从椅子坐起。

“你还记不记得牧野？当时是他在‘第一手命案’告知我们一飞凶杀案的，他也是当地派出所的民警，去年被调任到县政府任职。我费了很大的力气，找到了当时跟一飞同租一幢楼的租客，是一位小姐，住三楼，她跟我说其余三位租客的情况，这些租客的嫌疑都不大，但有一位警察住在二楼，跟一飞倒是有点来往。再问，发现名字很熟悉，才想起是他。那位小姐还说，有一些嫖客会上楼来找她，牧野显然知情，但他并不管。”

大象坐直，眉头紧蹙，这种表情是他的思考标志。

“那晚在屋内的那个人，看背影身高身形，就感觉似曾相识，你这么一说，倒可以对得上，这有点巧，难道他是嫌疑人？”大象说。

因为长久不发言，“第一手命案”网站已经将他清理出网。隔天我们去县政府办公楼找牧野，工作人员说牧野前几天刚请了长假。他们不让我们进牧野办公室，去他家，没人在，汽车被开走。问了邻居，邻居说他一个人住。“可能眼光太高了，不然这么优秀的条件，不可能找不到对象。”

大象回去查看那两罐汽油。在汽油罐上，他嗅辨出了一种香料的味道。“罐上有佛香味，这两罐汽油是新的，可能是在香铺里买的，我们沿牧野家到一飞空楼的路线，去查看有没有这种香铺，对应他们的汽油罐形状，看看能不能问出点什么。”

在磨石村路口的一家香铺里，找到一模一样的汽油包装，这种汽油的用途是家族祭拜的时候，往纸钱上倒用来助燃的。使用机会比较少，这几天只卖出两罐，店主对买的人有印象，给他看牧野的照片，证实是他。

“太匪夷所思了，牧野是嫌疑犯，2011年就在网站里，那说明我很早就被凶犯盯上了。而且恐怖的是，牧野当时对于侦破一飞案帮了很多忙。如果他是同伙，为什么急于抓获一飞？”大象说。

事实只能是，一飞是他的傀儡，他是一飞的幕后主谋。让一飞给猪喂养加激素的饲料，也肯定是他指使的。

也就是说，当时大象之所以能快速抓到一飞，很可能是牧野暗地做鬼。

“26跟我说了一个推理作品的侦探法则：所有侦探都有好运气。也就是说，当一个侦探遇到一个案件时，他总能找到一些很巧合的事例，像是天降灵光，大大缩小凶嫌范围。我现在反思，我们当时侦破一飞案的时候，就遇到一些运气事件。”大象回忆。

当时大象根据凶案现场外的蒿草车轮压痕，推测凶手骑着一辆后轮纹路不一样的三轮车，根据这个特殊线索，很快找出嫌疑人一飞。这就是“侦探好运”，但真相可能是，牧野为了不露痕迹地“处死”一飞，趁一飞将三轮车放于菜市场的空当，将他原本的后车轮替换掉一个，给大象的推理提供了便利。

牧野为什么这么做？根据推测，要么是觉得一飞是个隐患，要么是他想停止激素实验，但一飞不从。这些都要等找到牧野，让他亲自回答。

但他回答不了，两天之后，在村旁的高速路段，发生一起持枪杀人案，死者正是牧野。他的车停在临时停靠点，右太阳穴中枪，车内没有搏斗迹象，没有物件丢失。调看监控，是一位身高一米八左右的戴鸭舌帽男子进车开枪，是消音枪。在车内有过交谈，后开车离开，车牌号是假的。看各路段监控，似乎后车厢还坐着一人。

牧野26岁，孤儿，3岁时被广州的一户人家收养。亲生父母不详，法医提取DNA鉴定，一对比，发现居然跟一飞是同母异父关系。再去检测树德的DNA，证实是树德跟一飞母亲所生。

“不想养，后来通过人贩子，给卖掉了。”面对警察的审问时，树德说道。

原来真正要复仇的，是一飞的同母异父的弟弟，牧野。

而牧野的背后，可能是一个组织。

“再往前走，水会越来越深。”大象说。

案发现场的船锚理论

一

牧野败露潜逃，被枪杀于车内。本来我们顺着线索，准备前往广州向他的养父母了解情况，周昊正好休假，跟领导报批出市，随我们同行，这时却传来消息，辽宁省丹东市凤凰山上，又发生了一起法术命案。我们赶紧掉头赶往丹东会合。

凶案现场在山腰一个偏僻的树林里，那个地方没筑石阶，游客一般不涉足，多是挑山夫走动。凌晨四点多的时候，一位挑山夫看到朦胧树林里，有一棵树下垂挂着一个形状怪异的东西，“以为是一只大猴子”，忐忑深入树雾中，被亲眼所见的景象吓惨，丢掉挑货扁担、绳索和竹匾，因跑得太快，在陡峭的土梯上失去重心，直滚到底，晕倒在通道的分岔处。凌晨五点的时候被路过的游客唤醒，醒来第一句话就是：“山上有尸体！快报警。”

在景区爆发了命案，一下子引起动荡。警察和法医哼哧哼哧赶到时，现场已经围了一大批游客，人多加上天光，猎奇盖过恐惧，有的人拿出手机拍照。几位保安寡不敌众，现场周围被人群踩踏得一团糟。最后警方向山附近驻扎的部队调配了一批武警，才将游客遣散，将那条分岔山路封锁。

我和大象赶到的时候已经是下午三点，周昊已跟侦查人员做了交涉，在封锁处等我们，将我们领进现场。土梯是久踏而成，截面窄，一长条下来没有空当，怪不得目击者会失足从上滚到底。爬上案发地树林，我已经累得不行，六月酷暑，我流了一身汗。

现场勘查近尾声，尸体已经运走。周昊给我们看了现场的照片，犯罪手法与前几案相似，唯一不同的是，尸体光着的脚掌底下各用小刀割了一个“十”字伤口，林地上滴有一摊血。

“死者年龄在12到15岁之间，身份不详，看身上所穿衣物脏污程度，应该是流浪儿。衣兜里无存物，应该被凶手翻走。已经在景区广播播报寻人启事。死因是窒息，脖子上有掐痕，但没有检测出指纹。测量尸体体温，法医推测死亡时间已超过八个小时，大致在昨晚八点到九点半之间遇害。现场没有搏斗痕迹，因为周围被游客踩踏较为严重，加之遍布落叶，除了死者的布鞋和袜子，目前还没有找到其他线索。”

周昊接着说，“但有一点很奇怪，检验死者脚掌底下的创口，根据创口周围肌肉无收缩现象分析，是死后所割，脚掌朝下，体内血是受朝向、重力流出，滴落位固定，根据出血量和血液黏稠度判断，伤口应该是死后三小时所割。”

大象补充：“这系列案件之前的犯罪现场都不见血。”

“也就是说，凶手布置好尸体之后，隔几个小时之后又返回现场，在死者的脚掌底下割了伤口？”我附和。

“也有可能一直就待在现场，割脚底可以理解为法术的步骤之一，但为什么要时隔三个小时再作案？”大象困惑。

“如果是法术步骤之一，那就是犯罪必要项，时隔三个小时再割，可能也是步骤之一，他在等时辰到来，那时是十一点到十二点半，估计是在等零点。”周昊推测。

“嗯，按你所说，时间在这里也是一个要考虑的因素。”大象说，“借此再往下推，凶手布置尸体时，发现还未到割脚时间，极有可能隐藏在树林里等待，从这里能找出三个嫌疑人特征。”

“他必须随身携带看时间的工具，最可能是，他有戴手表的习惯。”跟大象久了，也会做一些推理，但也仅能推出一个嫌疑人特征。

“这个手机就能办到。”大象白我一眼。

“对哦，犯了惯性思维的错误，关注时间，很轻易地联想到手表。不好意思。”我用笑容化解尴尬，发现在这地方笑不合适，赶紧收住。

“但戴手表最保险。如果时间很重要，那凶手第一考虑的还是手表，手机不是一种时间工具，而且手机有没电等不可控因素，加之黑暗中手机屏显眼，一般不会寄托在手机上。戴手表这一条倒可以列作嫌疑人附加项。”周昊说。

“嗯。”我在本子上记下来，“还有其余三个呢？”

“凶手布置被害者尸体时，周围没有看到借力痕迹，也就是说，可能先将绳索套于死者脖颈，绑手绑脚，然后将另一头的绳子往树干上甩，将尸体拉升。少年体重约莫100斤，凶手拉升之后还要再编结，能这样做，说明是个力气不小的人。”周昊说。

“我对之前破获的两桩同类案件做了分析，一飞案和张延实案，发现一个现象，凶手的视线会与垂吊的死者的下巴基本保持平行，也就是说，死者垂吊的高度，跟凶手的身高有固定比例。不仅仅是犯罪，生活中我们吊挂一个经常用到的东西，也是将其保持在视线半米范围内，方便后续收拿。从此案中死者的下巴离地高度来判断，凶手的身高大致在一米七左右。”大象说。

“综合身高、力气两点，凶手基本可以列为男性。”我记在本子上，发现左手臂上停着一只蚊子，快速拍下，手臂上糊一小面血，“最后一个嫌疑人特征呢？”

大象示意我看自己的手臂：“在这个作案过程中，以及等待割脚的时间里，凶手会流很多汗，频繁地被这树林里的蚊子叮咬，即便穿长袖长裤作案，暴露在外的脖子和脸，也会被叮出很多红点。身上布满蚊子叮咬的痕迹，是第三个嫌疑人特征。”

我提出异议，“如果布置尸体之后离开呢？比如去制造一个不在场证明，三小时后再回来。很多罪犯会这么做。”

“有这个可能，但凶手即使这么做，我们推测的三个特征，仍然存在。”周昊回。

大象沉思道，“如果凶手在这期间跑去制造不在场证明，这里就存在一个预设，认为警察会找上自己，要留一手应对。这里很奇怪。”

“这不是很正常吗？凶手都会留这么一手。”我不清楚大象疑惑的点。

“大象的意思，凶手如果制造不在场证明，一般都是在案情难以隐瞒的前提下。这起案件，被害者身份不详，凶案又发生在这深山，如果想达到法术犯罪的目的，更简易的做法，应该找个更偏僻更难被发现的地方，将人杀害，这甚至都可以将案情隐瞒下去。凶手为什么将犯罪地点选择在这个经常有人走动的树林里？这不是将案情暴露出来等人发现嘛。”

大象说：“要消除‘为什么选择显眼的犯罪现场’这个疑点，有一个解释，这是一起彻底的法术命案，死者、犯罪时辰、垂挂和绳编法、脚底的‘十’字伤口，还有地点，都是不可或缺的因素。凶手在这座山的树林里作案，是因为这个地方的方位，符合做法的要素，通俗点说，风水要纳入进来考虑。”

“凶手因为不得不在这里作案，势必知道案情将很快被曝光，为了事后应对警方的盘问，极有可能制造一个不在场证明来脱身。这时，太过突出和刻意的不在场证明，反而是在反证在场。被害者推定的死亡时间是昨晚八点到九点半之间，也就是说，如果有八点到九点半作为界线的不在场证明，我们都要特别注意。”周昊说，“当然，如果凶手能隐藏掉自己的嫌疑人身份，没有人会怀疑到，那就大可不必费力去制造不在场证明。出现这种情况，我们就难办了。”

“嗯，我们再归纳一下。”大象看向我，让我总结。

“咳。”我顿了顿，“嫌疑人有三个显要特征：一，臂力惊人；二，身高一米七左右；三，身上有蚊虫叮咬的红点。有一个可能的特征：戴手表，或有便携式看时间的工具，当然不排除只有手机。”

“身患绝症。”大象说，“这个系列案之前的每位凶手都有绝症，这个也是嫌疑人特征，记一下。”

“诶！”我突然发散想到，“这里隐藏有凶手的线索！”

周昊问：“什么？”

“蚊子血，假如凶手在这里曾被蚊子叮咬，那不就留有血液样本吗？我们将这范围内的蚊子捕获下来——应该有那种高科技捕蚊器吧？然后分析DNA，从中找出患有绝症的DNA，不是很快就能定位出凶手了吗？”

“你这个想法太天马行空了。”大象又白了我一眼。

周昊说：“要对比血液DNA，前提也要找出嫌疑人才行。”

“找到嫌疑人，这个办法也不可能。检测一个血液DNA至少需要两个星期，就不说捕蚊是一件不可能办到的是，蚊子吸血后会找阴暗的角度待着，也可能飞离现场，这就存在抓不到吸凶手血的蚊子的可能性，这里前后出入这么多人，哪怕对比出来照样不足以成为证据。这种查案法二三十年后估计能做到，你倒是可以去创作一个这样的科幻推理。”

对大象这样不留情面的否定，我已经见怪不怪：“反正找出嫌疑人，是我们下一步要做的事。”

通往命案树林的山路相当于上山捷径，但陡峭难爬，蜿蜒险峻，鞋子如果不抓地，往下走极容易失去重心，一摔倒就会连滚到底，容易发生危险，基本只有攀爬好手和挑山夫能胜任。后来在底下岔口放了警戒牌，一些挑山夫也渐渐不走这条道了。

山路没有监控，但山路底连接游客通道的岔口处有一个监控，正好可以看到昨天从此上山及下山的人。因为现场没有发现嫌疑人线索，目前最保险的做法，只能从犯罪当天走这条山路的人里面找。

“我跟阿雷去医院看看尸体，这边麻烦你盯着。我们回来再碰。”大象跟周昊说，我们兵分两路。

二

到医院的时候，法医已经对死者做了检查。死者身高一米五七，体重91斤，两腮凹陷，头发蓬乱，营养不良体征。手脚指甲内充满污秽。身上没有找到可证实身份的物件，也没有凶手的指纹。死因是机械性窒息，舌骨骨折，但手脚没有磨蹭的痕迹，指甲内没有抓扯物，手腕处有挣扎的绑痕，推断凶手将其绑住之后掐死，而且很有可能是垂挂着掐死。躺着掐死，凶手会坐于受害者身上，很可能会弄出伤痕，但死者身上并没有发现瘀青，加上死者死前失禁，内裤沾有屎尿，尿液是顺着裤腿淌下，躺着被掐死，尿液则主要分布在内裤周边。

大象仔细看了死者的面部，嗅了死者的头发、衣物，在本身的臭味中闻到一股新鲜的辛味、酸味，能判定是附加味，但这个味道超出他的经验范围，一时没有找到合适的对应物。

死者的眼角有泪痕，蒙眼布上也沾有泪迹，嘴巴半张，嘴角处有涎沫，向法医证实，死者嘴巴自始至终没有受压迫的迹象。

大象说，“这里有问题，凶手没有封住受害者的口。”

“之前的几起相似案件都不封口吧。”我说。

“受害者死前流过泪，说明他是清醒的。但嘴角处这些口水沫，以及法医通过嘴型鉴定，都表明受害者的嘴没有受到过压迫，这对于犯罪逻辑来说不合理。”

大象给我拟定了犯罪现场的情景，凶手制服了受害者，但没有封住受害者的口，然后将其绑于树上，再站着将受害者掐死。这个过程中，受害者哭泣流泪，说明清醒，凶手还将受害者的眼睛用一块黑布给蒙上，但嘴巴却自始至终都不管。

“人在被掐的时候，不是发不了声音吗？可能一开始受害者是昏迷状态，在凶手将他吊于树上时，醒了过来，哭泣呼救，凶手于是将其掐死，没必要多此一举捂住口吧。”我问。

“只有在三种情况下，死于机械性窒息的受害者，才不会被封口。一种是凶手冲动犯罪，愤怒占据凶手的内心，那时凶手是一种极不理智的状态。一种是凶手确保喊声不会引来关注，比如在荒芜的野外。一种是伪装受害者上吊自杀，封口会败露杀人预谋。还有半种情况没必要封口，受害者昏迷，但既然是昏迷状态，说明已经被凶手制服，所以往往凶手还会想方设法堵住嘴，因为怕受害者半途醒过来。这是犯罪心理范畴，凶手掐人时，会面对受害者的眼睛和张开的口，这对凶手是一种无形的压力，因此制服了受害者，实施预谋犯罪，都会封口。有的熟人作案，还会将眼睛一并蒙住，或者干脆采取不面对面的做法，从身后勒住，或者用枕头捂住。不做这个小环节，就要承担可能功亏一篑的重大后果，所以封口不是多此一举，是99加1。”大象解释。

“那有没有可能，受害者是处在凶手的恫吓之下，不敢呼救。”我问。

“相比封口就能保证让受害者呼救不了，你会采用可能会失败的威胁手段吗？”大象反问。

“假如凶手需要从受害者的话中得到一些消息呢？”我问。

“那凶手得到之后也会封口。”大象说。

“受害者精神失常呢？”我问。

“受害者在死前流过泪，蒙眼布上也沾有泪痕，这证明他死前是流了很多泪的，是处于一种清醒、可以说话的状态。他害怕，哭泣。不太可能是精神失常的人。”大象说。

“如果，”我说，“受害者是哑巴呢？”

大象皱眉，“这倒有些微可能。但哑巴即使说不了话，也能发出声响。虽说树林较为偏僻，但那里是景区，晚上八九点的时候，周围还有很多游客。凶手不会冒这个险。”

跟法医咨询，看死者的耳朵构造，证实是聋哑人的可能性不大。

“受害者没有被封口的迹象，是目前这起案件最让我费解的地方。还有身上沾有一股我难以辨别的味道。这两个疑点目前无解，具体看进一步的尸体解剖结果，我们先去跟周昊会合，看看那边的进展。”大象说。

“还没有找到死者的家属，法医可以自行解剖吗？”在路上我产生了这个疑问。

“当案情重大的时候，为确保犯罪事实清楚，公安机关会委托法医尸检。有通知亲属到场的义务，但亲属意见不会影响执行。”大象回我，“像这种身份不明的尸体，在期限内没有家属认领，就会火化掉。”

三

我们回到现场时，发现三位西装人，在这样的天气，他们的穿着和做派显得诡异。我看着都觉得热。周昊私底下跟我们说，因为案件发生在景区，凶案现场的照片已经在网络上流传，各种谣言满天飞。加上之前的系列案件，影响很坏。警方已经加强了警力，一方面彻查造谣者，阻断网络夸大新闻的传播，一方面是希望这起案件能快速破案，避免恶化。因为大象有这方面的破案经历，几个人在管理处开了会，指派大象查案的特权，还给了他一个“犯罪顾问”的头衔，并希望在三天内抓到凶手，而且必须将案情导向科学可以解释的方向。

嫌疑人调查结果，周昊在跟访中取得了一些突破。山下岔口的监控显示，昨天走这条山道的人，有三十二位，其中二十九位是挑山夫。没有在监控中发现受害者身影。

周昊从中找了五个他自认为可疑的人，做了一张表，给我们看。

大象看后，指了一个名叫“常理”的人给我看。在这个人最右的备注是：聋哑人。

“我们刚才没有想到这一点！凶手如果是聋哑人，他就不忌惮声音，可能会忽略掉呼救的威胁，也就没必要封住受害者的口了。”大象神色激动。

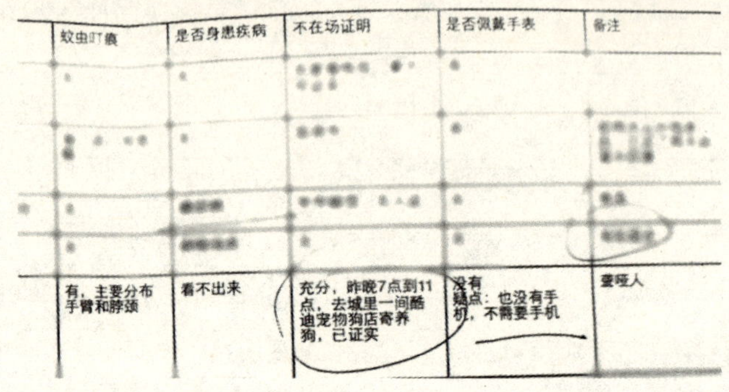

山树林杀人案 嫌疑人员

调查人：周昊
时间：2012年6月17日

	蚊虫叮痕	是否身患疾病	不在场证明	是否佩戴手表	备注
	[illegible]	[illegible]	[illegible]	[illegible]	
	[illegible]	[illegible]	[illegible]	[illegible]	[illegible]
[illegible]	[illegible]	[illegible]	[illegible]	[illegible]	[illegible]
	[illegible]	[illegible]	[illegible]	[illegible]	[illegible]
	有，主要分布手臂和脖颈	看不出来	充分，昨晚7点到11点，去城里一间酷迪宠物狗店寄养狗，已证实	没有 疑点：也没有手机，不需要手机	聋哑人

（嫌疑人名单）

我向周昊解释了我们在医院对案情作的推断。

周昊向我们说明嫌疑人的情况："这个叫常理的哑巴，他也是一位挑山夫，他并未出现在昨天岔口处的监控中，是我们在做口供的时候，其余挑山夫指出的，他们说，'哑巴最可疑，为什么不查他。'我就去调出前几天的监控，发现他以往都走这条山道，唯独昨天没有走。"

"但是他有很多地方不符合我们的推断，首先他有非常明确的不在场证明，而且是昨晚七点到十一点的证明，这跟受害者的推定死亡时间有冲突。他住在山附近一间出租屋内，昨晚七点的时候，打车去城里一家'酷迪宠物狗店'给自己的狗做了检查，并将其寄养在他们家。问为什么要去这么远的宠物狗店，他解释是之前将狗放生野外，但狗还是自己找回来了。他不想养了，所以打车去比较远的地方，宠物店距离出租屋直线距离将近30公里，搭车需要花费一个小时。到了那个地方，他随机找到这家宠物店，给狗做了清洗和检查后，寄养在他们家，吃了晚饭再回来。到住处大概十一点。我通过付费单上的电话向宠物店咨询，因为顾客是哑巴，店员对他印象很深。包括他七点出门，十一点十六分下车回家，这些都可以通过路边监控查实。他的不在场证明无懈可击，按理说他不可能作案。”

大象说，“但是你还是将他列为嫌疑人员。”

“对，在我的经验中，行为及支撑这些行为背后的逻辑密不可分。我总感觉常理这个人散发出一种，不对称感。”

大象问，“怎么说？”

周昊跟我们说了一个故事。

一位大公司老板，在高速路出了车祸，车祸原因是行驶的汽车左边轮胎碾到了路面一摊雨水，导致速度失衡，整辆车倾斜，翻滚了几十米，全散架，还好车材质比较硬，气囊保住了他的命。老板的妻子清楚丈夫的性格，他理智、惜命、谨慎，一切事情，都能计算出利害区间。以她对丈夫十年以上的了解，她肯定丈夫不会将车开到时速180迈以上。但保险公司的检查结果表明，在出事之前，汽车并没有故障。女子越想越不对劲，将困惑告之闺蜜，希望闺蜜的丈夫——也就是周昊——能够帮忙调查，是不是有人从中使坏。周昊问询了老板前后的动向，及他公司的人员状况。很快找到老板开车失常的原因：他一直隐瞒自己同性恋的秘密，并跟公司的男实习生偷情，后来实习生与他切断关系，去了一所贫困小学做了支教老师，老板找到他的踪迹，借着公司资助山区贫困学校的由头，在山区待了十天，求情人重归于好，男生坚决不同意，并且跟他说，如果还这样纠缠，就要将他们之前的关系公开。老板心灰意冷、气急败坏地回来，在高速路上不知不觉将车时速开到180迈以上，最终酿出车祸。

“我们每个人的行为动因都有迹可循，跟我们自己的出身、性格、财富、职业、素质、信仰、人生观等是捆绑在一起的，换句话说，这些因素驱动我去做这样一件事，但假如套在另一个迥异的人身上，你就觉得很别扭，这就是行为不对称。行为不对称成立的前提，必定隐含一个内情。”

大象接过周昊的话头，“一位挑山夫，他不会将狗寄养在一家宠物店里。”

“对。以挑山夫的身份、地位、经济水平、掌握的社会资讯，哪怕他有一只非常爱的狗，他不想养了，或者狗已经太老了，任狗老去就好了，但去这么远的地方，花费一千来块安置狗，这实在奇怪。他这样做的动机，在我看来，更像是为了制造一个不在场证明。”

大象赞同，“嗯，只是目前这个不在场证明无懈可击。”

“难道法医判定的死亡时间搞错了？”我反问。

大象看我，眼神嫌弃，“这是客观事实，是公式中的常数，质疑这个没有意义。”

“还有疑点。”周昊说，“我们之前对嫌疑人做的一些画像，力气大，他是挑山夫，虽然已经40岁，但浑身肌肉，符合。身高大致一米七，符合。身上布满蚊虫叮咬红点，符合。身患绝症，这个目前证实不了，看身体是非常健康的。当时我们还提到，会随身携带看时间的工具，但是，他不仅没戴手表，连手机也没有。他是聋哑人，不需要手机，这个可以通过山上的商户证实。”

“会不会将手表藏起来或扔掉呢？”我问。

“没有这样做的理由。首先，就算戴手表，也是一种很正常的行为，没必要为了躲避调查，将手表处理掉。其次，‘时间工具’是我们讨论出来的附加嫌疑点，凶手心思再缜密，也不会连这个小细节都料到。最后，如果有戴手表的习惯，手臂上一定会留有晒痕，何况他经常在日头下干活，但他双手都没有痕迹。”周昊说，“包括其他时间工具，他都没有，因为他本身就没有看时间的需要，这是侦查人员对比大量他干活时的监控中得出来的结论，他的生活轨迹就是取货、上山、下山，非常固定。”周昊回。

“难道关于割脚的推断，我们想错了？”大象皱眉。

“但除了是作法的步骤之一这个假设，很难有其他符合犯罪逻辑的解释。”周昊说。

“目前哑巴常理的凶手嫌疑可能性是你列的五人里面最高的，我们基本可以先定位他。”大象提议。

“以他是凶手反推的话，目前这三个疑点待解决：他的不在场证明，割脚原因，尸体附带的味道。”我说。

“时间紧急，我们分头行动。阿雷，你跟侦查人员去宠物店走动一下，查查哑巴之后的行踪，看看有没有什么新的发现。我去哑巴出租屋看看。周昊，麻烦你问问跟哑巴打过交道的人，顺便了解下受害者情况，应该能问出一些东西。现在是晚上六点四十分，我们大概十点回到这里碰。有情况我们随时电话联系。”

四

【阿雷】

我被警察开车带去了“酷迪宠物狗店”，总用时大概是四十二分钟。

调取了宠物店的监控，看见昨晚八点十二分，哑巴牵着一只狼狗进店。一开始用手跟店员比画，后来在柜台处写清来意：想给狗做个检查。字条还保留着，字迹娟秀。

哑巴离店时还抱了狼狗，店主跟我说，看哑巴的举动，及狗跟主人的互动，他是真的爱狗之人。让店主印象深刻的是，哑巴似乎不愁钱，清洗和检查的服务，他都示意用最好的，走的时候还写字嘱咐喂养的食物也要用最贵的。“很阔绰，不像是穿那样衣服的人会做的事。”哑巴当天穿一件泛黄短袖，右肩膀处因为挑担磨蹭，破了个小口。他离店的时间是九点零二分。

我问寄养一只狗在这里要多少钱？店主说，所有费用加起来是一千一百块，之前警察问询的时候已经说了，收费单也写得清清楚楚。

“你店里都是小型犬，这只大狼狗的笼子都生锈了，完全不像是卖大型犬的店，也没有人会来宠物店买这样一只普通大狼狗吧，收一千块，还用贵的狗粮，按狗的食量，估计最多能养半个月吧，到时你们怎么处理这只狗？”我问。

店主看向店员，说，“这只狗之后有没有找到领养人，是我们自己的事吧。到时没人买，我们就接着养呗。”

这怎么看都是稳赔不赚的生意。我环顾了店面，发现刚才主要看柜台一的视频，柜台二的监控店主并没有调出来给我们看，那里放着一台验钞机，我怀疑哑巴常理多付了他们钱，否则难以解释这么一家卖宠物犬的店会收养一只格格不入的大狼狗。

“那个柜台的监控麻烦你也调出来给我们看下。”

“那位顾客主要在这个柜台活动。”店主说。

“让你调就调。”一位警察喝道。

“好吧，我们给这位顾客的大狼狗做了清理和检查，还打了针，因为我看他比较随便，这些服务就都用最贵的，价格收得虚高，总共一千一百块，他也不过问，直接掏现金付账。那个账单不包括寄养费。后来他示意要将狗寄养在这里，我想没有人会来宠物店买这样一只土狼狗，就说我们不收这种狗，他在纸上写，我给你们一万，可以将这只狗放在这里养吗？它很温顺，如果有人来问询价格，就便宜卖给对方，只要是称职的主人就好。所以我才答应将这只狗放在店内，从仓库内找了这个旧铁笼。我也是第一次遇到这样对钱随意的人，我隐瞒这事，是觉得他既然是你们警方的嫌疑人，会不会钱不干净，要我把这些钱上缴。”店主解释。

花了一万多块安置一只狗，这真的出乎我意料。周昊说用狗制造不在场证明，不在场证明完全可以用其他办法办到，没必要为此花掉这么多钱。哑巴为什么有这么多钱，他究竟为什么要这么做？

再调查常理离店后的行踪，根据店面外及步行街监控，看到他去了一家酒楼吃晚餐，我们进去调查，看酒楼的菜单价格都不便宜，实在不像一个挑山夫会选择的地方。那个时间吃饭的人已经很少，他一人坐靠窗桌，点了满满一桌菜，慢条斯理地吃，吃完离店是十点十二分。

这时大象打电话给我，让我回去的时候，将哑巴的狗顺便带上，他没说理由。

我们再去店里，跟店主说要带走这只狗，店主表情像是卸下重担，口中却说一堆不好交代之类的话。狗果然温顺，牵出来，对我摇尾，看起来很雀跃，估计是自由惯了，受不了囚禁的日子。

【周昊】

让周昊感到奇怪的是，挑山夫对哑巴常理的评价普遍不好，认为他怪癖、阴险，有人还做出“变态”的评价，“单身，正值壮年，像和尚一样，每天跟一只狗在一起，一定是心理出了问题。”周昊还了解到，那些看不惯哑巴的挑山夫，有一次三个人联合起来打他，被哑巴反击。后来他们集体孤立他，这也是他们在口供中指出他可疑的原因。“来路不明，一个人住在死人屋里，你们查查他，说不定身上有命案，才逃到这里隐居的。”

死人屋，是因为哑巴住的那间出租屋曾经发生过杀人案。年代已经久远，周昊打电话向房东证实，房东说，凶案发生后，屋子租不出去，四年前哑巴便宜租下这间房子，“从来不拖欠房租，一开始我上门拿，后来他一次性付我年租。”

有一个挑山夫对他不近女色有异议，去年夏天他想跟哑巴套近乎，去他住处找他，敲门没人应。当时是晚上八九点，他认为那时哑巴一定去嫖了。

反而是山上跟哑巴打交道的商户，对哑巴的评价都很好。认为他不讨价还价，做事靠谱，夏天山上需要冰块，他们都找他。“别的挑山工偷懒，慢，为了省力，冰块都比较小，哑巴很快，上山的时候，冰块几乎没化，方方正正的。价钱还比其他挑山工便宜，因此很多挑山工都排斥他。”

下午周昊查过哑巴身份证上的地址，出生地是湖北孝感市，那个村如今荒废，问哑巴的父母亲人，哑巴表示自己父母已经都去世，亲人出外打工，也都没有来往。去网上查哑巴的身份资料，并没有查到什么。向商户问哑巴什么时候来这里的，有人说六年前就看过他了。他的狗呢？好像是三四年前养的，狗像主人，也不怎么叫唤，追随着他上山下山。

“他字写得非常好看，我这个招牌还是托他帮忙写的呢。”一位商户向周昊说。

问受害少年的事，没有得到有用信息。提及哑巴可能是犯罪嫌疑人，商户都认为不太可能，“对一只狗都那么好，不太像是会做出这种事的人。”

期间大象打电话过来，周昊向大象复述了他获取的信息。

【大象】

大象是跟两位警察去哑巴出租屋的。

哑巴常理住的地方，周围是一片废弃工厂区，平房，之前租给工人，后来工厂倒闭，住的人骤减。他住一楼，房间黑着，大象去敲门，没人应答。打开手电往窗里照，房间格局一眼看穿。

一位警察将门撬开，进屋，开灯。味道正常。再闻，不太正常，一个壮汉住在一间三十平米的屋子里，居然没有生活气息？一位单身汉的生活气息是，脚臭味、汗酸味、尿骚味、盒饭味、洗衣粉味、烟味和酒味。这些味道统统没有，有也很淡，反而有一股灰尘味——不像是经常住的地方。

看房间物品，也很简单，大象在房间走动，四处闻味。床摆放在墙角，与墙隔一条小缝，在那条小缝里，大象闻到了一种味道，辛味、酸味，跟之前在医院闻到的尸体身上附带的不明味道很像，手电筒一照，味源来自于一小堆老鼠屎。大象头皮发麻。

受害者的头发和衣服上，附有这种味道。

再用手电筒往床底下照，下面密密麻麻堆满纸箱，纸箱有被老鼠啃噬的痕迹，大象直觉床底有老鼠，他让两位警察帮忙，将床拉开，并解释道，自己非常害怕老鼠，然后站在椅子上。

两位警察也有点害怕，小心翼翼地拉开床，没拉多少，床底下环境一变动，窜出两只大黑老鼠。事后警察跟我说，当时大象站在椅子上吓得脸色煞白，还喊出声音。我相信他所说的。怕老鼠这事估计是大象的阿喀琉斯之踵。

直到一位警察将门打开，两只大老鼠蹿出门外，大象才恢复常态。两位警察再将床拉开，还发现一个陈年纸箱内有一窝蠕动的小老鼠，应该是刚才逃跑的两只老鼠生的崽。大象闭着眼睛不敢看，让他们将装有这窝鼠崽的纸箱拿到门外，用了大概有十分钟才缓了过来，跟两位警察道歉。他们觉得不可思议。

大象解释，这房间的摆设，凉席下垫有电热毯；棉被折叠还堆在床脚；桌上放有一副手套；电热器的电源仍然插在插座里；垃圾袋里有一张食品优惠券，截止日期是三月十五号；窗外有条阴沟，滋生蚊虫，但室内没驱蚊器，等等这一切都表明，这间屋子很可能是冬天才住人，因此房间才遗留有这么多冬天的痕迹。看到床缝有老鼠屎，认定床底有老鼠，让警察将床拉开，也是为了佐证这一点，当小房间里面有老鼠，还在床底住了下来、生崽，说明它们认为这个房间安全。屋里有狗的味道，但仍旧没有对老鼠形成威胁，说明哑巴常理夏天不怎么过来住。

“为了彻底坐实这一点，麻烦帮忙调取这间屋子两年来的水电费单据。到时对比一下就一目了然了。”大象向警察说。

与此同时，他打电话给周昊，让他问问关于哑巴是否有另外居所的传言。有两个说法，有人说哑巴夏天晚上经常在发廊过夜。有人说哑巴六年前就出现在这里了，他可能在山上隐蔽处搭有住所。

大象打电话让我将狗带回来。

受害者身上附有老鼠屎味，可能生前遭遇囚禁。大象打电话再向法医了解解剖情况，尸检结果证实大象内心新增的假设——山腰树林并非受害者被害现场。

检验死者肺中有较多水汽，非溺水，是生前处于饱含湿度的环境中。水汽的离子色谱经对比检测，跟凤凰山中湖水大致一样。胃中没有食物残留，死前挨饿多天。

从周昊处获悉，有些挑山夫在冬天会变作采冰人，将山中结冻大湖凿出方正冰砖，运往山下冰库囤，等夏天到来再送往山上卖给商户。山上未通电前，一直维持这种传统，通电之后，盛夏时，仍有商户会向挑山夫买冰。商户认为，哑巴挑冰利索，冰块上山齐整。

大象先去冰库，之后上山去案发现场。十点半才到山脚的管理处跟我们会合。

五

“我们犯了惯性思维的错误。”这是大象跟我们会面的第一句话。

周昊递给大象一瓶水，他拧开喝了一大口：“之前的系列案中，受害者皆死于案发现场。我们一开始也都下意识认定，树林就是死者被害现场，加之凶手在现场制造了一个巧妙的障眼法，我们的破案思维被牵制住。”

“将受害者的鞋和袜子扔在附近吗？”我问。

“不，这个命案与之前其他命案不同的地方是什么？”大象说，“凶手在死者脚底割了‘十’字，我们一开始推断是杀人法术的步骤之一，其实是为了用血液将‘犯罪现场’的标识扎深在树林里。”

我不解，看向周昊。周昊沉思了一下，说：“关于凶案现场血液的认识，有个前辈曾经遇到一个案子，凶手用铁锤击打受害者头部致其死亡。那时是20世纪90年代，公寓楼，死者家里一片狼狈，贵重物品都被翻走，窗户打开，阳台处的花盆跌落，看起来像是凶手入屋盗窃行凶，得逞后开窗潜逃。本来准备以盗窃杀人立案，但前辈注意到一点，死者背躺的地毯上由伤口流出的那摊血迹，太圆了，这圆形血迹在杂乱房间显得规整、干净，以致前辈一闭眼，脑海都会出现这个红圆圈。头部被敲倒在地，没有挣扎或拖拽的痕迹，这在以往的现场从未见过，前辈提出了假设：尸体经过重新布置，房间并非被害现场，经这个思路发散，最后将住在楼上的凶手抓获。他邀请受害者到他家，佯装还债，收走借条后，在受害者小便的时候用锤子砸他头。之后下楼把死者家中翻成盗窃现场，再包住死者流血的头部，将他运往楼下家中，再回家清洗厕所。后来我经手凶器杀人案，会特别留意现场死者的出血量。但这起树林杀人案，在血液上并没有什么疑点。”

“就是没疑点，才导致我们绞尽脑汁想凶手的割脚原因。现在，我们再退回到原点，想这个问题，为什么要在窒息杀人案的现场见血？”大象又大喝一口水，站在管理处的黑板前，用笔辅助阐述，“我做过一个数据研究，抽取一千宗谋杀案件，随机分成十组，每组一百宗谋杀案，然后记录出现血迹的案件，得出的平均数是71%，也就是说，有七成的谋杀案，现场会出现血迹。你往前翻报纸上十宗谋杀案新闻，一般有七宗会出现血迹。这样会导致一种局面，参与多宗谋杀案的刑警，会将这种大概率默化成从业经验，经验一般不会出错，但假如凶手利用这种经验来做障眼法，误导破案方，我们往往很难察觉。以前辈遇到的谋杀案来说，假如凶手别有用心，在房间内涂抹更多血迹，那这起案件侦破的难度就会大大增加。”

大象在黑板上简画了一艘船："将案发现场比喻成一艘船的话，那现场出现的血液，就是往海底扔下的锚，血液越多，锚越重，锚使船停住。"

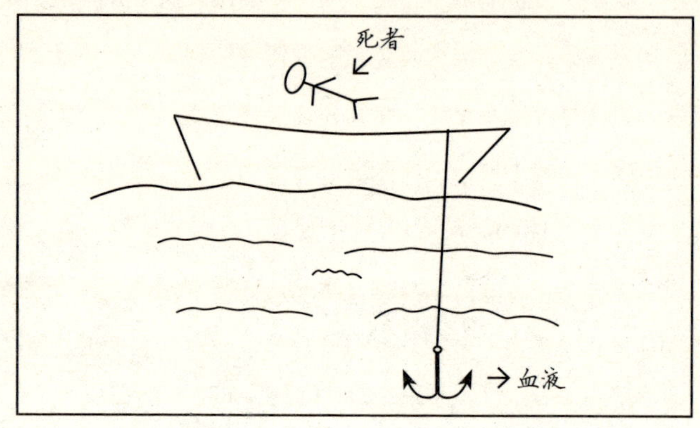

（案发现场的船锚理论）

"我们再来说这起树林谋杀案，"大象说，"一个流血的案发现场比没血的现场更有说服力，这才是凶手真正的割脚动机，他企图用血让死者与树林发生联系。而我之所以能解开这一点，因为四个方面。"

第一，尸检结果显示，死者肺部有较多水汽，水汽的离子色谱与山湖水一致。推测死者生前被囚禁在饱含山湖水汽的环境内。

第二，死者的衣服和头发有一股老鼠尿味，是新附上的味道。

第三，受害者死前尿失禁，尿液沿裤管流落，势必会滴在林地上，之后脚掌底割裂，血滴覆尿液上。大象重去案发现场，在滴血处细闻，并没有从中辨别出尿味，一点都没有。

第四，受害者死前流过泪，是清醒状态，但嘴巴自始至终没有受到丝毫压迫的迹象。一开始大象推测凶手耳聋，听不到呼救声，所以不封嘴。其实真相是，受害者被害的第一现场，呼救声不会形成威胁。

“将这四点综合，可以有力地证实，凶手是在一个饱含水汽、可能隔音效果好的地方杀死受害者，再将尸体移到树林中。为了误导警方，凶手将死者脚掌割裂，伪装出树林是被害现场的假象。”大象总结。

“为什么要这么做？”

“伪造不在场证明。”大象回答，“凶手杀死受害者，再移到树林中布置尸体，顺便将脚掌割裂，从尸检结果看，是人死后时隔三小时再割。为什么要等这三个小时，因为凶手哑巴常理需要做出一个完美的不在场证明。”

假设哑巴常理是凶手，就须解开他的不在场诡计。以目前显示的线索及可操作性推测，他要伪造一个完美的不在场证明，须将尸体的死亡时间混淆。他首先的做法是，先将受害者囚禁多天，让他挨饿，以致死后胃中无食物，法医难从胃内食物的消化程度来推定死亡时间，只能靠尸体表征及体温。

“在夏天冷冻尸体，可以让法医将死者的死亡时间提前几个小时，而提前的这几个小时，足够凶手优哉游哉去做很多事。死者肺部水汽离子检测为山湖水成分，挑山夫在冬天会从结冻的山湖上开采冰块，囤于山底冰库内。尸体身上新附老鼠屎味，一开始我推测，第一现场是在冰库内，冰库外周围是老鼠聚集地，沾染老鼠屎味很正常，冰库隔音效果好，不用封嘴。但我今晚去冰库，事实却并非我所推理的那样。”

冰库唯一入口的监控，证实这几晚没有可疑人员走动，自然也没有受害者身影。但是，管理员对大象说，“哑巴从没在这里买过冰。”

哑巴常理没在冰库买过冰，但山上商户却称赞他挑的冰块齐整，这是矛盾处。也就是说，嫌疑人哑巴常理，极可能有一处隐蔽的囤冰处。

从哑巴的出租屋状况看，他只在冬天住，因此大象推断他在山中有简陋住所，并且这个简陋住所的条件只能供他夏季生活。

这是大象让我将哑巴常理的狗带回来的原因，假设他的狗经常随他行动，那一定去过他的山中隐蔽住所，让狗山中带路，我们就可能找到那个真正的第一犯罪现场。

根据大象的推理，可以还原凶手的作案过程，哑巴常理昨晚七点带狗去宠物狗店，之后十一点回来，为不在场证明做准备。十二点之后上山去往囚禁受害者地点，将他杀害，再将尸体冷冻大约两到三个小时，凌晨三点左右，哑巴将尸体绑于扁担上，前往作法地点，即山腰树林中，将尸体垂吊在树上，之后用刀片将死者的脚掌割破，让血液滴落在林地上。实际上距离受害者被害到尸体暴露，这期间只过了五个小时左右，但因为尸体受冻变僵，导致法医检测尸体时，将死亡时间提前了三小时以上，作出昨晚受害者八点到九点半遇害的推断，从而导致我们破案前期遭遇很多谜团。

“我从今晚的探访中得知，哑巴对狗有真感情，他将狗寄养，可能不仅仅是为了制造不在场证明，而是想为它找个好下家，然后好安心潜逃。”周昊说。

“对，从我去他住处没找到他那刻起，我就有这个预感，他安置好狗，即是作不在场证明，也是为了杀人之后好逃离。现在火车站、飞机场，还有各大汽车站，已经有了嫌疑人名单，一旦发现目标，会先将其扣留。现在已经不早，我们先休息，明天带狗进山，希望能找出他的另一个住所。”大象将剩下的矿泉水倒在并曲的右手掌上，再抹脸，面有倦态，但眼中有破解案情的光亮。

“哑巴不像是要潜逃的样子。”我插嘴道。

“为什么这么说？”周昊问。

“一个潜逃的人，什么最重要？”我说，“一定最需要钱，是不是？但是，我今晚去宠物店发现，哑巴多付了店主一万块，求他收留他的狗，以及他事后还去了一家高档酒楼慢悠悠地吃饭，我觉得这实在不像是一个要逃跑的人的作风吧。”

周昊像想起了什么，突然看向我，“在我的经验里，犯罪者这种大手大脚的行为，很可能是做了破釜沉舟的打算！”

当时武汉发生一起爆炸案，罪犯自制土炸弹在商场作案，多日侦查没有突破。在全省发出重金通缉，接到不少举报电话，大多是无用线索，有一天周昊在所里听到一位同事在调侃一位举报人，是个大妈，打电话过来举报公司一位年轻同事，说这位青年前段时间失恋，请了假，上班之后像变了个人，本来之前是骑电动车上班的，现在变成打车了，她还看到他去五星级酒店住宿吃饭。大妈的举报理由是，他的工资不可能支撑起这样的消费。周昊一听，也觉得可疑——行为不对称，就去调查了下他的银行流水，发现他将自己的积蓄都取了出来。再调查他酒店开房记录，只是一个人入住。平白无故住高档酒店，说明他的消费是为了自己，估计是做了一直想做但没体验的事。于是周昊就和一个同事去跟踪他，直到一天在他提着一个大布包出门时将他抓获，布包里面装的正是炸弹。后证实青年失恋受到打击，对漂亮女人产生愤恨，在商城的化妆品区放了炸药，之后将存下来准备结婚的积蓄大肆挥霍光，准备在第二次作案时一同赴死，没想到被周昊洞察。

“这不可能。”大象摇头，“这起案件的凶手不可能会做出这种同归于尽的事，不然解释不了他做出这么多迷惑警方的花招。而且，他犯罪的动机明明就是续命啊！怎么又会想死？”

“但他这种花钱行为实在太诡异了，怎么解释？”我说。

“无解。”大象说，“这宗谋杀案太多费解的地方，前面的推理已经用尽了我全部脑细胞了，我没想到最后还有这个谜团，我解不了了。能确定的是，如果哑巴常理想寻死——这样很多东西要推倒重来——他就不是往山外走，而是往山内走，总之，我们还是现在就进山吧，免得明天发生太多变动，天黑，大家注意点。”

我们带狗进山，狗行陡峭山道，拐进山腰树林，跑得飞快，我被拽着走。山路越来越难走，七弯八拐，下坡上坡，突闻水瀑声，是山中一处瀑布。晚上月光照水帘上，像水银倾泻，瀑布底有洞，洞里有烟汽冒漾，人近会觉得冷。大象让我们停下，进瀑布洞里查探，洞口直径大约四米，洞内幽冷，温度骤然下降十度有余，手电筒往洞壁顶照射，阴森森倒挂满蝙蝠，蝙蝠底下铺满黑乎乎的蝙蝠粪便。大象上前闻，说，“不是老鼠屎的味，是蝙蝠屎！尸体身上沾染的味道是蝙蝠屎，这个山洞布满水汽，瀑布声嘈杂，轻易就盖过呼救声，肯定就是凶手杀人地！无须封住受害者呼救的口！”大象向我们大喊，声音在洞中萦绕，被水击地声消弭。几位警察面面相觑。

再深入洞内，越发阴冷，幽幽冷气氤氲冒出，每人手电筒前如同竖着一道光剑，冷气源我们三人已经有答案，两位警察拉开洞内某物铺盖的苫布，展现眼前的果然是一块块方方正正的冰块。此洞为第一现场无疑。留两位警察在洞旁查看，我们接着跟狗走。

又走了大概二十多米，前方葱茏林地隐约看到一间棚屋轮廓，大象让我们放慢脚步，我觉得不管动静大小，哑巴常理也不会听到，大象狡辩说会带动风。

还没走到棚屋，狗速度加快，我被它牵着走，它被我们带回来的时候从没叫出一声，此时却开始狂吠、暴走，这是反常现象，它发现主人了！大象示意大家全副武装。但狗跑到离棚屋大约十米处，却停止了，头往上吠，原地转圈，我们往上看，黑夜中八道光束齐齐上射，照亮树上吊颈的死人，眼珠暴突，正是哑巴常理。

不知是高强度工作疲乏的缘故，还是这景象过于吓人。我看到大象的脸上露出了真正恐惧的神色。

记忆大师

哑巴常理先将绳子系在十米高的树干上，在脖子套绳圈，往下跳，自身重力把颈椎扯断，死得决绝。现场勘查并没有外来人痕迹，他杀可能性排除。布法阵杀人目的是续命，制造诡计犯罪迷惑警方，最后的自杀使整个案件再笼上一层迷雾。

发现尸体后，向山下的警察增派人手，却无法用言语描述方位，我跟大象、周昊带狗下山，再让其他警察带狗进山，重点勘查瀑布洞，以及哑巴常理棚屋周边，叮嘱保持好屋内原状。经过这夜折腾，我心情亢奋，大象却露出少有的疲惫，说必须下山休息，明早才能接着调查。

隔天早上五点半，我们上山，他们俩以为没狗找不着路，但我对路线记得一清二楚，很快来到哑巴棚屋。路上周昊对我的记忆力感到诧异，问我读书的时候是不是成绩很好，在他看来，记忆力好就是学霸。事实上，我成绩只是中下游。

“后来我知道，记忆类型分四种，我们读书的时候，英文单词，课本上的重点理论，都是字符、文字、概念，这类是抽象记忆，我对这些记忆无能，英文单词背一次，基本很快就忘光。记忆力在这块并没有帮助到我。课本里面，有太多这类内容。抽象记忆好的人才算学霸。但我不是。”我说。

周昊露出饶有兴趣的表情，“那你这类是什么记忆？”

“我这类是形象记忆。”我说，“就是以图形、图案为主的记忆力。我学过一种快速记扑克牌的方法，就是运用了图形记忆，将整副扑克牌的花色跟点数以图形的方式记下，在脑中转化成一条现实路，在路上遇见哪些人，这样记下来，路上的人物和标识对应每张扑克，就能很清晰牢固地记住整副扑克了。我跟朋友都学会了这一招，结果发现我快他们很多，后来我发现我对图形的记忆力很好，可以做到过目不忘。”

大象说：“高考主要考的就是抽象记忆，你这种对图像敏感的，更适合去学艺术，比如电影或绘画。”

“觉悟得太晚。”我说，“我之前做了一个智商测试，分数不高，将自己的读书成绩与智商挂钩，现在我才发现这只是错觉。首先，智商测试主要考的就是抽象记忆，其次，我们的教育方向更推崇抽象记忆。”

“文明是各种概念的组装，在这个齿轮社会里，考验的更多是抽象记忆能力，等同于智商很正常。”大象攀上一个小坡，拍拍手掌上的灰尘反驳道。

“拯救世界靠的就是像你这样抽象记忆超群的人。”我讽刺道，“艺术家与世无争。”

“你知道真正的记忆大师是怎样的吗？”大象说，“所有人类的普遍记忆法，是按顺序一步一步记住整体，先A、再B、最后C，得出D。我们的逻辑也都是线性的，但非线性记忆法，不去记住一个单词字母的顺序，不去记读音，将字转换成脑中的一个图案整体记下来，每个字都是独一无二的图案，视线一扫，整页纸上的文字就变成图案记下来了。整副扑克是一个图案，程序是一个图案，公式是一个图案，哲学是一个图案。”

“我们接下来勘查的现场，也是一个图案。”眼前就是哑巴常理的棚屋，我将话题收尾。

棚屋空间三十多平方，东南角放一张床，床挂蚊帐。床边有一个衣柜，西南角放一张木桌，中间空地有一张饭桌和椅子，饭桌中央有半根蜡烛。地上是一个盛半桶水的塑料桶。门右边墙板上挂着一面长一米宽半米的镜子，西北角落有把扫帚和竹匾，竹匾里面有碎发。木桌抽屉中有一把理发专用剪刀，一把理发用的剃刀。看来哑巴常理是自己理发。门左边的空地上，有一个画架，旁边溅满颜料点。哑巴常理平时会画画，在衣柜抽屉里，我们翻出了他的画作，颜色偏暗色调，内容都比较低迷，黑狗站悬崖眺望；有人躺在游船上，船在湖心不动；一个人在树上上吊，底下落满红花，像是给自己画了遗像。

“画得真不错。”周昊将画拿给我看，又加一句，“对不对？”

“不仅不错，”我说，“还非常专业，不说是杀人犯的作品，可以卖个高价。”

大象没有说话，在看抽屉里一个铁盒内的照片。

哑巴常理并非单身汉，在那些照片里，可以看出他之前的家庭人员，有一位妇女，应该是他母亲。有一位小孩，看样子大概三四岁，是他的儿子。还有一位女子，长发，身高大概在一米六左右，看不清样貌，因为在为数不多的照片中，她的脸都被利器划掉。

“有试过联系常理家乡那边的亲人吗？”大象问周昊。

“按身份证的地址查了下，那个村现今基本荒废，哑巴当时的口供是父母去世，没查出什么来。”

“身份证在档案室那边吗？”大象问。

“嗯，身份证我查了，是真的。”周昊拿出手机，“我当时拍了下来。”

我看了身份证照片，再对比哑巴常理较年轻时的照片，发现这两个人不像同一个人，“感觉这不是常理本人。”

“啊？”周昊边对比照片，边说，“都不是同一个时期的照片，当然有一些差别了。”

“脸型会变，五官会变，”我说，“但五官的比例不会变，整容都很难改变。这个身份证的人，像哑巴常理，但我认为不是他，你看这两个五官的比例，没看出不同吗？”

“单靠身份证上的一寸照，很容易将人混淆，但是我们现在沿用的识别法仍旧是人眼，用肉眼分辨五官比例，是很难看出来的，这对犯罪分子来说是个漏洞。”大象又说，“我也分辨不出这两副长相的差别，不过我同意阿雷的看法，毕竟他是图像记忆大师。”

“不信将两副五官放大重叠在同一个画面上，就能看出两者眼睛的间隔的差别，还有嘴鼻连线的角度也不对。”我说，“我怀疑这是别人的身份证。”

“这是张真的身份证，”大象补充，“只不过这张身份证上的常理可能是另外一个人。调查一下这个常理的身份，看看能不能对得上凶手的家庭组成。从这些老照片上推测，他是单亲家庭，只有一个母亲，结过婚，生有一个儿子。他应该爱母亲，不然不会留存有多张母亲的照片，而来此地隐居，应该是两个原因叠加，先被女人背叛，女人可能将儿子带走，强烈的恨意让他将女人的脸孔划掉。之后母亲去世。他离开家乡，有人称他六年前就来过这里，狗是三四年前养的，假定他34岁的时候来这里，偷身份证是要为犯罪做准备，为什么要等这么久？”

“在离家之前，他会不会已经有罪在身？比如将妻子杀害。偷身份证预防检查。”我说。

“有这个可能性，”大象说，“但是，从这些划掉脸部的照片上看，他对妻子仍有非常强烈的恨意，如果把人杀死了，已经报了仇，理应不会带着这么深的恨意了。”

“看来现在最重要的事，是搞清哑巴的真实身份。”周昊说，“如果身份证真的是哑巴偷的，那他势必接触过被偷人，找出真的常理，问他曾经有没有接触过一个哑巴，或许能有突破。哪怕没有接触，哑巴是同村人，或者邻近人的可能性也会很大。根据你的画像一筛，很容易找出他。”

“就怕不会这么顺利。”大象眼睛看向某处，没有焦点，回过神来，“我们再来想想哑巴常理——先把他叫作常理，犯罪的动机。”

“他做了一整套法术的步骤，将尸体暴露在树林中，是为了续命。”大象说，“但犯罪之后却自杀了，这跟他的动机相悖。”

“他发现我们怀疑到他，怕会被抓住，畏罪自杀呢？”我问。

“畏罪自杀的话，也太早了点。”周昊说，“犯罪之前，他就已经做好了自杀的打算，给宠物狗店主一万块寄养费，还有吃了一顿丰盛晚餐。之后我们对他只做了一次例行口供，还没掌握证据呢，我们第二次去找他，他已经上山自杀了。一般畏罪自杀都是到了无法摆脱嫌疑的时候。”

大象说，“他冒了这么大的险杀人做法，是因为自己命不久矣，需要续命，说明他的求生欲很强，发现警察怀疑他，正常的反应是逃跑，结果却不是。我认为我们一开始的动机推错了。”

“他杀人并不是为了达到某种邪术目的？”

“对。”大象说，“绝对不是什么续命，我们一开始推测之所以在树林作案，是因为树林的地点符合风水要素，其实不是，在我看来，是因为这个地方，能让骇人的凶杀案快速被游客发现，传播开来。凶手的动机，是在人流密集的地方，大范围传播‘恐惧’。目的实现之后，他就在这个无人问津的地方自杀了，他不会预料到我们能找到这个地方。”

“单靠他自杀而做出这样的动机推断，并没有比畏罪自杀更有说服力。如果哑巴传播‘恐惧’，完全不用费心去制造那个不在场证明，照样可以达到目的。”我说。

“我认为，他冰冻尸体，是为了误导警方，一桩破获不了的悬案，对公众来说更具有神秘力，疑案的传播效果历来更广，因为公众可以往里面添加恶意、阴谋论。”大象说，“但是，哑巴常理并没有如你所说，去费心制造不在场证明，相反，我现在发现那个完美的不在场证明纯属偶然。”

“偶然？”周昊惊讶。

“我们来回看案情里面的时间关系。”大象拿出笔记本，在纸上写，“昨天，17号，命案发生，法医检查尸体的时间是早上五点，推测的死亡时间是16号的晚上八点到九点半，16号晚上七点到十一点，是常理的不在场时间，他完美避开了作案的可能，这里面的时间对应太精准了。所以我特意咨询了法医一个问题：一个人通过冰冻尸体的手段，能否做到将死亡固定在某个时间区间？”

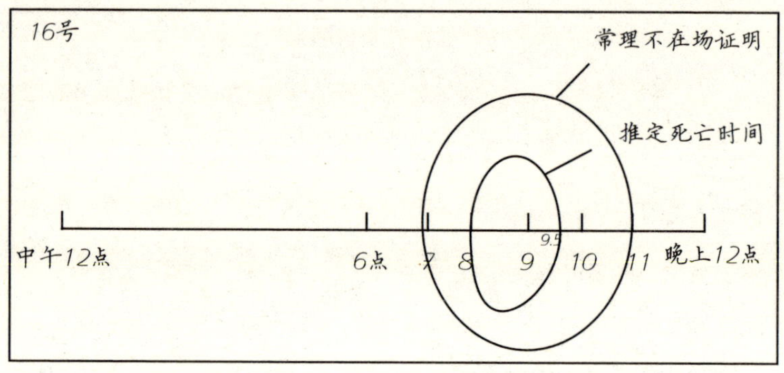

以目前的尸检水平，凶手通过一些手段，确实可以将死亡时间提前或延后，但是，即使专业的法医，都无法将死亡时间固定在他想要的时段。因为这期间有很多不可控因素——尸体曝光的时间、死者体质、环境温度、湿度，都会对伪造的死亡时间构成影响。

“也就是说，常理冰冻尸体，确实让法医做出误断，但是他不可能做到让法医将死亡时间定在16号晚上八点到九点半这个区间，然后再去制造对应的不在场证明。”大象说。

“意思是说，法医推测死亡时间，也有可能是16号的早上或下午。”周昊说。

“对，凶手靠死亡时间来制造不在场证明，因为不知道法医会将死亡时间定在哪个时段，保险起见，他会准备很多不在场证明来应对。但常理没有这么做，他只准备了一个寄养狗的不在场证明，所以反而不像是不在场证明，更像是他本来有的计划。”大象说。

“他只要照常工作，山上的监控就会为他作证的呀，这些也都是不在场证明啊。”我说。

“我看了16号当天的山路监控，常理并没有出现。”大象说。

“这不就得了，他去别的地方制造不在场证明。只不过我们没问而已。”我说。

“制造不在场证明，你会选择在这个棚屋吗？”大象转问周昊，“你调查过常理之前出现在山路的监控摄像，有没有拍下15号那天常理的监控画面？”

周昊调出手机相册，“还真有，当时我不是去查他的走动路线吗？发现他16号没走岔口山道，但之前却都走这条道。这是15号我拍下的岔口处监控画面，当时他往山道上走，抬头看了一眼监控，很可疑，我拍了下来，但画面比较模糊。”

大象看了监控画面，拿给我看，“记忆大师，你看看这张照片，想一想，跟你昨天晚上在宠物店监控视频里看到的常理有什么不同。”

“啊，他是左撇子？”我看了一眼，发现他将扁担放在左肩上，快速说。

“这是因为监控画面是镜像呈现，左右互换了。”大象指出。

“我再仔细看看，”我给自己找了个台阶下，“身上穿的衣服不同。”

“还有呢？”

我认真想，将这两个人物形象在脑中重叠，终于找到大象想要的答案，“15号跟16号的常理的最大差别，是头发。”

“对，常理犯罪当天16号晚出现在宠物店的时候，头发是理过的，但15号还没理发。也就是说，16号白天，他待在这个棚屋，用自己的理发工具为自己理了发，墙角的竹匾盛有碎发，理完发，他洗了个澡，换了衣服，这棚屋至今还充斥一股香皂味未散，西北屋角有肥皂干沫。因为他要将爱狗送走了，心中不舍，在棚屋周边跟狗玩了一会儿。之后他才带狗下山，去了城里的宠物狗店。”大象说。

周昊想了想，说，“这不对啊，你说他去寄养狗是本来的计划之一，我还是之前那个论调，这不像是一个挑山工会做的事。”

“在隐居这座山之前，”大象说，“他并不是一个挑山工。”

大象让我们看常理存的照片，从照片的房间背景，可以依稀看出格局和家具，不是富裕之家，至少也不是底层人。其中有一些出游照，是十多年前的北京、上海、深圳、澳门景点照片。千禧年前后去这些大城市景点游玩，说明常理之前的生活水平并不低。

“看这两张照片，房间里左边出现了一条黄色狗尾巴，还有这张，他的儿子骑在一只金毛身上，这也证实了他之前的生活有养狗经历。所以，临死之前，将爱狗寄养宠物店，希望遇上一个好人家，是符合他的行为的。”

周昊用手捋了捋额前头发，“要遭受怎样的变故，才会选择来这样一座山中当挑山工呢？”

“这也是我一直在思考的问题，”大象说，“可以说，找出真正的答案，这个案子的眉目就清晰了，很多东西物归原位。”

“单亲家庭，自身残疾，被妻子背叛，儿子走失或死亡，母亲去世。这些表面可以推测出来的遭遇，构成了常理的绝望。绝望之人，会寻死，但有的人是偷偷死，有的人会报复之后死。常理等了这么久才自杀，可能是因为他终于实现报复目的了。以‘红鬼’案作为开端，这个真正的幕后凶手借法术杀人续命的外衣，来吸引病入膏肓的教徒，有的人，像一飞，是真的相信续命，但有的人，像常理和我们之前遇到的张延实案，他们是想借骇人连环凶杀案向社会进行报复，也就是我一开始说的，传播‘恐惧’。他们是真正绝望之人，他们想死前，做一些挣扎，表达愤懑。”大象说。

三月初春时，67岁的退休医生张延实，在凌晨将对面楼的小孩胁迫进屋，掐死，然后将尸体吊在房间的吊扇上，周昊通过张延实口供的漏洞，将他定为嫌疑人，最后在他的垃圾中发现了作案工具。当时我们都认为，患有糖尿病的张延实，作案动机是迷信续命，但是儿女皆离家，他独身生活，孤独绝望，求生欲很低，痊愈和长寿对他都不再有吸引力。真正的动机，跟常理一样，是传播完恐惧，然后赴死。

“还有一样东西可以论证常理的绝望，他的画。画得这么好的人，哪怕随便在山底下支个摊，帮人画像，也比做挑山工轻松和来钱快，但他并没有那么做。这可以说明，第一，他是真的爱画画，第二，他对生活得更好没有欲望。画画可能并没有给他带来好的回忆，所以他只能偷偷画，在这里画。看他对画作的处理，随便堆积在衣柜内，并不珍惜。画画只是他放空或发泄的一种途径，这也可以解释他画中的内容都很阴郁的缘故。”

大象接着说，“当一个艺术者只靠体力活谋生时，一定是真正的绝望。真正的绝望者，会一直任其下坠，不会做向上爬的念想。剥除掉这个系列法术案的续命外衣，我们可以这样想，红鬼，这个幕后杀手，他创办了一种邪教，拉拢患绝症或彻底绝望的教徒，唤起他们内心的恶念，让他们在死前杀人，完成某种报复。为了说服绝望者，他可能会做一些事回报这些人，比如杀掉他们想要报复的人。”

我说，“比如常理的妻子。”

“让常理耿耿于怀的，就是他划掉样貌、背叛他的妻子，现在，我们要查凶手常理的真实身份，以及他妻子的下落。从两个方向着手查，一个是查身份证上的真实常理，看他曾经有没有接触过哑巴，另一个是查凶手，通过这些照片线索来查。找出凶手再找出他的妻子，而且他的妻子很可能已经死了。”大象将哑巴常理的照片悉数整理好，放进一个密封袋里。

这个案子告一段落，周昊须回武汉，大象拜托他帮忙调查一下真常理的真实身份。顺便查一下张延实是否有过仇人，以及目前这个仇人是否还在世。大象将这些照片全复制一份，回去仔细留意里面的事物特征，看能拼凑出多少哑巴常理的身份信息。我整理哑巴的画作，复印回去看看有什么线索。

“你们说，我们这么快就破获了这桩树林凶杀案，会不会有奖励啊？”下山的时候，我看大象仍眉头紧蹙，开了个话题。

“应该会有。”周昊也有点心不在焉。

“接下来恐怕不太明朗。”大象从坡上跳下，“当杀人的动机是传播恐惧的时候，是最难应付、最棘手的犯罪。”

周昊补充道：“也是警方最担心遇到的案子，因为凶手都不惜命，犯罪目标都是随机的，范围广，各节点之间也很少有关联。”

“这种全国性的犯罪，是不是会快速成立专案组，定期限，集中力量侦破？”我问。

“嗯，”周昊说，“但遇到这样的案子，最优先级，是封锁消息源，阻断传播，并加大力度监管，草木皆兵，必要时会用强制手段调查可疑对象。”

“比如？”

“比如，外国要搜查嫌疑人房屋，需要向法院申请搜查令。我们比较暧昧。”

原来“暧昧”一词也可以用在这么严肃的事情上，我问，“那这起系列案件接下来最糟的走向会是什么？”

大象拿出手机，并不直接回答，“对了，记忆大师，我这还有一道题要问问你。”

是两张图，百元人民币的正面和反面。大象问，“你看像什么？”

“论颜色和图案的布局，最像台币100元。”我站定沉思了一会儿，不知大象葫芦里卖什么药，只有按照我的认知，在脑中搜索对比各国钞票图案回答。

“不对。”大象说。

边走边想，“啊，我知道了，像那种高度仿真的冥币。”

“最后一次机会。”

我思索大象问这个奇葩问题的理由，钱是放在一张桌子上，为什么是图片？为什么不拿出现金给我辨别，“给点提示。”

“钱是从哑巴常理出租屋内的桌子玻璃底下拿出来拍的。”

哦，是假钞，想通了，“像真的100元。”

“有时一个东西的真相，哪怕是图形记忆大师，也不可能单靠视觉就做出准确判断。必须综合形象、认知、逻辑和触感，才能贯穿因果。”大象说，“接下来最糟糕的走向，是这些实为传播恐惧的连环凶杀案，会借以邪术犯罪的惊悚外形，快速复制并流传全国。”

大象的担忧不到十分钟就被验实，我们到达山下管理处，是早上十点。管理处里面人员密集，包括昨天三位西装人，他们表情复杂地看向进门的我们，将我们召集到一个角落，悄声说：

“刚刚接到消息，又同时出现了三起同类命案。”

“baker”

一

周昊回武汉休息一天后，驱车50公里，去了哑巴常理身份证上标示的家乡，那个地方位于湖北省孝感市云梦县的一个人稀村落。村里不乏装修现代的楼房，但多空置。车轮轧土路，嘎吱声不绝，趴在阴影里的狗警觉站起，对着汽车吠。

常理的家是一间瓦房，木门破落，周昊一推，腐锈门把手脱落，屋内几束光从洞开的屋顶穿入，立于三十平米厅中，冷清肃穆，一眼即知是一间很久没住人的房。周昊又走访几位老村民，从他们口中得知，身份证上的常理不是聋哑人，果真如推断，凤凰山树林命案凶手哑巴身份证上非他本人。而这名叫常理的人，村民回忆，“他早前就出外打工了，他妈去世后，很久没有见过他了。”

查询常理身份证信息，显示他2004年5月离家，到四川，2006年5月辗转到广州，同年7月到了辽宁丹东，之后就没新的记录。假设在这期间身份证丢失，理应会补办，工作、住宿、交通、通讯、上网，生活的方面都需要登记身份证。一个还活在现代社会里的人，不可能丢失了身份证之后不露踪迹地活着，极大的可能，这个真正的常理，被人暗暗从世界上处理掉了。哑巴得以顺利扮演常理。

能这么做的，会是谁？怎么推，答案都导向那个隐在幕后的红鬼。他通过某些手段，找到了一个与哑巴面貌相似的青年，偷他的身份证移花接木，并将人杀害。哑巴在山中制造骇人听闻的命案，之后的自杀，断了审讯路径，我们只得捡起旁枝材料，再作推理。

“哑巴的身份还没查清，又发生了三起同类命案，这些命案现在已经在全国形成非常恶劣的影响。”大象焦躁。

“这些命案的真正目的是为了传播恐惧，警方必须快速破案，否则权威会大大减退，引发我们料想不到的社会后果。”我说。

“在破这些命案前，要先解决的疑点是，前三桩的命案凶手：屠夫一飞，张延实和哑巴，他们身上是否存在这样一个共同点：都有一个仇人，并且这个仇人都得到了严酷的惩罚。屠夫一飞，他的仇恨源是从小虐待他的继父树德，他在磨石村五年如一日地施行激素猪实验，间接让树德染上性病，双腿截肢，生不如死。张延实也确有一名仇人，那个开车撞伤张延实妻子的肇事者后来也出了车祸死亡。”

经周昊调查，2010年夏天，张延实的妻子在回家路上被一辆疾驰的轿车撞倒，当时医院的检查结果只是皮外伤，司机是一名混混，赔了点医药费了事。但张延实妻子回家后就一直头痛，张延实的儿女再去找肇事者，反而被打了一顿。同年8月，张延实妻子病逝。2011年4月，那名混混肇事者在一次车祸中丧生，事故被判定酒醉意外，周昊调查当天前后张延实和儿女的行踪，没有可疑迹象。但他查看了那辆事故车，发现刹车器被人做了手脚。

“因为是同系列命案，找出这些命案之间的共同点，对接下来案件的破获将起到至关重要的作用。哑巴的仇人无疑是背叛他的妻子，现在的问题是，他的妻子是否遭受厄运，我要查明之后才好作下一步的推理。”大象叹息，“哑巴没留过案底，指纹和血液派不上用场，而我们连哑巴的名字都不知道，找到他和他妻子身份，短期内难以办到。现在要压住舆论，缓解大众的恐慌情绪，避免群情失控，只能寄希望于案件明晰。警方已经向外公布，这些命案是纯粹的恐怖主义行为，跟传言的续命法术毫无关系，也已经在各种媒体上播送各案件的矛盾点，惩处造谣，以此消解掉连环命案的神秘面纱。”

“我看这是在做无用功。”我说。

“怎么说？”

“你知道有个著名的记忆理论，‘Baker/baker悖论’吗？”见大象没回话，我接着说，“这是一个记忆实验，跟一组人说，请记住一个人的名字叫Baker（贝克），跟另外一组人说，请记住一个人的职业是baker（面包师），过一段时间后，验收记忆，结果是，人名的Baker很少有人记得住，但很多人能说出面包师baker。记忆程度为何相差这么大？因为人名Baker没有形象，而面包师在人们心中有个具体的形象。”

大象缓缓点头，“大众的大脑只会并只愿意接受，那些突出的，甚至是怪异的形象作为固定印象。红衣男孩的死亡现场由于过于鲜明和诡异，在大众的脑中，已经跟‘邪教’‘续命’‘法术’等印象捆绑在一起，挥之不去了。纵使后期警方、科学家再怎么解释，基本也是白费力气。”

“对的，费力还不讨好。”我说，“大众会认为，警方在维稳、欺骗、混淆视听，是办案不力的表现。”

“只有抓到凶手，才能从根本上化解危机。”

“查出哑巴的真正身份，我认为并不如你所想的那般困难。”我说，“与‘Baker/baker悖论’同理，当一个人的形象鲜明到，已经足以形成身份的标识，标识越多，我们要定位他越容易，完全无须得知他的名字。这就是成功人士追求‘Title’的原因。‘Title’越大，知名度越大，‘Title’越多，人物形象越具体。我们已经知道犯罪者是一个‘哑巴’，隐居山中，对他家乡人来说，是‘失踪人士’，并推理出他的职业是‘理发师’，同时是一名高超的‘画手’，有一个背叛他的‘妻子’，‘母亲’和‘儿子’可能已经‘死去’。再从他棚屋中留下的照片细节中挖掘出别的特征，靠这些‘标签’的组合，定位出他的身份，我认为不难。”

“阿雷，你什么时候变得这么睿智？”大象精神一振。

我微笑，“这些都是记忆法常识啦。”

“我有头绪了！”大象拨云见日，“我去找个人。”

印象中，大象第一次跟我说“谢谢”。

二

哑巴常理树林命案刚破，就同时爆发另外三起命案，因皆发生在公众场所——分别是云南昆明一座公园湖心拱桥下，四川巴中一个村的古亭里，陕西安康一家刚建成不久的模具厂内。犯罪信息不胫而走，半日即遍布全国，连同之前四桩同类命案，人心惶惶。

警方快速成立专案组，并案研讨方案，因大象之前的优异表现，他被临时纳入警方队伍，并被指定为专案组“犯罪分析师”。组内再分成十二个小组，大象为其中一个小组领头，周昊和我自然在大象麾下。

26因在狱中表现良好，加之他给予了大象很多明确的破案指导，死刑改为无期徒刑。

“最近的三起命案进展如何？”26在大象面前坐下，直入主题。

这是大象跟26第三次见面。

“上次我们推测，以‘红衣男孩’为首的这一系列邪术犯罪，主谋的真正目的是为了传播恶，邪术只是蛊惑大众的外衣，起传播引爆的作用。刚刚破获的树林命案，凶手将现场设置在景区里，犯罪后自杀，以及现在的这三起命案，暴尸地点都是公共领域，这些都可以坐实我们对犯罪动机的推测。”大象将资料和照片摊开在铁桌面上，“最近这三起命案同时发生，分属不同省份，符合你画的传销犯罪模型，三起命案由三个凶手所为，并且这三位凶手都师承‘红衣男孩’案主谋红鬼。”

“包括之前三起，也就是说，红鬼已经招纳了至少六名手下，他们都完成了自己的任务。在全国六个地方，遵循时间规律性地犯罪。”26看向桌面的资料。

“这三桩命案同时爆发，明显将案情推到最高潮。”大象说。

“在监狱里都能感受到这股动荡的余波。”26拿起笔，在白纸上画坐标轴，“将历史上著名的连环凶案各案的时间按月份为间隔，画成曲线图，不管是伦敦的开膛手、韩国华城命案，还是中国的白银案，都可以发现是波动状，也就是说，凶手选择犯罪的时机并不遵循规律，想的只是在一个时段中有效并密集犯罪，满足自己的犯罪心理，同时对社会形成震慑。”

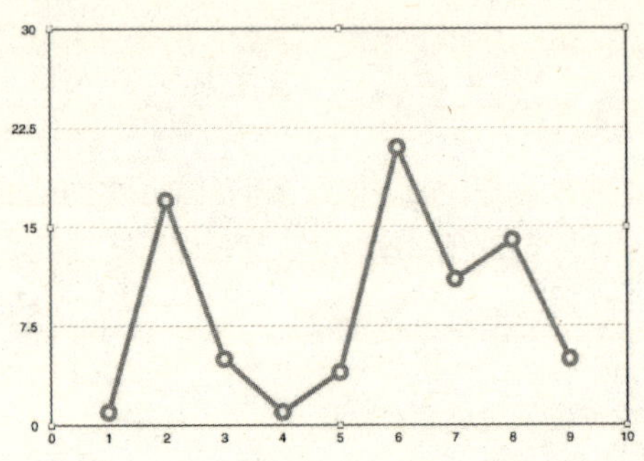

（图：一般连环凶案间隔时间犯罪曲线）

又说：“红鬼系列案，因各案之间并不是一个凶手所为，相比连环杀人案的无序，这是有组织有计划的邪教犯罪行为，又因这系列案件的示众性质，以及传播恶的目的，我们可以认为，如今暴露出来的这七起命案就是所有命案，将这七起命案作案的时间间隔画成曲线，可以看到是一条下滑线。”

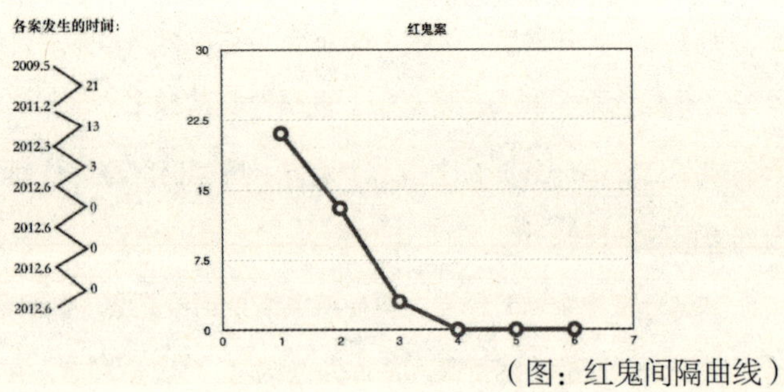

（图：红鬼间隔曲线）

“下滑线说明什么？说明红鬼组织的犯罪遵循时序，一开始两案之间间隔二十一个月，到最后凤凰山树林案及接连爆发的三案之间，都在同月发生。恐怖的作案法，先缓后急的作案节奏，既符合传播规律，又具备叙事要素，在生理观感上给人措手不及之感，由此带来强烈的心理刺激。再看他犯罪地点的选择，一个命案选择一个省份，地域越大，辐射范围越大，明显是要将犯罪影响力扩散全国至全球。所以这个时候同时出现的这三桩命案，不仅使民众的恐慌达到最高潮，还让他们对警方的怨气达到最高潮。唯有以最快速度抓住三起命案的凶手，并且公布破案过程，把这些公众怨气、怒气疏导到罪犯身上，逼供罪犯说出有关红鬼的线索，之后对他们立即执行死刑，方可化解隐患。”

看到一位刚从死刑改为无期徒刑的犯人，站在局外，冷静地说出“逼供”和“立刻执行死刑”这种绝对理智的话，大象惊讶又暗暗佩服。

“抓到这三起命案的凶手不难。”26说。

“难的是抓住红鬼。”大象说。

“根据这个下滑曲线来看，最后的时间间隔已经为零，我倾向认为，红鬼策划的这系列邪术犯罪已到尾声，后续很可能不再有类似命案发生。或者如同钢琴曲，高潮之后还有一段舒缓的收束。总之，如果这时不能将他抓获，之后要抓到他的难度恐怕将大大增加。就此成为悬案也有可能。”

“很少有这样的犯罪吧，在案情达到高潮时收手？”大象疑问。

“我把你当成对手，但在跟你的交手中，你未能破解我的招数并致胜。我认定你不是我的对手。所以我选择隐退，在世间留下的迷局，静等其他高人破解。”26双手手指交叉一起，语调平和，“请把这当作抓住他的最后一案，如果实在抓不到他，就将幕后红鬼的身份隐掉，把他当作不存在，或者指认之前案子的某个凶手为他。这是给观众的交代。”

“我是不会这么做的。这么做不就代表认输了吗？”大象说。

“就算你现在抓住他，也不光彩，严格来说，仍是低他一等。”26看着大象的眼睛，“这就是犯罪者大于侦探理论，如果有一个连环罪犯让最聪明的侦探感到头痛，最后花了很长的时间很大的代价将他抓住，那么，犯罪者的才能高于侦探。因为博弈不平等，侦探在这个游戏规则中，可以借助高科技道具，有很多精英帮忙，获得很多外力资助。最重要的是，社会还会给予呼声支持。在现在这个时代，一个犯罪者还能这样兴风作浪，无形无迹，可以肯定一点，在世界范围内，他是数一数二的犯罪者。”

“我想抓到他。”大象声音微颤，“花前半生不足惜。”

“我会竭尽所能帮你，”26说，“这是我在狱中的唯一乐趣。”

“谢谢。”

“说说你接下来的想法。”

“嗯。”大象稍作整理，说道：“从已破获的三桩命案来看，除了屠夫一飞，其余两人，退休医生张延实还有哑巴，他们的犯罪动机都不是为了‘续命’，他们这么做，是为了传播邪恶，也就是报复社会。以此推理，如果凶手真是迷信人士，要实现‘续命’，就愈不会暴露自己的犯罪现场。反之，现场愈公开，报复社会的性质就愈浓。因此现在爆发的这三起命案，现场一个在景区，一个在村里，一个是厂内，都是明目张胆地公开案情，背后这三名凶手很可能不是迷信人士。他们听信红鬼或红鬼属下的教唆。”

26点头，示意大象接着说。

“综合三名被抓的凶手，他们会听信红鬼以这样的方式报复社会，共同点，他们都是绝望者或得绝症，对生活没有期许，被抓最多一死，好过活着等死。所以，现在这三起命案的凶手，同样也会符合这个特征——绝望人士或绝症者。”

“嗯，合理。”

“问题在于，他们为什么愿意听从红鬼的指挥呢？我的推理是，他们跟红鬼之间存在交换关系。红鬼精准读出了他们的仇恨，并帮他们消灭了仇恨源，换取他们的信任，进而让他们成为犯罪棋子。”

“这个推测的根据在哪？”26问。

“屠夫一飞和退休医生张延实，都有仇人遭到报复，一个截肢，一个出车祸死亡。”大象说，“看起来都是意外，但其实是人为。”

“所以你现在要找出哑巴的身份，再找出他的仇人妻子的下落，以此断定这些犯罪者的共同点，依据这个共同点来筛选接下来三桩命案的嫌疑人？”26问。

“对。”大象说，“这是我综合计算后得出的最快并最稳妥的破案步骤。”

“严谨。”26向后倚靠椅背，“那现在的难题，就剩下怎么查出哑巴的身份了。”

三

二十世纪五十年代，政府在全国选定了一批盲人进行保健按摩培训，学成之后分散各地，盲人按摩行业慢慢开花结果。到了1998年，杭州出台了盲人按摩行业管理的通知，规范盲人按摩市场，恰好赶上杭州经济十年飞跃的春风，盲人按摩行业规模迅速扩大，乃至今日，按摩成为盲人就业的第一选择。

以此作范，八十年代南方也兴起大大小小的聋哑人技能培训学校，主要教授理发。最盛时，这些聋哑人理发师分布广东、湖南、福建等地，开设理发室，技艺高超，根据1999年的统计报道，单单广州登记的聋哑人理发机构就有49家。但因不具有独特性，在时代大潮中，最后并没有形成规模。

哑巴自杀后，大象仔细分析他遗留下来的照片，室内照片有的墙壁上糊有纸张，这是南方的防潮特色。在北京、上海、深圳、澳门四个地标建筑景点前都有全家合影，唯独没有去广州“旅游”。再看照片细节，出现番石榴和杨梅，翡翠电视台，儿子吃的一种广州市著名雪糕品牌“五羊”，以及两处外景的“粤A”汽车牌照。可将居住地缩小在广州。而常理身份证最后的动向是2006年7月从广州坐火车中转北京再到辽宁丹东，综合来看，哑巴曾在广州开有一间理发室，看室内的装修、儿子的穿着，间接说明他理发手艺精湛，盈利不菲。遭受变故后，他用了常理的身份证离开了广州，在凤凰山成为一名挑山工。

再对比哑巴照片上标注的日期，大象认为，1999年那则有关广州聋哑人理发机构的统计报道，其中有一家理发店为哑巴所开设。找出那49家理发店的地址，分派人力实地走访，根据已经得到的哑巴身世信息，查出他和他妻子的详细资料，不用一天就可以办到。

“但是，那份广州聋哑人理发店的地址清单早已丢失，资料室存下的只有‘49家’这个数据。”大象丧气。

“没有别的办法了吗？”26问。

“所以前来求助你。”大象说。

26沉默了一分钟，拿笔在纸上写下了一串数字，“这是我之前合作过的黑客的银行账号，你找他试试。找他的办法比较特别，要亲自去香港，随便找一家渣打银行ATM机，向他账户转一笔费用。他是一名马拉松爱好者，自2006年成立马拉松大满贯开始，每项赛事他一期不落轮轴参加——作为一名黑客，他连报名流程都省了。我是2009年12月找的他，那时他刚参加完纽约马拉松比赛，是他第20次参加马拉松大满贯赛事，将参赛次数换算成20美元，加上接下来距离最近可报名的赛事费用，即距离12月最近的2月报名的芝加哥马拉松比赛的报名费。转账后等他反馈，假如他认为你值得一见，你就会收到见面地点的通知。”

四

“26在2009年12月找他时，他总共参加了20场马拉松大满贯，现在是2012年6月23日，按每年五大赛事计算，4月底结束的伦敦马拉松比赛是他参加的第32场赛事，接下来最近可报名的马拉松赛事是9月份的波士顿马拉松，报名费是225美元，32加225等于257美元，等下你要向他账户汇257美元。”在飞机桌板上，我用了十分钟算出了求助黑客的费用，“包括我们的机票费用，不便宜啊，希望物有所值。”

“转账费是32美元加上12800日元。”大象纠正，“东京马拉松在明年会被纳入大满贯赛事里面，今年8月报名，是距离6月最近的报名赛事，报名费是12800日元。”

大象转完账，刚走出银行，手机就收到一条短信：“今日下午两点，香港西营盘德辅道西246号义工中心606室。”

“太快了吧。”我看着短信，在香港熙攘的街道感到不真实，“他到底怎么做到的？”

“ATM机的摄像头。”大象抬头看着逼仄街道外的正午阳光，“他获取转账人的样貌后，读取相关数据。我的头衔不是‘犯罪分析师’吗，为了提高会面的概率，我昨天还特地将这个头衔置顶到我的介绍里。‘Baker/baker悖论’，你说的。”

我们刚走进义工中心，一位坐在室内课桌用笔涂涂写写的青年站了起来，他穿着一件纯绿T恤，一条运动裤，耐克跑鞋。身高大致一米七，身形精瘦，一对粗眉毛，宽脸，棱角分明，留着一头不太相宜的蘑菇头，神采奕奕。他向我们走来。

“你就是大象吧！”他跟大象握手，“久仰久仰，我就是你要找的黑客，叫我山药就好。植物和食物的山药。”

“你好。”等他跟大象握完手，我适时伸出手，说道。

“你就是阿雷吧！”他指着我，拍了我一下肩膀，看我伸着的右手，赶紧握住，“大象的破案经历，你写得很好，我都看了。”

“是26介绍我过来的。”大象说。

“什么26啊，”山药领我们走向他桌子，边说，“他名叫郑齐仕，今年42岁，未婚，性冷淡，有两套房产，没有心理问题，犯罪学造诣颇深。他是不是跟你说过，他被抓获是意外，是败于偶然性。扯的！他找了我，让我给他更改IP地址，作为一个正义黑客的职责，我要回访啊，然后我发现他在网上找的那些人，后来都不再出现了，我直觉有问题，然后我就调了他家门外路段一个摄像头录像。一天看到他将一袋不明物体放进了后车厢，我想看看是什么东西，就去他任职学校的停车场撬他的车看，果然是未来得及销毁的尸块，然后我想了个办法，让一群捣蛋的学生去识破。很简单，我盗了他们班一名学生的账号，那名学生那天正好回家，我在群里怂恿情人节应该给老师送一个惊喜，大家议论纷纷，我说充气娃娃，搞个新闻，得到一致赞同，我还给班长转了购买娃娃的钱。郑齐仕到现在仍认为自己的犯罪是偶然败露。”

“我猜，你们是不是在想，螳螂捕蝉黄雀在后？”山药在桌前站定，笑，让我们坐。

“厉害厉害，你还能读心。”我进入他的语境。

“我们这次来，是想……”大象坐定后开口。

“等等，我今天在解一道题，你们也帮我看看？”山药将一本习题册转向我们，“我最近在这家义工中心辅导小孩子，这是他们书上的一道题，难住我了，你们解解看，解完再说正事。”

书页上画的是一辆停着的红色双层巴士，车头朝右，车身前后两个车门皆打开，有一人从前门上车，无人下车，第一层车窗上可见十二个乘客和一位司机，第二层车窗上有七位乘客。提问：请指出图中的错误点。

“车厢下层高度应该比车厢上层大，这图的上下层比例一样，不太符合动力学。”我说。

“来来来，我们限定时间，畅所欲言，沙漏漏光，看谁的答案对得上。”山药从课桌抽屉中拿了一个绿色沙漏放在桌上。

“人穿的是短袖，车旁的一家早餐店正在营业中，说明现在是夏天的上午，这时的太阳光是不是会反射到车窗玻璃上，导致看不见车内的人数？”我问大象。

“你想复杂了，这是一道小学生题，不会用到这部分知识。这个错误一定是显而易见的，只是我们没有发觉。”大象看了一眼沙漏。

“那我怎么看都没有发现问题。”我说，“对比我人生中见过的所有公交车，都……”

“我知道了。”大象突然说，“我也在对比平常见过的公交车，经你一提，立刻明白了，我们之所以没有发现错误，是因为我们一直在脑中对比内地的公交车。但这是一道香港的题目，是一辆香港的公交车。”

“什么意思？”我的思维一时没有转过来。

“香港跟内地公交车的差别啊，香港路面是靠左行驶，当公交车的车头朝右，那车身是没有车门的。这就是这道题的错误点。”大象说。

“这个回答说得通哦，我看看标准答案。”山药随手平放沙漏，翻开题册的最后一页，露出笑脸，“对，就是这个答案，怪不得我也想了很久，原来要将车子的行驶方向考虑进来。”

“我们这次来，是想让你帮忙找一个人，26，郑齐仕说，没有你找不到的人。”大象说。

“嗯，你描述一下那人，并说说想让我用什么方式找到他。”山药说。

“这个人是一个哑巴，杀人后自杀，公安系统没有案底，我们只知道他的职业曾经是理发师，还会画画，2000年前后大概率在广州定居，开理发店，跟一名女子结婚，后来女子背叛他，他的儿子可能被带走，或者出了意外，导致母亲悲痛过世。他因此恨妻子。这个人物故事很典型，我猜想在当时一定有纸媒报道，只是当时网络还不发达，服务器上储存的新闻数据非常有限，需要你的专业技能。如果此路不通，我想让你帮忙，能不能用什么办法找出2000年前后广州注册的理发厅，筛选出符合以上描述的选项。或者根据我带来的这些旧照，综合外景的道路和建筑，室内光线方向，来定位出大致的位置？”大象从包中掏出照片包，拉开拉链，递给山药。

“等下，我们再发散一下呗。”山药并没有接过大象的照片包，他又将题册移到桌面中心，“我刚从这道题上延展出一个新的问题，很有意思，你们再猜猜，用一种最简易的办法，将这道题错误点抹掉？”

“将车门涂掉不就可以了。”我有点愠恼他的态度，“不是说解完题就说正事吗？”

“这个办法没我想的办法那么简易哦。”山药说。

“把问题改成简体字，或者把发问的语言换成普通话，将这道题放入内地的语境里，它就没有错误点了。”对于山药的轻视，大象没有一点不满的迹象。

“对！厉害。”山药向大象比大拇指，“就像一名好的编剧不是文字功底厉害，取胜核心在于故事。同样的，编程于我，只是工具，黑进数据库，根据平面图定位位置什么的，调看各种摄像头啦，不值一提，干什么事的重点，还在于思路要奇绝。”

“跟我来。”山药走到前台，从桌上拿起电脑，我们跟他保持同一个方向站着，看他手指翻飞敲击键盘，“大象的办法可行，但对我来说不是最优解，找起来也没意思。最易突破的口，是找女子相关的艳情史。”

“艳情史？”我纳闷。

“对。”山药操作电脑，“这是一个婚外恋故事，哑巴有个妻子，妻子背叛了他，很大程度上说明女子有了外遇。哑巴本来是弱势群体，他靠精湛的理发手艺赚了不少钱，势必会招致一些健全人眼红。女子的背叛，会让这些人暗中痛快。事前事后衍生的版本，哪怕是杜撰，也会极尽离奇和色情。这一块有很多暗道可以打通。虽然2000年前后网络还不发达，但那时的BBS社区和博客已经开始流行，百度贴吧也正在筹划中，服务器安在香港的色情网站大部分都是内地IP。只要确定几个关键词，'哑巴''妻''理发''偷''情''广州'，起始时间设置为1999年，搜寻内地网络出现的符合关键词的内容，我请你们下楼喝杯鸳鸯奶茶，喝完我们来看看捕获情况。"

喝完奶茶回来后，我看到电脑还在运作中，已经搜索出129篇符合关键词的内容，时间最远的是2005年。

"先筛掉非广州IP发布的内容。"山药敲了几个代码，我看到129篇内容剩下74篇。

"从这些内容里面查找有没有相同的IP地址。"弹出4篇内容是同一个IP发布的，山药依次点开四篇内容，最早的内容发布在2003年，最后的内容发布在2005年。

其中一篇帖子，是2003年发布在一个黄色论坛的情事分享区。帖子写到，"我"去一个位于广州番禺区的理发店理发，理发师是一名聋哑人，他的妻子在逗儿子玩，是一个健全人，长发，长得很有诱惑力，在理发途中，"我"透过镜子跟理发师的妻子频频对视，确定她对"我"有好感。"我"于是经常去理发，有次看周围没人，壮胆在哑巴面前约那个女人。一来二去，"我"知道哑巴无威胁，更加肆无忌惮地跟他女人偷情，甚至还在夜晚潜入他家，跟他老婆做爱，哑巴养的金毛狗一开始还吠，被女人训了几次，就不再叫了。“你叫出来更刺激，反正哑巴也听不到。”“我”对女人说。

“内容劲爆，是个黄文高手。”山药再将这四篇发布在不同网页的内容重合，从中再筛出一些特征，均符合我们要找的哑巴本人的画像。

“再来看看这个IP地址。”山药定位出广州番禺区的一座老式居民楼，“户主叫李顺，三口之家，根据这个IP发布的其他内容来看，大部分是学生流行话题，对比偷情帖的构词和句式，出自一人的可能性极大，可以推断，2003年使用网络的，是李顺的儿子李文生，当时他在读高二，16岁上下，不太可能跟一个成年人偷情。”

“偷情帖子里的对话全部陷在色情里，没出现有关工作方面的交谈，连谈及私奔都看起来像儿戏，这里，还有这里，说给女人送了一个皮夹和香水，皆用了‘名牌’和‘高贵’，‘用掉了我半个月的工资’，提及细节又语焉不详，可以断定是一个没有社会经验的学生所虚构。”大象指着内容说道。

“看做爱的细节，完全受到了色情小说和黄色漫画的影响，天马行空，不切实际，就是一个处男在意淫隔壁的少妇。”我也发表自己的见解。

“故事虚构，但基础取材于现实。发帖者李文生现在25岁，在广州天河区一家保险公司上班。调出运营商的数据，看他近半个月的通讯点，密集出现距离公司一公里左右的一间屋内，可以判断是他现在住的地方。”山药边说边操作，“看他的通讯对象大部分是客户，无开房记录，确定单身无疑，而且社交贫乏，目前银行卡里的存款是两万三千元，每月花销基本固定在一千元左右，没有娱乐消费需求，但以他刚染上兴趣的赌球的输钱频率，大概三个月会把存款赌光。看网络上的搜索和发言，厌女症晚期，判断有家暴倾向，性格懦弱。看他下载的电影，审美低俗。”

“带一名警察去找他，就跟他说，要查看他的电脑，就说是检测到他下载了非法视频。他电脑里存了5GAV，够他吓的，之后再跟他说明你的来意，他就会乖乖带你们去哑巴理发室的地址了。”山药合上电脑，“祝你们接下来破案顺利。”

五

当天晚上，我们就坐飞机到了广州。李文生一开始还狡辩，当时发布在网上的故事只是出于好玩，完全虚构，并没有什么根据，看警察一脸严峻，他才同意带我们过去指认，并不断表示“我不知道这个会犯法”。

在番禺区的一处待规划的老房区，我们找到了哑巴的理发室，那家理发室至今还在营业，装潢乎还维持之前的风格，绿白的马赛克墙壁，水泥地面被踩踏得油光水滑，天花板安了两架吊扇，扇叶上缠绕一层黑乎乎的丝尘，发出“嘎哒嘎哒”的噪音。店主是一个身材微胖的健全中年人，我跟大象、两名警察和李文生进店时，他正在用一个推子给小孩剃后脑勺。

"2006年，我从他手中买下他的店后，就没见过他了。"理发店店主跟我们说道。

哑巴本名叫冯富良，正是缔造丹东凤凰山树林命案的凶手。2001年，哑巴的妻子吴妙婵趁冯富良工作的空当收拾行李，跟另外一名男子离家。留下三岁的小孩，冯富良的母亲回家后，发现孙子触电倒地，她当场昏迷，在医院躺了五天，没有再说一句话。在短短一周时间，失去两位挚爱，冯富良那天一直喊叫，悲伤拉扯到极限，发出尖锐的嘶鸣。听过那个声音的医生和护士，表示终生难忘，"耳膜都像被刺破了一样。"

冯富良之后就行尸走肉地生活，理发室也不开张了，有人让他去警局报案，儿子和母亲的意外，吴妙婵负有很大的责任，冯富良不为所动，只是默默将照片上有关她的脸孔，用小刀划掉。

2006年7月，他卖掉房产后，悄无声息离开了。邻居有天意识到他，才发现他早就消失不见。直到2012年6月，事情过去了将近六年，我们找上门，他们都还不清楚他究竟发生了什么事。"他杀了他妻子了？"有人问。

在派出所查询吴妙婵下落，我心里是暗暗担忧的，一方面我不希望她真的"出意外"死去，一方面又希望案情如大象所推理的那样发展。

"她现在居住在湖南的郴州市。"一名年轻的警察抬头看向大象，"人还活着。"

"我看看。"大象脸上现出疲倦，俯身看向电脑屏幕。

"等等，吴妙婵报过案。"警察用鼠标点开她的报案信息，

“2009年5月28日，她跟另外一个男人生下的9岁儿子，被人在老家屋内杀害，她的前夫冯富良被警方列为最大嫌疑人，因为他人失踪，案件至今未破。”

吴妙婵的儿子，就是“红衣男孩”案的受害者。

信号

一

有的时候，双耳似乎贯通，世俗的响动像潮落，听到无声的声音。跟大象同行于广州凌晨的街道，路边夜市灯火通明，杯盘叮当，人在喝酒猜拳吃菜抽烟和飙粤语脏话。大象落魄样，神思在别处，路上霓虹打在他的脸和身上，快速遁走。我间歇问他两次话，他都没有回。后来我推他，他才回神，却说很累，早上六点起床去机场，搭飞机到香港，跟山药会面，下午五点又飞广州，十点查清了哑巴冯富良的档案，十二点知悉最终的真相。所有线索在大象的推理中按部就班，只是高潮的冲击力度一时超出他的承受范畴，疲惫卷过身躯，他又露出不堪一击的模样。回到酒店后，他沉沉睡去。

他是一个需要充足睡眠的人，也是一个信赖睡眠的人。进入高压工作状态时，他每天要保证八个半小时的睡眠时间，不然他宁愿去补睡，也不会撑着工作。

所以我知道，哪怕他在前一刻露出天塌了的表情，睡足后醒来，他还是那个嗅觉超人，披荆斩棘的天才侦探大象。这也是我一直追随他的原因。

自从6月19日三桩命案爆发以来，现在已经过了五天。大象花了五天查冯富良的线索，看起来是罔顾重点，实则是独辟蹊径。

“将这条暗线捋顺了，各案之间就连接了，一提拉，整个犯罪成形，”隔天清晨，大象将第二碗皮蛋瘦肉粥喝完，眼睛泛光，“接下来会好办多了。正好其他组员已经在三桩命案中确定了嫌疑人，勘查取证工作也已经收集好，我们现在过去，争取速战速决。”

“大家伙还在后头呢。”这三桩命案的凶手，显然不是大象的重点。

二

前程模具厂占地302亩，位于陕西安康市北郊，员工刚驻厂不到一个月，行政楼B座二楼的男厕就发生了命案。

6月19日早上六点，保洁人员来到行政B二楼，在清扫男卫生间倒数第二个隔间时，发现门向内推不开，以为有人，却不见后续动静，于是探头进去看，发现在隔断间的天花板上，悬挂着一具尸体，惊慌失措跑出大楼。外头是一群去车间上班的员工，他们听到惊叫，陆续走进行政楼，集体目睹了命案现场。

死者叫金正，刚满16岁。6月18日当晚10点至19日凌晨2点，由他在行政楼器材室值班。凌晨2点换班的同事来到办公室，发现他不见踪影，还以为他提前溜回宿舍休息，看没异样，同事并没当回事。

死亡报告显示，金正是在值班期间遇害，死亡时间在凌晨一点到两点之间。调取行政楼B座大门监控，并没有发现人员进入，说明凶手特地从大楼消防后门潜入，走楼梯上二层。从现场勘查结果看，金正是在上厕所时，被后面的凶手用绳索勒死，导致尿液溅湿裤腿。金正死后，凶手将尸体平放在厕所地板上，做细致的法术犯罪——在金正的天庭用细针扎洞，双眼蒙黑布，手脚往后捆绑一起。鞋袜皆脱，扔于厕所的垃圾桶里。之后站上厕所倒数第二间隔断里的马桶沿，抽开天花板顶上一块铁皮，在空隙间横架一根一米二的木棍，木棍中部挂着一枚挂钩，再将捆绑的尸体抱起，尸体后背的绳扣对准木棍上的挂钩，松手，尸体就这样稳稳当当地悬挂在隔断间。

现场除了一双手套，没有发现其他与凶手有关的物品。厕所地板有泥沙，死者鞋底干净，唯有凶手所留，但这个线索无足轻重，工厂刚建成，周边多泥地，无法缩小嫌疑人范围。

但综合死者的死亡时间、模具厂偏远的位置、凶手对行政楼的熟悉程度，基本可以推断，凶手是厂内工人。案发后，警察立即封锁整个工厂。一来避免凶手趁机潜逃，二来是扼制住消息外露，但好死不死，这座偏远位置的模具厂，刚刚在厂区覆盖了大部分通讯信号，几乎在命案被目击的同时，信息就传遍各大网络。

模具厂内有八幢宿舍楼，共住有2144位员工，宿舍十一点熄灯，假设员工十二点未归宿舍，公司会对其扣分。宿舍楼大门设有门禁，进出皆有记录，因此十二点后回宿舍的员工，自然被警方列为嫌疑人。嫌疑人除了两座行政楼的三位值班人员，暂住在办公大楼的七位天线施工人员，还有五位十二点之后回宿舍的模具厂工人。

在调查哑巴冯富良的身世前，大象就已经让三个命案现场的各个组员调查嫌疑人情况——是否符合绝望人士或绝症者条件，再从符合条件者里面，查是否有仇人及仇人的直系亲属曾遭受意外伤亡。在模具厂的这十五位嫌疑人当中，恰恰就有这么一位符合条件的人选。

“这个人叫朱志越，今年35岁，河南南阳人，本来家境殷实，后赌博输光家产，房子产业变卖，还欠下一大笔债。三年前与妻子离婚，无儿女，两年前试图跳河自杀，被救活。从这一年的动向来看，他专门去位于不同省份的大型工厂工作，这些工厂都地处郊区，而且他一般工作不到两个月就辞职。”周昊身在模具厂，我们候机时，他打电话给大象。

“仇人情况呢？”大象问。

“很巧，大概在一年前，2011年的6月，曾经是朱志越的好友，后来关系决裂的一位叫向民的人，跟撞到张延实妻子的肇事者一样，也是喝醉酒，出了车祸身亡。不同的是，向民并不是司机，当时他坐在副驾驶，跟朋友从夜总会开车离开时，半路车胎爆破，刹车失灵，撞向路边电线杆，两人同时死亡。我去检查了事故车，刹车器疑似被做了手脚，只是手段高明，乍看以为是零件松动。”大象将周昊的电话开扬声，“朱志越曾经告过这位叫向民的朋友，认为向民跟人合谋，设了赌局，让朱志越在赌场越陷越深。后因为证据不足，朱志越败诉，两人关系也因此决裂。朱志越落难后，向民反而混得风生水起，显然朱志越要报复的仇人就是向民，向民的意外死亡也间接证明了这一点。当然车祸事故跟朱志越没有关系，当时他人身在异地，没有作案可能。”

“模具厂命案，他有很明确的不在场证明吗？”大象问。

“对，”周昊说，“事实上可以说，在十五位嫌疑人当中，就属他的不在场证明最充分。”

“先锁定他，看看有没有忽略的地方。”大象说，“我们先上飞机，等到了西安再联系。”

三

2012年6月19日凌晨2点13分，门禁系统详细记录了朱志越回自己所在的宿舍楼B1座的时间。案发当天上午，警方传唤朱志越，调查他的不在场证明。他的说法是，当时自己在工厂东北角那片未开发的小树林中，跟女友杜诗打电话，两人争论感情问题，还吵了架。

调取他的通话时长，自凌晨1点07分至1点48分。杜诗的陈述也坐实了这一点，假设两人串通，那距离小树林最近的宿舍楼D1座里的员工证言则推翻了这个可能，当天凌晨，有十三位员工在床上也隐约听到附近有人打电话吵架的声音。问及到有没有注意吵架的时间，一人作证：“那男的越吵越凶，我睡眠浅，是被吵醒的，醒来看了一眼时间，1点42分，想到明天工作会没有状态，心里烦闷，在1点45分左右朝走廊喊了一声，‘还让不让人睡觉了？’大概过了一会儿，我听到一句咬牙切齿的‘再见’，吵架声停止了。”

树林地上遗留有七颗烟头，朱志越说自己当时很烦躁，对女友破口大骂，挂断杜诗电话后一并关机，事后在那里抽了烟，并下定决心与女友分手。

根据大象调查出来的系列案件共同点，周昊继而发现朱志越身份的可疑处，有了这个犯罪前提，周昊尝试击破他的不在场证明。死者死亡时间在凌晨一点到两点之间，假设朱志越在这期间诱导金正来到小树林，把金正掐死之后打电话给女友，并制造争吵，引起附近宿舍楼的员工注意，然后再把尸体抬到行政楼B座二层男厕进行布置呢？

这个猜测理论上可行，实际操作起来难于登天。行政楼B座消防后门与小树林之间距离三百米，首先，这个路段四周宽阔的视野，极容易致使案情暴露。其次，朱志越体重一百五十公斤，将一具相同体重的尸体运到行政楼B座，因要躲避电梯监控，需亲自抬上二楼，再布置尸体。这一切又要在通话结束后的1点48分到新同事前来换班的2点——短短的12分钟之间完成，仅凭一人力量不可能实现。更不要说金正跟朱志越两人平时没有一丝互动，金正没有理由在值班期间听从一个陌生人的指示前去小树林赴约，甚至还特地绕过前门的监控。小树林的泥土湿软，周昊发现树林并没有搏斗或者拖拽痕迹，尸体的鞋底无泥沙，衣服没草汁印。朱志越不可能在树林犯罪，这个猜测很快被周昊否定掉。

有没有可能使用其他的诡计？

杜诗今年27岁，离过婚，带有一个孩子，是河南一家玩具厂的工人。朱志越去年在那家玩具厂短暂工作了两个月，认识了杜诗，异地之后，两人慢慢在电话中确立了关系。朱志越一直让杜诗来模具厂，但因为孩子上学的缘故，杜诗迟迟没有动作。在杜诗的口供中，周昊得知，当天晚上十点，朱志越打了第一个电话给杜诗，说等下要跟她谈一谈“正事”，她没想到“等下”要等到凌晨一点多。

“还是那些话，让我去陕西安康，跟他一起工作生活，还说孩子的上学问题他来搞定，我知道他连自己都顾不上，并不同意，于是他就跟我吵，越吵越凶，后来直接撂狠话，说不过来就分手，我想两人没必要因为这事闹得这么僵，刚还没处几天呢，想跟他缓和缓和气氛，结果软话还没说完呢，他就说了‘就这样，再见吧’，把电话给挂了，我再打过去，显示关机。”

“杜小姐，”周昊对比D1宿舍楼员工跟杜诗的证言，发现了双方对朱志越最后的通话内容的描述有出入，他打电话给杜诗，“你仔细回想，当天朱志越跟你打电话，最后一句话真的是‘就这样，再见吧’？”

“是的。当时我还一直在细心解释我的难处，让他不要激动，谁知道他劈头盖脸就是这么一句，就是这六个字，‘就这样，再见吧’。”杜诗回答。

周昊又找了宿舍D1座三位当时听清吵架的员工，问吵架最后的一句话，有一个人不确定，其余两人表示，最后一句是，“就这样，再见！”

“不是‘再见吧’？”周昊各向两位员工再次确定。

分别得到否定的回答。就是“再见”，干脆利落。

“当时吵架明明发生在你宿舍窗外后方的树林，你为什么朝走廊处喊？”周昊不解。

“当时我以为吵架就发生在楼下的走廊处。”一位员工说。

另一位员工说，“当时因为四周寂静，感觉声音很大，但我是隔天才知道，那人在树林打的电话，我当时以为就在楼里。”

四

飞机落地西安机场，大象打电话通知周昊，无法接通。半小时后周昊打电话回来，说刚才在开会，并表示在我们坐飞机的两个半小时间，他发现了朱志越不在场证明的疑点。

“杜诗和员工的证言不一样。”一进模具厂，周昊就把我们带到了东北角的树林，说了他的调查结果。

“双方证言出现了一个字的出入，很难起到推翻嫌疑人不在场证明的作用吧。”我疑惑。

“确实不能，但至少说明，他的不在场证明并非无懈可击。”周昊说，“有时证言和口供一两个字的出入，能起到至关重要的作用。2008年在武汉，我就是根据嫌疑人的口供疑点，最后破获了一桩别墅凶杀案。包括张延实当时的露馅，也是败在口供上。”

“朱志越用了一些手法，造成证人的错觉，从而伪造自己的不在场证明。”大象眼观树林四周，说道：“以现场环境和你的调查结果来看，朱志越要达成这个目的，有一种很简单的办法：使用音响设备。”

“对，用一个提前录下吵架声音的音响，放在树林地播放，在案发当晚静谧的氛围里，极容易让人产生有人在附近打电话吵架的错觉。”

周昊说。

“凶手就不怕有人循声过来啊？”我质疑。

“这座刚建成的工厂四周辽阔，树林又起到环绕作用，声音从这里发出，会回荡很远，稍大一点的争吵声，会自动被放大。导致附近宿舍楼的员工，即使听到了吵架声，也无法断定声源的具体位置。”大象说。

“从我了解到的情况来看，听到声音的人都无法准确判定声源的位置，就算知道是在树林，当时各个宿舍楼已经关闭，也没人想冒被扣分的风险，出去跟一个气头上的人争论。”周昊从兜里拿出一个杂牌红色椭圆形的小型音箱，跟我们说，“我现在把这个音箱打开，里面我已经预存了一段半小时的声音，前十分钟是悄悄话，后面渐渐变作争吵。我放在这里播放，我们三人现在分别去宿舍楼D1座的三层东、北、西面，看看这个声音的效果是否以假乱真。”

我站在东面，距离声源最远，声音播放到争吵的时候，虽然是白天，伴随车间传出的阵阵噪音，我还是能依稀听到小音箱发出的争吵声。因声音的缥缈环绕，失了细节，我能听出周昊预存下的话中的语调、音色甚至说话人的情绪，但我的耳朵无法辨出声音深处的机械感。

“我不能判断声源的位置。”我向他们反馈，他们两人的感受跟我一样。

“你好，麻烦帮个忙，你现在能听见周围有人在争吵的声音吗？”为避免我们先入为主，大象临时拉了一位正在楼层走动的青年，他仔细听了一下，认为声音是从二楼的某间宿舍发出来的，而后又改口说，是从位于南面的宿舍D2楼发出的。

“这个小音箱三十元，你放在身边仔细听，能听到滋滋的杂音，是我跟D1楼的一位员工借的。”我们三人又回到小树林中，周昊将音箱举起，让我们辨别里面的噪音，“调查朱志越的宿舍时，在他的柜子里发现了一台Sony音箱，音质各方面肯定比这台更好更有保障，当时没想到他会使用这样的诡计，因此也没重视。现在我们的实验证明了，用一台杂牌小音箱，就能达到伪造不在场证明的效果。”

推理至此，关于朱志越使用音箱伪造不在场证明的犯罪过程也就不言自明。他首先来到树林中，抽掉七根烟，在泥地里摁灭，凌晨0点30分至1点之间打开音箱，播放预存在里面的录音。录音一开始是小声的交谈，或者干脆是沉默，确保在此环节没人发现异样。之后他来到行政楼B座，潜入消防门，躲在二楼的男厕隔间，等金正上厕所时，他从后头用绳索将金正勒死。1点07分打电话给等待他的女友杜诗，在交谈中不断制造争端，激怒对方，把对方带到自己预想的吵架情境，在预定结束录音的时刻，朱志越也必须卡点结束跟杜诗的交谈，这就导致了在1点48分杜诗正在耐心和解时，他反而仓促切断了对话，却因当时的语境差异，他说了与录音的最后一句话相差一个字的台词：“就这样，再见吧！”

挂断电话后，朱志越关机，然后快速完成尸体的法术捆绑（这个步骤也有可能是在跟杜诗打电话的途中戴上蓝牙耳机完成），最后将尸体挂在厕所倒数第二个隔间里。之后他再回树林拿小音箱，回到宿舍。

“要揭穿这个诡计，只有找到那段录音才行。”大象皱眉。

“作案后，朱志越会随手将音箱里面的内存卡扔掉。就算当时忘了扔掉，现在都已经过了五天，不可能心这么大，还没处理掉。”周昊看向我们，“总之，我们现在去朱志越宿舍看一下。”

“如果内存卡被丢掉了，那基本没有找回来的可能，这里这么大，卡又那么小。”大象说，“只能希望‘侦探好运’降临。”

取得朱志越的同意，我们打开他的柜子，在里面拿出那台银白色的小巧的Sony音箱。

“我洗澡有听歌的习惯。”面对我们的问询，他表情自然地回道。

大象打开音箱的开关，果真音乐响彻，近听无杂质。大象一首歌一首歌地切换，直到最后一首歌，都没有发现录音文件。

五

“没有证据，多么严谨的推理也沦为猜想。”在工厂食堂，大象跟我们抱怨。

“再想想有没有其他角度可以切入。”周昊看起来并无胃口，在扒拉米饭。

“我们刚下飞机时，你当时在开什么紧急会议吗？”我吃了一口菜，咀嚼到一颗砂粒，看来周昊并不是没有胃口，主要是这里的饭菜难吃。

“没有，就在那里听了工厂的领导说了半小时客套话，什么辛苦警方了，照顾不周啦。”周昊苦笑。

“那为什么要关机？”大象突然抬头看周昊。

“什么意思？”周昊困惑。

“当时我们给你打电话，显示你的手机关机。”大象说。

“哦，会是在办公大楼开的。”周昊说，“这座工厂刚建成不久，信号和网络陆陆续续才覆盖上。因为办公大楼的室内布局比较复杂，所以信号天线的设计和安装还没弄好，导致会议室没有手机信号，你们打电话过来，自然没法接通了。并不是关机。”

“这个角度！”大象脸色雀跃，“我们可以从这个角度入手！”

“什么意思？”我和周昊同时发出疑问。

“下午我们在宿舍楼D1座作不在场证明的实验时，有一个人一直在楼层间走来走去。”大象问我们。

“就是你让他听声源位置的那个工人？”我说。

“对，你们没发现他当时手里拿着一台测试手机，他在测试这个楼层的3G信号，他是一名通信人员。”大象说。

“你直接跟我们解释吧。”周昊说。

“好。”大象说，“我之前接触过通信工作，通信工程师先在楼层的平面图上设计天线的安装图，然后由施工人员现场安装天线，安装之后去基站机房开启设备，这样这幢楼就覆盖了手机信号，这个步骤完成后，通信人员会来验收信号的情况，最后是第三方监理来做检测，合格之后签名，整个通信工作就完成了。我们今天之所以看到了那位测试信号的员工，代表宿舍楼D1座的天线安装没多久。”

“我们知道，这座模具厂周围偏僻，附近没有现代小区，工厂建成之后，为了照顾到这么多员工的通讯顺畅，势必要新建信号基站。基站建设起来了，工厂里还要覆盖三大运营商的信号，否则照样打不通电话。”大象拿起一根筷子，指了指自己饭盘里未动的饭菜，“假设这个白饭区域是宿舍楼D1座，右上角这一格青菜是小树林。五天前，如果天线还没安装好，或者还没有连通基站设备，那么，朱志越在这个树林，是打不了电话的。”

“那我们现在要做什么？”我们的情绪被大象带动起来，感到振奋。

“现在，我们要确认这座工厂信号覆盖的情况，”大象问周昊，“当时办公楼那七位天线施工人员不也被警方列作嫌疑人吗？他们这期间一直待在工厂内吧。”

“对，虽然后来认定他们犯罪的可能性很低，但他们工作还没完成，一直待在办公大楼。”周昊说。

“我们现在去向他们了解一下情况。”大象站起来。

“希望赶紧把案子给破了，然后出去外面吃顿好的。附近鸟不拉屎，叫个外卖都不行。”我说。

六

向施工队长了解到，他们的施工顺序是，先安装行政楼A座B座的天线，之后是位于工厂西面的车间，6月12日在机房接通了行政楼A座B座和车间的信号。第三安装的是宿舍楼，先安装了A1到B2四幢，C1到

D2四幢宿舍楼的信号天线是6月18日晚上7点安装的。

而凶手的作案时间在6月19日凌晨一点到两点之间。

“安装之后，没有立即接通信号吧。”我看到大象吞咽了一下口水。

“接通工作是由通信工程师去基站机房接通，我们只是跟他们反馈安装的情况。至于他们什么时候接通，要去看基站机房上面的登记表格。”施工队长说。

新建的基站位于前程模具厂西面一公里的山坡上。我们联系上当时接通的工程师，让他赶到机房跟我们会合。

在机房里面墙上挂着的接通时间表格里，我们看到的登记的接通时间是6月19日的早上七点。

“太好了！”大象大呼一口气，“6月19日凌晨，距离树林最近的宿舍楼D1座还没接通信号，朱志越不可能在那个地方跟女友打电话。”

“朱志越当晚跟杜诗打了两个电话，十点那个是在自己的宿舍B1打的，顺便让舍友作证。凌晨一点的吵架电话是在行政楼B座的厕所中打的。这两个地方都已经接通了信号。”周昊说，“而6月19日早上我们之所以在树林里没有发现信号的问题，是因为恰好赶上这个节点接通了信号。”

“当时本来是吩咐我过来将所有信号暂时关闭，避免凶案传播，但后来领导发现刹不住车，警方认为这样做是欲盖弥彰，更容易造成恐慌，才临时让我将工厂的信号接通的。这样也方便警方在厂里的通讯顺畅。”工程师说道，“但是，我当时接通的服务信号是中国移动的，看机房日志，中国联通和电信的信号早在半个月前已经由其他工程师接通了。你们说的那个人，手机卡只有在移动通信的前提下，才打不通电话，如果是使用别的运营商服务，是可以打通的。”

“朱志越的手机是不是移动的？”大象脸上的喜色被工程师一番话浇灭，他问周昊。

“我也没留意，我要查查。”周昊说着从兜里拿出手机。

“等下。”大象从周昊手里拿过手机，把手机放在双手手心，念了两遍“侦探好运”。又将手机交给周昊。

点亮屏幕，查找联系人，找出朱志越，点开他的手机号码，我们四个人看到了下面标注的四个小字：“中国移动”。

大象顺势摁了朱志越的号码，点扬声。

“喂？”朱志越的声音。

“朱志越，麻烦十分钟后到工厂的小树林，我们想再确认一些情况。”大象正色道。

“你是谁？”朱志越问。

“我是负责这起案件的队长。”大象说道，“吴行。”

大象让工程师关闭模具厂C1到D2四幢宿舍楼的移动信号。然后开车回工厂，周昊叫上三位警察，一同来到小树林。发现朱志越已经在树林中等待。

“朱志越，这次让你过来，是想再确认一下，你当时跟女友通话的位置。”大象问朱志越。

“就是前面。”朱志越指了指树林一处。

“麻烦带我们过去。”大象说。

朱志越沉默地走到了指定的位置，“这里。”

“确认是在这里，通话期间没有去别的地方？”大象问道。

“嗯。”朱志越想了想，说道，“可能也走到那边，不太确定。”

“麻烦再复述一下，当时你在这里做了什么？”大象问。

“我之前都说了，就是跟我的前女友杜诗吵了架，还有通话记录。”说完朱志越从裤袋里拿出手机，“关手机后，在这里抽了烟。”

“麻烦你现在再给杜诗打一个电话过去，开扬声。”大象说。

朱志越不明所以，看了看大象，点开手机屏幕，摁了杜诗的号码。

朱志越的手机屏幕弹出“无信号服务”。

“怎么回事？”朱志越惊慌。

他走向其他地方，出现了同样的情况。最后在树林外终于接通了杜诗的电话，但由于信号只有微弱的一格，杜诗的声音传递得断断续续，没说几句话，通话自动关闭。

我们看到，在宿舍楼旁昏黄的路灯映照下，朱志越握着手机的双手在颤抖，脸色渐渐煞白。

交换法则

一

雨帘摧枯拉朽，阵势多年罕见。

2012年6月18日晚上九时许，四川巴中市通江县一个东部乡镇发生了一起谋杀案。凶手身穿黑色雨衣，在电闪雷鸣中，站在一名胸廓畸形少年患者床前。他摘下患者脸上的氧气罩，拿枕头盖住少年面部，摁住，直至人不再动弹。

死者骨瘦如柴，雨衣人轻易扛上肩膀，步入暴雨中，走向田中一座古亭，在亭中六根榥柱上各贴上符咒。然后在死者天庭贴上一张金箔，将手脚并拢于身后，用绳子捆住。往上瞄准亭中木梁，抛过绳头，将尸体拉伸至离地一米三的高度，另一端绳绑在亭栏上，固定。最后在亭中放置一个直径半米的盆，点火，戴手套的手指轻捻凳面雨水，拈出张张纸钱，雨中有劲风，吹得亭内地面遍布黑灰。

隔天清晨，天未亮，雨势渐小，路过田野的农民想去古亭落脚——这是他每日的例行程序，近亭前赫然发现亭中吊着一具童尸，他仓皇后退，跌倒泥地中，衣裤后沾满泥浆，转身爬起，直奔镇中大队，发现大队大门紧闭，转去砸村长家门。村长得知消息，赶往命案现场，管辖期间从未遇过谋杀案，如今得见，竟呆若木鸡，不知作何是好，经第一目击者催促，才拿出手机报警。

两辆警车驶入村庄，雨停，红蓝闪烁的警灯仍刺不破四周蒙着的水雾，警笛倒是惊醒几人美梦。侦查人员在古亭四周泥地钉入八根铁条，用警戒带围住现场，拍照、勘测、收集证据、对目击者和村长做口供，期间尸体被放下，死者身份查明后，警察赶往受害者家。

受害者家距离古亭大约四百米，是一座二层楼房。因一夜暴雨，泥地无痕。警察近房前发现一楼的折叠铁门掩着，推开后发现地上躺有一女子，头部遭受砖头重创，在头的下方溢开一摊血。距离女子三米开外的地上，有一块沾血的砖头。一名警员上前扶正女子，探鼻息，轻拍脸部，女子慢慢睁开眼。

女子名叫罗霞，是古亭受害者王风煻的母亲。罗霞恢复神志后，在一楼回答了警察的临时问话。

“昨晚我刚洗好澡，在楼上看电视，风煻在睡觉。我隐约听到楼下有动静，于是下楼查看，走到一楼楼梯拐角，突然窜出一个男的，穿着黑雨衣，蒙着面，身高有一米七左右，拿砖头往我头上砸，不知砸了几下，估摸三四下，我头昏脑涨，一下子就倒地了。我只记得他的眼白很黄。”

“能记得大致的时间吗？”民警询问。

“八点多的时候，当时我在看中央一台的一档电视剧，没看多久，记得是当铺的张老爷被人害死，我就听到楼下有响动，像是有人在撬门。”

二楼的电视还开着，地板上还遗留一点雨鞋走过的水渍，水渍到了床前停止，积成一摊水。床上的床单有两个被手抓拧的痕迹，显然是风煻被害前挣扎留下的。

“为什么不让我上楼？”罗霞看众人的反应，感觉到不对劲，“风煻没有事吧？”

“罗霞，节哀顺变。”村长看了看民警，获得许可后，说道：“你儿子被害了。”

扶着罗霞的民警能明显感觉到，她的身躯有一瞬间瘫软了下来，几乎是同时，眼泪刷刷掉落，头轻轻摇动，“不可能的，我无冤无仇，害谁不好，为什么找上我们。”

“医生过来了吗？”一位民警悄声问另一位民警。

“要到了。”

“警察同志，我儿子在哪？让我看看吧。”

“先治好你的伤，我们会处理的。”民警安慰道。

“风煻有呼吸衰竭啊，他没有行动力。”罗霞泪流满面，“你说怎么下得了手？”

二

我们根据信号疑点，击破朱志越的不在场证明，将他抓捕之后，先在西安休息一晚，隔天到了四川巴中市下辖的一个现居人数不足一千的村镇。因案情紧急重大，入驻了一些其他机关的精英，派出所的三层主楼被挤得满满当当。

“根据罗霞事后描述的一些嫌疑人特征，加上你调查整理出来的犯罪前提项，这几天警察基本将整个村的人都核查了一遍，也没有特别符合的人。”周昊对大象说，“这个村人不多，绝望人士或绝症者，大多都是一些孤寡老人，从不在场证明和身体素质来看，基本都可以排除嫌疑。按照你的选项来定位嫌疑人，除非是外村的人。”

“但外村人作案的可能性并不大。”在办公室，一位左眼角处长有一块硬币状黑痣、名叫陆达理的青年警察为我们汇报这几天的调查情况：“通过对案发现场的侦查发现，火盆上有多个不同的指纹，这个情况在那根捆绑死者的草绳上也出现了。经过取证调查，村长辨认出，火盆是去年老爷庙中丢失的物品。而我们从草绳两端密集出现的指纹和污迹判断，这很可能是一根拔河用绳，问询村中唯一一所小学的校长，他打开体育用品室，才发现拔河绳已经不见，凶手作案的绳子就是这根拔河绳。再根据凶手对罗霞家的布局和人员情况的熟悉程度来看，我们认为，外村人作案的可能性很低。”

大象点头赞同。

“但并不表示犯罪前提项在此案运用失效。”周昊看了大象，“如果我们将重点放在一人身上的话。”

“小学体育老师？”我问。

大象指了指照片，“王风塘的母亲，罗霞。”

罗霞双颊消瘦，眼睛眯着，眼角有皱纹，三十八岁的年纪，蓬散的头发中藏着一簇银白。她的嘴唇很薄，看起来像抿着，鼻梁微微歪斜，表情惶惑，穿着一件已经洗褪色的粉色长袖，这张半身照是案发当场一位民警拍下的。

“在没找到其他嫌疑人之前，其实要数她的嫌疑最大。”周昊说。

“嗯，死者王风塘的死亡时间在18日晚上的九点到十点之间，当时外面下着瓢泼大雨，电闪雷鸣，在这样的情况下，关掉电视电源是基本的常识，但罗霞当时的口供却说自己在看电视。”陆达理补充。

“但有的人就是不在意在打雷天看电视吧。”我反驳，“罗霞不是说在看中央一台的一个电视剧吗？如果她很迷这部剧，完全有理由接着看。”

“在之前我做过调查，她看的这部剧叫《铺王》，在中央一台首播，八点半开播，18日晚是第十四集，剧情讲的是当铺的张老爷因为自家的当铺起火，儿子救出了他，但因为当铺中有一套古籍是珍本，他跑进铺中，结果被火烧死。火灾证实是意外，后半部分带出了张老爷儿子的故事，但在最后九点五十到十点的结局里，却揭示了火灾是儿子所起的真相，儿子用一套假书替换珍本，想做偷梁换木的把戏，没想到却将自己心爱的父亲给害死了。”周昊指着罗霞的供述，“既是首播，前情回放又点明火灾是意外，但罗霞当时却是这样说，‘没看多久，记得是当铺的张老爷被人害死’，假设她只看了开头，会说‘被火烧死’等等，但说到被‘害’死，说明她很可能知道结局真相。”

我恍然彻悟，但又快速想到一个新的疑问：“在雷雨天看电视既然不符合常识，假如罗霞是凶手，她在此案中扮演的是受害者，并不需要为自己做一个不在场证明，况且在时间线上看，看电视的时间点与风煻被害时间点错开，也成不了不在场的证明。看电视这个事情完全无意义，还可能为她带来更多的隐患，那她为什么还要提及呢？”

“因为她没有别的事情拿得出手。”周昊回答：“看电视这事在这里更像是起到填充的作用，假如当时她没有在‘看电视’，她在干吗？为了找一个东西来填充，应对之后警察的问询，她必须有事可做。由于人的惰性，我们一般会细致地考虑大局，但落到细节，往往挑最简易、最顺口的来说。‘看电视’于她，就是最顺口、日常、平实、可操作的事情。”

“就像很多创作者为求快速，往往在某个数量上顺手记下‘三’。”大象补充。

“其实单靠这个疑点，说口误也过得去。”周昊又指着罗霞其他处的供述，“真正让我怀疑她的，是另外两个口供。”

当得知二楼的儿子风煻被害后，罗霞问的是“我儿子在哪？”，这很可能说明她心有预设，知道儿子的尸体并不在楼上。

另外一处口供疑点在最后。一位母亲被砖头砸晕，醒来之后，得知儿子被害，由此及彼地联想，下意识会认为儿子也是遭遇了同等厄运——被砖头砸死，况且当时带血的砖头就在附近地上。但罗霞却多此一举地提到“风煻有呼吸衰竭啊”，呼吸衰竭跟儿子被砖头砸死之间并没有因果关联，于是周昊倾向于认为，罗霞当时是知道了儿子风煻的死因，才会这样说。

“但是，”旁边的陆达理听完，也认同周昊的分析，却说：“假如罗霞杀了自己的儿子，为什么事后还寻死呢？据我在医院看到的情形，我认为罗霞的悲伤不像是假装出来的。”

罗霞在医院包扎头部，住院一天后，回到家，在二楼儿子的床上喝了农药自杀。幸亏村长上门慰问，才及时发现了事故。

“罗霞痛苦，罗霞自杀，是因为杀死风塘，并不是她自己的主意。”大象指着桌面上一张现场照片，“死，很可能是儿子风塘自己授意的，你们看，在风塘被害的床单的手掌部分，有两处拧绞的抓痕，还有脚部也被压陷出两个小坑。”

“这两个痕迹有什么问题吗？”大象总是这样，不把事情说完整。我实在没猜透他的意思，随即发问。

“你是说，不应该是这样的挣扎？”陆达理想了会儿，说道。

“对，风塘是被凶手用枕头捂死的，死前他双手双脚是自由状态，正常的挣扎姿势，不应该是双手推开压下的枕头，抓扯凶手的双手吗？双脚不应该是四处踢踏，扭动吗？但他非常安静、克制，甚至是为凶手着想，好像害怕过大的挣扎幅度会让凶手停手一样，暗暗地抓住被单，双脚用力地压制床单，直到咽气，也没有透露出一点点埋怨。”大象说，“所以我认为，是风塘本人，授意、请求凶手将自己杀死，而能这么做的，唯有他唯一的亲人，自己的母亲罗霞。”

对大象说出的这个推理，我感到意外。

“综合周昊的分析，罗霞之所以知道九点五十分的电视剧结局，是因为作案后她又回到二楼，在二楼逗留期间，无意得知了一直开着的电视中的情节，情节进入脑中，被她事后随口说了出来。”大象说，“至于为什么重回二楼，我认为，是为了藏好自己的作案工具。最后回到一楼砸伤自己，‘昏迷’到有人发现案情，将她叫醒。”

“作案工具？”我脱口而出，“雨衣和雨鞋。”

“还有手套。”大象说。

三

罗霞家面积五十平米，一楼是杂物间，顺水泥楼梯而上，二楼格局呈一室一厅，有一个朝北的阳台。为方便照顾患病儿子，罗霞将风煻的床铺放置在客厅处。

我们四人来到罗霞家，此时罗霞还在住院。

阳台处的晾衣竿上没有挂衣服，因雨天，衣服被收进客厅的衣架上，摸起来还湿润着。在阳台的洗衣机里面，有洗后未晾的衣服。因多天没拿出，湿衣积在桶内已酵出酸臭。

模拟当时的犯罪情境，罗霞即使披着雨衣和雨鞋，来回一趟也会被大雨淋湿。

“看来她回家后还快速洗了个澡，并把衣服洗了，换上新装，彻底去除掉身上的痕迹。她在口供说被袭击前洗了个澡，这样如果更早被发现，也可以解释为什么头发湿淋的原因。”大象抖落洗衣机内的衣服，一件黑T恤、黄色短裤、灰内裤，全是罗霞的衣物，“正是洗衣机这几件衣物让我做出她作案后回房洗澡的推断，在连续阴天，衣服晾不干，房间又有旧衣篓的前提下，正常的做法，是将这几件衣服放进脏衣篓，攒多了，等天晴，再一起洗，完全没必要单独洗。”

罗霞在此案中暴露出来的细微疑点，至此，基本很难排除自身的犯罪嫌疑了，就差最后一步，在房间内找出作案的工具。

“当时房间已经找过了，包括一楼的杂物堆，并没有雨衣、雨鞋等物品。手套倒有一双，布料材质，我们是在案发隔天找到的，问题是手套并没有湿。”陆达理说。

“手套不是布制的，捂死王凤塘的枕头上面，不仅仅有橡胶味，还有洗洁精味，符合这两个条件的，只有洗碗手套。”大象从厨房的挂钩上拿下一双小号的灰色橡胶手套，放鼻前闻了闻，“一般我们选择的家用洗碗橡胶手套，都会偏向亮色系，但这双手套却是灰色，束手，很少见，说明在罗霞意识里，她一开始选择这双手套并不是真的为了洗碗。上面虽然有很浓的洗洁精味道，但藏有细微的橡胶烤煳味，结合案情，很可能是罗霞在古亭烧纸钱的时候被火盆里的火烘烤所致。她回二楼后，用洗洁精去味，然后挂回原位。”

根据案发现场警方所拍摄的照片，二楼地板上有清晰的雨鞋泥痕，而带去古亭的工具中，纸钱易湿，所以也需要有挡雨物，撑伞的话不方便扛尸体，因此能确定的是，罗霞当时必穿有雨鞋，极可能身穿雨衣。由于她嫌疑最大，案发现场附近又没有搜寻到雨衣雨鞋的下落，因此只有一种可能，她回家，将这两种东西妥善藏好，藏在这个狭小空间中，让警方无可奈何。

“有了我们刚刚推论的这些疑点，加上手套，虽然都是猜测，但样样对罗霞不利，实在找不到其他物证的话，我们可以利用已掌握的这些东西，改心理战术，攻破她的内心防线，毕竟杀死自己的儿子，她也不忍的，她自认有罪，才会自杀。我相信只需要找准位置，罗霞就掩饰不住，全交代了。”说完这句话，大象从客厅窗边的木椅上站起。

我们走到一楼处，大象突然停下来，“诶，发现一点问题，达理，案发当时拍的照片再给我看下。”

拿着那一沓照片，大象边看边走上二楼。

“这里有问题。”大象从照片中抽出一张，拍的是阳台的四盆盆栽，从左至右分别是印度榕，散尾葵，酒瓶兰，变叶木，四棵植物都高过我们，“我刚才坐在窗边的椅子，站起时被外面这棵散尾葵的枝叶扫到了，你们看，整棵植物微微向客厅处生长，这是不合理的，植物的枝叶只会越来越往阳光处长，也就是阳台方向，但它的枝叶都长到窗内了，我一开始以为是警察搬动了植物，但看案发现场拍下的照片，并不是。说明是罗霞动过。”

“这四棵植物的泥土瓷盆有半人高，这些植物的根须又抓土，很容易将一整坨泥土连根拔起，放下折叠的雨衣和雨鞋绰绰有余。”果真，大象轻易拔出印度榕的泥块，里面并没有东西，他接着拔出散尾葵泥块，在里面发现了一件折叠的黑色雨衣。周昊也拔出了酒瓶兰，在盆底发现了一双黑色雨鞋。

“根据植物的长势来推断藏物位置，这太神了。”陆达理神情激动。

大象指着照片中的泥土颜色，“根据散尾葵的长势疑点，顶多怀疑这些植物被人为地搬动过，真正让我确定雨衣和雨鞋藏在泥土盆中的，是照片中四个盆中的泥土都深黑泛光，说明当时浇淋了很多水，植物离阳台有一段距离，不可能是雨水所淋，只能是罗霞所浇，她为了掩盖盆中泥土被拔动过的痕迹，藏好雨衣雨鞋后，她又浇上大量的水，使泥土平整。”

“但是，没有人会在下雨天给阳台的植物浇水。”大象最后说。

四

在印度，存在这样的地下黑市，通过七弯八拐的巷道，来到一处幽深的场所，这是专为流浪汉提供死亡服务的机构。那些身无分文、罹患绝症、有轻生打算的人们跟场所签订合同，在濒死前，安享场所提供的体面的安置与服务。作为交换，在自己死后，免费赠送出身体的所有器官。

在红鬼创立的邪教犯罪传销模型中，他通过直属手下，利用某些技术手段，招徕全国各地迷信、绝望、患绝症的人士，组成一个隐秘的邪教犯罪组织。为获取他们的信任，确立自己的权威，他以自己一套高深的犯罪手法，直接或间接杀害了入教者的仇人。作为报酬，你也必须为我杀掉一个人。

看起来都是很合理的交易。

屠夫一飞用组织提供的激素猪饲料，间接截断了仇人继父树德一双腿，让他生不如死。

张延实妻子车祸之后，饱尝头痛之苦，最终离世。肇事司机在一次酒驾意外中身亡，周昊发现，刹车器被暗暗做了手脚。

盗用常理的身份证，实则是名为冯富良的哑巴理发师，背叛他的妻子与另外一位男人所生下的儿子，正是红鬼缔造的“红衣男孩”案受害者本人。

让朱志越心怀愤恨的人，无疑是那位拉他入赌场，设局赢光他不菲资产，并让他背负累累债务的好朋友向民。周昊同样发现，向民也是死于酒驾意外，刹车器也被人做了手脚。

罗霞呢？罗霞的仇人是谁？她又为什么将死亡的绳索套上她心爱的儿子的脖颈？

2011年5月的一天深夜，王家一楼的电路老化短路，导致发生火灾，电路旁堆满了纸箱杂物，火势很快蔓延。罗霞的丈夫王海城在背母亲下楼逃生的时候，因为木楼梯塌陷，母子俩被陷入梯架中动弹不得，活活烧死。

而那时的罗霞，正在医院照顾患病的儿子王风溏。

根据这简短的讯息推测，要制造一起掩人耳目的火灾意外，实在易如反掌。首先，凶手只需将老旧的电路搭连，使其起火，又因为电路旁边罗霞有意无意放置的易燃杂物，助长了火焰。由于当时一楼的楼梯为木制，凶手只需将其中某一节阶梯割断，就能使背着瘸腿母亲的王海城踏入死亡。整场火灾挑不出一点人为的迹象，而身处在十公里开外的医院的罗霞，自然也不会有什么犯罪嫌疑。

罗霞的仇人，就是她的丈夫，严格来说，是王海城和他的母亲江棋两人。

生下王风塘后，因为胸廓畸形，又有呼吸道感染，医生断定儿子活不久。从医院抱回风塘之后，罗霞就能明显感觉到江棋在暗暗盼着风塘死，到了后期，甚至还趁罗霞不注意，用各种食物呛住风塘的气管，使风塘咳嗽不止。

明明呼吸衰竭，王海城却大摇大摆地在家中吸烟，从不吸烟的江棋，有一天也拿起了烟斗，趾高气扬地对罗霞说，“你必须再生一个，这个病孩活不长的。”

罗霞不想再生。她爱风塘，她不希望有孩子再来人间受罪。

在风塘面前，王海城用皮带抽打罗霞，对风塘叫嚣，“都是你害的，知道吗？”为了不让风塘情绪波动，加深病情，罗霞对王海城逆来顺受，她拉王海城到卧室，到一楼，到田野，到无风塘的地方，让他用拳头狠揍自己的鼻梁，罗霞鼻血四溢，鼻梁歪了，留下后遗症。

风塘躺在床上，刚撑起身体，喘息不止，杵状手指拼命抓扯床单，泪流了一枕头。

罗霞头发一根一根地白，皮肤在镜子中一点一点地下坠。面对风塘，却露出阳光般的笑容，跟孩子讲纯真的童话，在阳台种植了四棵翠绿的盆栽，精心看护，盼望它们多吸收家里的浊气，吐露新鲜的氧气。是风塘明亮无瑕的眼睛，让罗霞鼓励自己，再多活一些时日。但在王海城和江棋面前，她总生出走投无路、弹尽粮绝之感。她后来开始祈求神灵保佑，沉迷各种宗教，如病急乱投医。

风塘就这样磕磕绊绊地活到七岁，直到有一天，他突然昏迷不醒。罗霞将他接到医院治疗，医生诊断的结果，说是平日里他的吸氧浓度高于50%，发生了氧中毒。江棋趁罗霞上田劳作时，经常偷偷将氧机浓度调高，等罗霞回来，又将按钮调回正常。

那晚，罗霞看着躺在病床上无知觉的风煻，又看自己的存折剩下的钱，在楼道里咬牙切齿，像用一块铁板盖上炙焰，见白烟不见红火。

“回去把他们杀了吧。”罗霞想。

她还没决定用什么方式杀掉仇人，但她想先回去再说。准备打开楼道门时，她突然听到上一层楼道有声音发出。

“罗霞。”

她停住，以为幻听。又一声“罗霞”，她的手从门把手上放下，返回，看到从上层楼梯走下来一人。先看到一双黑色运动鞋，之后是一条黑色的布裤，一件黑色的T恤，一个年轻的脸庞。是一个男子。

“我帮你杀了他们。”男子走近罗霞，对她轻声说，“我能做到神不知鬼不觉，你就待在医院里陪你的儿子。消息出来后，只需正常应对。”

那一刻，罗霞似有错觉，自己信的神仙显灵，终于为她替天行道。

五

因罗霞的嫌疑人身份，警察委托医院将她的病床安置在一间空病房中。我们来到罗霞的病床前。她不久前洗了胃，面无血色。看我们一行人走进来，只是眼珠动了动。

“罗霞，你为什么杀了自己的儿子？”大象开门见山。

罗霞侧头看了看说话的人，隔了一会儿才说道：“我没有杀自己的儿子。”

“那你怎么解释案发时自己胸罩上沾染的血迹。”大象说。

“我不知道你在说什么？”罗霞身体虚弱，说话气若游丝。

“你被砖头袭击头部后躺倒在地上，血液朝着地势流走，也就是朝着你头部的方向往外流，但你当时穿着的胸罩上却染有大块血液，而身穿的衣服反而没有。你口供说谎，有一个男子袭击你的事情是假。事实是，你杀了风熾，将他尸体吊挂在古亭内，回二楼处洗澡，洗衣，将手套挂回厨房挂钩，雨衣和雨鞋折叠放进阳台的盆栽中。最后回到一楼，用砖头砸自己的头，伪造自己被袭击的假象，但当时你没有戴手套，而砖头上又没有指纹，你用自己的胸罩当作手套，夹住砖头，猛击自己头部，头部溅射的血液自然沾染上胸罩，之后你躺倒于地，再将胸罩穿好。既不留下指纹，又解决了事后手套怎么处理的问题。”大象说，“这就是为什么你洗衣的时候唯独没有洗胸罩的原因，你就是杀害自己的儿子风熾的凶手！”

听完大象的话，罗霞很久没有反应，突然眼角流出眼泪，“我很爱风熾，我不想让他再受苦。”

发生火灾后，村长将罗霞和风熾暂时安置在大队里的一个房间里，村里人清楚她命运多舛，纷纷捐钱为她办理丈夫和婆婆的后事，齐力修整火灾后的楼房，清理废物，粉刷墙壁，购置新家具，并把一楼的木楼梯浇筑成结实的水泥梯。半个月后，罗霞和风熾搬进自己的新家。

但氧中毒后，风熾留下肺性脑病的后遗症，早晨经常头痛，到了夜晚偶有抽搐。在清醒的时候，他总哀求妈妈，“请放弃我吧。”后来说，“妈妈，让我死。”

罗霞求告“大师”。“大师”给出的答案是，让风塘死，不是让风塘消亡，而是让他早入轮回，投胎成幸福人。

“我该怎么做？”罗霞问。

“在6月18日晚上九点时分，将风塘杀死，之后对他的尸体作法，村中的古亭四面开阔，上有雷针，中有遮雨瓦，内有木梁，下是土地。在风塘的天庭处贴金箔。在此之前，你必须找到一个火盆，一根长绳，这两件道具需符合人间盛气，因此不能是全新，要越旧越好。”“大师”嘱咐罗霞，并教她捆绑术。

“遵循作法要义与时辰，结合风水，风塘由此得道升天，投胎转世，不再受此世疾苦。”“大师”说，“杀他，是在救他。”

“你口中的‘大师’，也就是杀害你丈夫王海城和婆婆江棋的凶手吧。”大象说。

罗霞不言语。

“他是邪教徒，是极恶毒之人。他在全国各地招收你们这样的绝望者，来做自己的棋子，为的就是制造这样的惨案，来引起人们的恐慌。”大象从包里拿出这些惨剧的照片，出示罗霞眼前，“你杀害了自己的儿子，你的儿子并不能复生。请你告诉我，有关那位‘大师’的信息，名字，长相，有什么说什么，我们必须抓到他。”

罗霞眼珠盯着照片，仍没说话。

“罗霞，你自以为虔诚，祈求神灵保佑，但心有妄念，三心二意，对供奉之神大不敬。但可恶的是，你听信邪教大师的妄语，你以为按照他所说的做，就是在救风煻，就是让他早日超生。”大象站起来，俯视罗霞，冷冷道，“但其实是邪神在借你之手，加深风煻身上背负的罪孽，让他在此世背债，生生世世不得安生，你不仅杀死了现世的儿子，你还让他背负后世厄运。你太狠了。”

我深知大象说出口的这些话毫无根据，只是对症下药的策略，来试图打中一个迷信人的七寸，激她反应，继而崩溃。在以往的案件这样做，我会认为大象聪明、游刃有余。但面对一个痛失爱子，自杀刚救活的女人来说，大象这么做，实在无情，我因此对他感到陌生。

“你胡说！”罗霞果真反驳道，身体朝上仰，心电图出现细微的波动，“不是这样的！”

“天庭处贴金箔，沉魂，也就是让风煻死后难升天。荒野古亭，我翻阅过大队收藏的族谱，得知饥荒年时，此地曾是埋乱尸用地，地脉南下，风场紊乱，是阴森之地，加之案发时辰为亥时，又逢雷雨天，风煻命格为阴，阴时阴天阴命阴地，又束手脚，死后只会化作厉鬼，困于古亭周围，永世饱尝恶疾，永世不得超生。”大象面无表情地说道，“你中了邪教人的圈套，不仅害死风煻，还将风煻的性命过继给他。”

“大象，先不要说了！”我实在不忍，制止大象，却听到罗霞一声凌厉的喊叫。如果不是亲耳所闻，我不会相信，一个奄奄一息的人，能喊出这样惊心动魄的声音。

“牧野。”最后，罗霞跟大象说出了那个他希求的名字。

我们刚坐汽车到了成都，准备坐飞机到昆明，周昊接了一个电话，神情黯然跟我和大象说道：“刚刚，罗霞趁人不注意，跑上医院的阳台，跳楼了。”

我看大象，他坐着，没有说话，而后喉结滚动了一下，继续低头看资料。仿佛早知道答案。

幽灵杀手

一

“叫什么名字？”录口供的警察问。

“纪灿。”男孩说。

“哪个纪？”

“世纪的纪，火山灿。”

“今年几岁？”

“14岁。”

“哪里人？”

“广西。”

“别哭哭啼啼的，”警察用笔敲了敲桌面，“广西哪里的？”

“百色。”

“为什么来这里？”

“不知道。”男孩过了一会儿说。

“什么不知道！”

“那边生活不开心。”

“怎么过来的？”

“搭车过来的。”

“父母呢？”

“都死了。”

“怎么死的？”

“妈妈在我很小的时候就去世了，爸爸是心脏病发去世的。”

“什么时候的事？”

“前年，爸爸前年去世了。”

“你在这个公园多久了？”

“有一年了。”

“家里的其他亲戚呢？他们不管你。”

“我不知道。”

“怎么跟周慕武认识的？”

“聊得来，就一起玩。”男孩低头，眼泪滴在裤腿上。

“你们什么时候认识的？”

“大概是四月的时候，那时天冷，他是公园的生面孔，我给了他点东西吃。”

“平时他有跟什么人来往吗？”

“没有。”

“这么确定？”

“我们每天都混在一起。”

“昨晚，你在医院干吗？”

“在医院打点滴，吃错东西，坏肚子，拉稀，在医院吊了一晚的点滴。”

“具体的时间。”

“晚上十一点去的，应该，慕武觉得我的情况不能再拖，硬将我送到医院。后来在医院的椅子上睡着了，到了早上八点才醒过来，做了一个噩梦，发现慕武不在，赶回公园。”

“有人说当时你心急火燎赶到公园的样子，像是知道慕武已经死了。”

“我当时做的噩梦就是慕武死了，醒来看到他没在身边，就觉得不太对劲。”

“你们俩还有心灵感应啊。”警察笑道，很快又用严肃的腔调问，“你们不是好朋友吗？为什么周慕武不陪你在医院挂点滴，自己回公园？”

“他当时没说要去公园，就说自己有点事，要离开，让我安心在这里休息，他已经交了医药费。”

“有说去做什么吗？”

“我问了，他说是重要的事，就走了。”

“有说什么时候回来吗？”

“没有。”

“你的医药费哪来的？”

“平时卖废品攒的，还有玩公园的一些游戏，我们自己摸索出技巧，用获得的奖品换的。”

“什么样的游戏？”

“套圈游戏，扔球游戏，夹娃娃，下象棋，弹珠游戏，等等。”

“射击游戏呢？”

“对，还有射击游戏，气枪打气球，这个慕武比较擅长。”

“有谁能证明凌晨的时候，你在医院吗？”

“证明？”男孩摇摇头，“我不太清楚，那时我做了一些检查，挂了两瓶点滴，挂点滴期间人比较虚弱，在睡觉。”

“你有什么仇人吗？”警察问。

“仇人，我的？”男孩反问。

“对，你的。”警察看纪灿。

“我没有仇人。”纪灿想了一下，回答道。

“最后一个问题，”警察说，“你认为周慕武最有可能被谁杀害。”

纪灿低头，抬头，眼泪重新涌出，“我不知道。”

二

“嫌疑人叫纪灿，男，今年14岁，孤儿，在这座怡孟公园已经流浪有一年多。根据公园知情人及他本人的口供，我们知道纪灿跟死者周慕武生前关系密切。周慕武今年16岁，本地人，父母离异，并不怎么关心他，三年前他辍学，到处游荡，大概是今年四月来到这座公园，并跟纪灿成为好朋友。”我们三人刚到命案区域的派出所，一名警察就上前跟我们汇报案情，“根据我们的调查，纪灿符合吴队所描述的嫌疑人特征。”

“怎么个符合法？”大象问。

“是孤儿啊，绝望人士。关于仇人情况，我们对纪灿进行审问，但他给出否定的回答，目前我们还在筛查中，但大致可以猜测，他去世的双亲很可能就是他的仇人之一。比如从小虐待他，容易激起他的叛逆心理。”

“他的父母是死于意外吗？”我问。

“不是，都是病死。”警察说，“但他爸爸是心脏病发死亡的，完全有理由猜测，这很可能是外力所致，对吧？”

我发出嗤笑，刚想反驳“不可能”，没想到大象点了点头，先我一步说道：“有这个可能。”

根据法医推断，周慕武的死亡时间在6月19日的凌晨三点左右。虽案发现场是公共场所，但凌晨三点已经闭园，除北面有一条河外，公园外其他方向都是大路，如果那时作案后出逃，势必被路面监控拍到，因此当晚身处公园的人都有犯罪嫌疑，总共是24人，其中包括流浪汉、商贩、公园的工作人员。经过这些天警察的层层排查，这24人里面，最多有10人符合大象圈定的两个犯罪条件，说“最多”，是因为表面的特征——不管是绝望、患绝症还是迷信体质——易查，但关于个人错综复杂的交际网中是否存在仇人，并且这个仇人遭遇过严重的意外，这个隐藏的信息调查起来需要时间和精力。

我们到达昆明时，已经是6月27日，离命案发生已经过了8天。10个嫌疑人，最终被警方筛减成5人。

加上纪灿，总共有6位嫌疑人。

“纪灿不是有不在场证明吗？”我质疑，“是有在现场找到不利他的证据吗？没有的话，仅凭犯罪前提项，而罔顾他不可能犯罪的现实，将他列作嫌疑人，这不太合理吧。”

“他确实有不在场证明，但这个不在场证明并非无懈可击。”警察说道，“他打点滴的医院其实算是一家私人诊所，完全有机会利用走廊的监控死角，溜出医院，实施犯罪之后，再回到医院。犯罪时间凌晨三点左右，医院距离公园二十分钟车程，做到无人注意完全有可能。”

“纪灿是有可能犯罪的。”大象对我说，“周昊提过‘行为不对称’，一个人在每件事情上所应对的行为跟他的身份是密切相关的，单单闹肚子，就去诊所做检查，打点滴，收据显示总共花了五百多，这跟纪灿的流浪儿身份是不对称的。纵使他病情严重到需要看医生的程度，他第一选择的，难道不是街边那些平价诊所吗？为什么专门赶去离公园那么远的私人医院？”

“我还是觉得里面有些说不通。”

“包括他的口供所说，他们平时赚钱的途径是给各种各样的摊贩游戏解套，用获得的奖品再去换钱，其中就提到一项气枪射气球的游戏。案发当晚，凌晨两点左右，公园中几处关键的监控都遭受到颜料涂抹，镜头前一刻还好好的，突然发生震荡，然后糊成一片，经过我们的勘查，这些监控设备都安装在高处，周围没有依附，只有一种可能，那就是有人用装上特制的颜料子弹射击镜头导致，纪灿平时玩枪练就的射击本领，此时派上用场。”警察附言。

“这么说，当晚身处公园的气枪摊主也有嫌疑，他的射击水平也完全能做到这种程度。”我随即说。

“但是摊主的身份完全不符合吴队所画的嫌疑人特征啊。”警察解释，“他即是安分人，又有一个美满家庭，女儿刚刚考上重点大学。”

“问题就出在这里，犯罪前提项是用来事后佐证凶手的，而不是以此为依据，用来指定凶手。这样做是有罪推定！破案最主要的，难道不是找到犯罪的证据吗？”我说，“况且万事无绝对，假如这起案件中的凶手，恰恰不符合这个嫌疑人特征呢？”

“阿雷，”大象看我，冷静地说道，“这个绝对不可能。”

眼看气氛恶化，周昊插嘴道，“打住，我们现在不就是在定位嫌疑人吗？一个个排查，但最终定罪的，还是要靠证据，有什么好争的？”

“是的，但纪灿就是此案中嫌疑最大的人，我来回答你为什么？”大象看我，“事后在湖里捞出的作案工具中，就有一把气枪。假如真的是气枪摊主所为，他用完之后会将枪放回原位。在这些嫌疑人当中，枪法准，熟悉周慕武，摸透公园环境，不在场证明可疑的，就只有纪灿一人符合。现在只欠缺他犯罪的证据，但我会找到的。”

三

周慕武死在怡孟公园湖心的拱桥底下。与前面同系列案件不同的是，凶手在他的身上用绳索共绑了两处部位，一个是双手双脚，捆绑在身后，在绑结处垂吊一块大石，由大石的重量，拉扯套在脖颈的绳套，重量下拉，绳套收紧，致使他窒息死亡，并将尸体上拉至高处。

案发当天上午八点，一对情侣乘游船至拱桥底不远处时，发现桥下吊着一个人，呈头上仰姿势，似在昂首啼叫，身后垂吊的石头没入湖中。女生发出尖叫，男生惊慌失措，一时忘了掉头，船只漂流至拱桥口，这时男生扭转方向盘，横着的船身碰撞尸体，他们看到死者眼珠暴突。

事后警方从湖的北部水底捞到一把气枪，在拱桥附近水域捞到一把射钉枪和一对黑色化纤材质手套，气枪证实是公园气枪摊贩丢失的一把，弹匣里有颜料痕迹。射钉枪是组装而成，消音，火药驱动，射力强大，里面的钉子与桥底的挂钉吻合。两把枪上都没有指纹，案发时凶手所乘的船只，里面除了一支竹竿，空空如也。

公园内总共有五个关键监控设备遭受损坏，其中两个面向公园南湖位置。两个位于拱桥的东西桥堍，朝向桥中亭。还有一个位于北湖。通过对公园环境的勘查，警方发现在公园东北部的游戏区，有一个监控设备对准的位置正好拍摄到北湖岸。调出案发当天的录像，凌晨三点十一分时，有一只游船靠岸，因位置离得远，加上深夜，只看到从船里走出一个人影。警方之所以将纪灿列为嫌疑人，正是这个模糊人影的身高体型，原比例放大后，跟纪灿本人不相上下。

根据现场环境勘查的情况、证物和监控录像、法医诊断，警方做出推测：凌晨两点左右，凶手先用气枪中的颜料子弹从南到北破坏途径的摄像头，事后将枪扔进北湖，之后将昏迷的周慕武运至位于南湖区域的一艘游船中，朝北开向拱桥底，先在拱桥两面打入挂钉，用绳子固定住船身，再在船上把绳索依次绑在周慕武身上，然后往桥底的石面再打入一枚挂钉，借用竹竿，将周慕武身上的绳结往桥底挂钉上套，随后船开走，因周慕武身下绑着一块石头，脱船之后石头重量下拉，将套在周慕武脖颈的绳套收紧上吊，完成了犯罪。船靠北岸后，凶手溜走。

“为什么作案后，凶手不沿原路开船返回，却开到北湖岸呢？”大象看着循环播放的监控录像，发出疑问。

“说明那个地方离他的逃跑路线最近。”不一会儿，大象顿悟道，“公园的暗道可能就在附近。”

“在你心里，已经将纪灿默认为凶手，所以才会将重点放在找出纪灿作案后的潜逃之谜上。”我不满大象在此案中的做法。他太自信了，太游刃有余了。

“要不然呢？”大象并不掩饰，“把纪灿犯罪的所有可能性都找出来，逐步排除不可能，如果最后还是不可能，那说明此路不通。但以目前的情况来看，这是我认为破案的最快办法。”

“最快最快最快！”我愤恨道，“我承认你破案很快，但在这起案件中，有一些地方跟之前不一样了，你不觉得蹊跷吗？”

“什么地方？”大象反问。

“首先，之前出现的所有同类命案中，死者都由一根绳索吊挂，但这起案件中，凶手总共绑了死者两个部位。其次，一切迹象表明，此案中的周慕武，是被当场的绳索所勒死，在之前的案件中，所有的受害者，都是事前被凶手杀死，再布置犯罪仪式。最后，周慕武天庭并没有扎洞，眼睛也没有蒙黑布。作法的细节和步骤，跟以往案件之间似乎没有关联。还有当时是深夜，周慕武死前并没有被封嘴，大大增添了不可控的因素，假如受害者突然醒过来呢？这些你怎么解释？”我对照着记在笔记本上的疑点，对大象复述出来。

“嗯，你质疑的点，是想表明，这有没有可能是一起非红鬼所主导的模仿犯罪？我能保证的是，这起命案，跟之前的五起命案同属于红鬼的邪教犯罪组织，是实打实的红鬼特色。”大象回我，“第一，这是三案同时爆发的其中一案，如果是模仿犯罪，不可能卡点卡得这么准。第二，命案中所绑绳结是红鬼原创，加之此案中的新绑法，复杂又简洁，只可能是红鬼传授。”

“再看凶手选择的犯罪场所，在水面上，难度无疑加大。公园的拱桥底，有一种奇观展示的意味。这起案件无疑是以往我们遇到过的其他案件中难度系数最大，完成度最高的，以此我猜测，凶手之所以不提前杀死周慕武，是对自己的犯罪非常有自信，心理素质极高，并且有把握受害者在这期间醒不过来，或者哪怕醒过来，他也能安然处置——比如随身携带的消音射钉枪，往受害者头上打一眼，即可快速致其死亡。唯有这样，他才能布置出不同以往的处刑模型，用一块大石头的下坠，将周慕武的脖颈用绳套上提，致他的身躯弯曲成昂首姿态。我猜测，事后，凶手一定会停留在湖边片刻，欣赏自己做出的死亡美学。而之所以不做多余的法术步骤，恰恰也证明了，凶手并不是一个迷信者，他只想用自己的犯罪作品震慑众人。”

见没异议，大象最后说，“我现在唯一质疑的一点，就是做出这样完美犯罪的凶手，如果真的是一位14岁的少年，那是非常少见的天分。被红鬼利用犯罪，非常可惜。”

四

大象前后用了三天破获了两桩大案，又因破案过程及时公开，举国皆知，极其有效地打击了邪恶势力，让公众对代表正义方的警察恢复了信心。一时之间，大象几乎成为所有人的关注对象，他走到哪里，人群的目光就跟随到哪里，对于昆明怡孟公园拱桥一案，大家议论纷纷，好奇神探大象会在几天内破案。

这种关注度对他来说是种压力，在去昆明的飞机上，我发现大象看我的眼神透露无助的讯息，似在向我这个好朋友求救，但转瞬即逝。

“我昨晚失眠了。”大象在飞机上跟我说，“现在很累，但睡不着。”

这种情况，在他大二的时候曾经出现过。当时他是学校侦探社的社长，一次找猫活动，他们无意中发现一桩命案，由于此案完全是由大象主导，破案后，他的名声很快传出学校，传出广州，连北京的权威媒体也对他进行采访。他就是从那时候开始，感觉到大众的目光对他造成的心理压迫。在一次演讲中，有位记者打开闪光灯向他拍了一张照片，他随即晕倒。

医生并没有查出什么，但从那时起，大象开始警惕大众的关注度，特别是闪光灯，这种强光的照射，会让他唤起晕倒在众目睽睽之中的恐慌和生理恶心，在医学上又找不出依据。从医院休养回来，他推掉一切采访，辞去学校侦探社社长的职位，开始做芸芸众生。本来答应过当时协助的刑警李队长，毕业后要当一名刑警的志愿，也一并一刀切断了。李队长为此苦心劝说多次，终无果，伤仲永。

按大象事后的说法，他在巅峰处了断自己的推理路途，并不是不想做，而是不能做——源自一种自我保护的本能。他意识到自己有莫名其妙的软肋，那就是大众那些莫名其妙的期待，哪怕他有能力完成，但一旦处于这种情境下，就会束手无策，元气大伤，变成硬邦邦的物体，垂直倒下——甚至威胁到自己的生命。

所以，毕业之后，他才会选择在家乡当一名普通的地方日报的幕后编辑，一方面是因为他自觉亏欠家乡好朋友阿捷的情谊，一方面则是他想隐藏自己。后来他跟我成为朋友，一遇到需要领奖、演说的事宜，他都全权交给我处理。

只是没想到，越压抑自己的才能，剑光越透亮，鞘终不能掩。2009年湖南的“红衣男孩”案，是诱引大象剑出鞘的契机，他深藏的推理潜能被激发，如蓄势的火山喷涌，下了让我意外的毒誓，“一定要找到凶手，花前半生不足惜”。这些年，我一直在探寻他的追凶执念，最终发现，大象之所以这么做，只是因为他找到自己的使命，或者说使命找上他。就如同水到渠成、瓜熟蒂落、船到桥头自然直，很多东西深究下去，唯有本能、天意和万物定律可以解答。

人只不过是一株会思想的芦苇，仍受控于自然规律，受控于天降大任。

就这样，我跟随大象破案，追踪红鬼，从2009年到2012年，整整四年。事后回望，剧情至此已走向尾声，但最后真正抓住红鬼，时间还要再翻一倍，又整整四年。

大象自信自己已经痊愈，在这些年的磨炼中，他已经从“闪光灯”中脱敏。但在我看来，这更像是一种自我欺骗。三起命案爆发，大象的斗志也被激发到了顶点，随之而来的，是愈加沉重的关注度，愈加亮的闪光灯，愈加大的压力，愈加大的焦躁，愈加难以入睡的夜晚。他醒来，神情恍惚，黑眼圈深重，问我，“有吩咐昆明那边的机场，不要让媒体进来吗？不接受采访，破案期间请那边做好我的保密工作。”

案子于他，慢慢变成是他求胜的关卡，而不是主持正义、惩恶扬善的使命。我知道，他开始撑不住了。

五

没有一个噩梦这般真实，因真实而可怖。纪灿从周慕武的惨死梦境中醒过来，外面已是艳阳天，他浑身发冷，拔掉手背上的针头——一个圆圆的血珠，在充满消毒水味的走廊中晕头转向，跟随人群挤入电梯，踉跄着跑出医院，坐进出租车，赶到公园，下了车。

他一直跑，汗水濡湿整件T恤。他想着等下见到周慕武，要紧紧抱住他，对他哭上一哭，再对他胸口打一拳。

但抱不到了。那个噩梦成真。纪灿几乎在看到拱桥处围着的游船，桥上人头攒动盯着桥下看，就预感到有坏事发生。

纪灿脸上流汗，嘴唇发白。

今年昆明的春天来得迟，四月初，春寒陡峭，纪灿记得，在他经常流落的公园游戏区，他看到一个生面孔。脸色蜡黄，布有雀斑，表情倔强，目光冷峻，身形消瘦。纪灿在暗地里偷瞄他，只觉得亲和，直到那个男生发现，主动走上来，跟纪灿说话。

两个孤独的男孩，由此走到一起。

纪灿把周慕武当作好朋友，当作哥哥。在这一年间的流窜生涯里，纪灿本以为自己已经适应这种边缘生活，兵来将挡水来土掩，生死由天，但周慕武的出现，使他意识自己是一张白纸，而他也甘愿在周慕武身边做一张白纸。他把好的东西都给周慕武，开始默默想望未来，筹划奋进。好像周慕武只要在他身边，纪灿就有源源不断的力量。

后来在睡觉的时候，自己不自觉抱住了周慕武，吓了一跳，借着梦游的幌子，赶紧恢复原状，闭上眼睛再也睡不着，内心涌动出让他陌生的暖流，暖流汇遍全身脉络，至眼角，化作具体的泪珠滚落。这个自发的闪电，虽短短一瞬，却刻骨铭心，纪灿深信自己会记忆终生。

他没想到，周慕武回抱了他，很自然地对纪灿说："灿弟啊，明天我们都去洗个澡呗，我们都好臭呀。"

"嗯！"纪灿扭过头去，不让周慕武发现自己的哗哗泪水。

纪灿后来被关在派出所的留置室里想，如果自己不闹肚子，不去医院，是否就能长久地维护跟周慕武在一起的生活，哪怕他们永远脏臭，居无定所，被人冷眼，一事无成，但只要两人在一起，就是无与伦比的幸福。

他甚至开始怪周慕武，为什么要坚持带他去医院，闹肚子也不是没有过，每回不是都安然挺过来了。他就是太享受周慕武的关照了，愿意听从他的指挥，他说灿弟，我们往右，纪灿眼睛不会看向左。周慕武说，灿弟，你脸色这么差，听我话，走，我们去医院看看！纪灿无力抵抗周慕武的关怀，他只想全盘照收，被慕武牵着走。从小到大，从来没有人对纪灿这么关心过。

但为什么慕武会被人杀死？到底谁杀死了慕武？

面对警方慢慢显露出来的怀疑、逼问，纪灿都开始有点动摇了，他想，会不会就是自己杀了慕武呢？

要不要就此承认，一了百了。

六

距离我们到达昆明，已经过了两天，大象的侦查几无突破。他晚上也并不回房休息，大部分时间一个人待在纪灿当时打点滴的医院中，一遍遍研究纪灿"金蝉脱壳"的方式。

"你对这起案子怎么看？"我问周昊。

"我也认为大象在此案中的破案法过于武断了。"周昊说，"在我以往的工作经验中，嫌疑人最后被证实是凶手，那他之前的口供一定有别扭或矛盾的地方。纪灿的口供我看了很多遍，完全就是一个局外人本能的反应。"

"是的，昨天我跟纪灿聊了很久，他并没有意识到，自己跟周慕武的感情，已经是超出友情范畴了。”我说，“这种感情假不来。”

“但大象太一意孤行了，除非他自己证明此路不通，否则很难说服得了他。”

“我们可以帮助他证明此路不通。”我说。

在大象的预估中，他认为掌握了嫌疑人的犯罪前提项，破获三桩命案最多只需要一周时间。确实，陕西安康前程模具厂的命案，他用了一天破案。四川巴中古亭命案，也只用了两天侦破。到了这起昆明怡孟公园拱桥命案，他明显是遇到了难关，加之他对自己设定的破案时限的临近，公众和同行对他的期盼的压力，他急于求成，深陷牛角尖。

“我们用最务实的方式，从外向内一步步抽丝剥茧，来证明纪灿不可能犯罪。”我说，“将大象扳回正轨。”

从其他嫌疑人入手。

老汤担任公园看园人已有六年，住的房间在公园正门口，有两层，第一层白天工作用，第二层休息用，因只有一个门，出入一定会被公园正门的监控拍摄到。案发当晚，大门不动，直到早上五点半他出门开园。

气枪摊贩的老婆可以作证，当晚她凌晨三点半的时候起床上厕所，那时丈夫正在床上睡觉。“那时家里的电子钟显示的时间是03:33，所以记住了。”并且她透露，在上厕所期间，因厕所窗口朝湖，她听到一声很大的水声，“像是石头落水的声音。”而她自己的体型跟案发监控录像中的模糊人影对比，一眼即可排除嫌疑。

一位流浪汉正发高烧，身体极其虚弱，单单让他把石头扛上游船都很难做到，更不要说完成那么复杂的犯罪。况且他是四天前刚来的公园，对公园整体的环境还不熟悉。在他的口供中，他提到："那晚我迷迷糊糊中听到湖面有游船开动的声响，我觉得声音很安详，躺着听了很久，直到声音停止，还以为是自己在做梦，出现幻听。"

从现场勘查的情况入手。

现场最大的疑点，是那块绑在死者身下使绳子束紧的巨石。石头为立方体，重达三十多斤，这块石头是凶手取于西桥堍的泥地，原位置留有一个石坑。

"凶手从南湖开船，南湖附近的湖边也有很多同等重量的方形巨石，为什么他要去西面桥边搬运这样一块石头过来呢？两地的距离有八百多米，搬一块三十多斤的石头过来并不轻松，也增加被发现的风险。"周昊说。

"嗯。"我记在本子上，"一定是有什么非这块石头不可的原因。"

"案发后侦查人员在拱桥洞附近找到飘着的一对黑色的化纤材质手套，上面有颜料痕，基本断定是凶手作案时佩戴的手套。按正常的逻辑，一般是作案之后销毁手套，但凶手为什么在拱桥底下布置完尸体后，就把手套扔了？"周昊提出另一个疑问。

"靠岸后再扔不迟，扔得确实不是时候。"我说，"这案子疑点太多了。"

"公园东北角游戏区那个监控设备拍下了事后凶手潜逃的身影。"周昊跟我走向公园那个监控头的下方，"但是你仔细看，有没有发现什么问题？"

我仔细观察，摇了摇头。

“这棵树位于监控头的西南方，”周昊拍了拍树干，我顺势抬头看，听到他说，“你注意了没，树上有一枝横生的枝干，被人为掰断了。”

“看起来是最近被掰断的，”树枝上果真有一个新鲜的断截面，我突然意识到什么，打了一个激灵，“你的意思是？”

“对，被折断的树干，假如延伸出来，恰恰就挡住了监控摄像头投向北湖岸的视野，造成的后果就是，事后哪怕我们调取监控录像，只看到树叶颤动，根本不会发现凶手靠岸的身影。”周昊说，“你不觉得这太巧合了吗？”

“五个摄像头被损坏，而没被损坏的一个，本来不可能拍下凶手，结果遮挡的树枝被人为截断。”我说，“这是一个被忽略的重大线索！”

从死者身上入手。

周慕武死时穿的是黑衣黑裤，案发当天晚上十一点左右，他陪纪灿到医院做了检查和治疗，大概十二点多离开医院。他跟纪灿说自己有重要的事，但却没说去哪，公园的大门录像也没有他进入的身影。

“从法医的检测结果得知，周慕武身上并没有被击打的伤痕，或者食用或吸入迷药的特征，也就是说，在死前，周慕武很可能是有自主意识的。”周昊说。

“慕武在死前知道自己会死？而且完全接受这个事实。”我惊讶道，“他在医院跟纪灿所说的‘重要的事’，就是去赴死？”

“嗯，这才能解释一个我们忽略的疑点，那就是两个人在吃的食物一样的情况下，为什么单单纪灿闹肚子，而周慕武并没有什么事。”周昊说。

“因为周慕武要暂且摆脱掉纪灿，所以设局在纪灿的食物中加了泻药，然后强迫纪灿住院，好让自己赴死的计划成功。这就是为什么大象一开始觉得纪灿当晚‘行为不对称’的原因，而我也从纪灿口中得知，他住院，完全是遵从周慕武本人的意愿。”我恍然大悟，“这就解释通了，树枝是事前周慕武所掰，他知道凶手作案后计划的潜逃路线，希望给警方留下证据。”

“现在我们要查明的就是，周慕武离开医院后，到底去了哪里？以及见了什么人？他们又是通过什么地方，神不知鬼不觉地溜进公园里作案的。”周昊总结道。

七

从纪灿身上入手。

我和周昊刚到派出所，把纪灿接到审问室，想再作一些问询，结果还没坐定，大象就闯了进来。

“你跟周慕武是不是还有一个隐蔽的住所！没跟我们说过！”大象对坐在椅子上的纪灿劈头盖脸地问道，声音之凶让我惊诧。

纪灿一脸惊慌的表情，看向我和周昊。

“看我！”大象抓住纪灿衣领，将他整个人拉向自己，“回答！”

“大象……”我伸手按住大象肩膀，想制止他。

“走开！”大象打掉我的手，“我警告你们，先别管。”

“是，”纪灿点头，“是！我们有一个隐蔽的住所。”

“是公园北湖外的河道边上两棵香樟树上搭的那个树屋吗？”大象问。

“嗯。”纪灿回。

“为了掩人耳目，你们会经常去树屋中幽会，是吗？”

纪灿流泪。

“你们不仅仅是朋友关系。你骗取周慕武的信任，让他以为你爱他，是不是？”大象问。

“不是！”纪灿吼道，“我没有骗慕武！”

“由于你跟周慕武身高体型脚码差不多，你们会经常互换对方的衣物和鞋子，对不对？”大象问。

纪灿红着眼，并不回答。

“回答！”大象用拳头砸向桌面，笔和本子弹跳起来，一只一次性杯子倒下，水在桌面溢开。

纪灿点了点头。

“好，你先不要表态，听我说完。”大象双手撑在桌面上，俯视纪灿，“事发当晚，你让慕武送你到医院，在医院里，你用了一些理由让慕武先去树屋等你，之后，一点时分，你通过医院的监控暗角，走楼梯溜出医院，打车到了连接公园河道的某个位置，因为天热，河道干涸，你得以走入河道，去往树屋方向，那时慕武已经在树屋中。你爬上树，进入树屋，跟他幽会，因为经常互换对方的衣服，完事后你换了他的鞋子他也没觉得异常——这样河道上留下的鞋印就变作他的了。然后你们从树屋跨入公园围墙，你又说服慕武一起偷一只游船去湖面游玩，为不被发现，你拿出事前准备的气枪，将途经的监控设备损坏。到了船上，你趁周慕武不注意，把他弄昏迷，接着开船到桥底作案，再开船到北湖处靠岸，翻墙从树屋溜出，坐车回医院。我疑惑的是，河道上留有去公园的脚印，但却没有离开的脚印，后来你离开的时候，并没有再走河道，对不对？”

“没有。”纪灿急忙摇头，“那天晚上我一直在医院里，我没有去公园！”

“事到如今，别再狡辩了！”大象直视纪灿的眼睛，“你怎么解释树屋旁的河道上，有你的鞋印呢？”

“我不知道，不是我做的。”纪灿摇头，流泪，“不是我做的。”

大象举起右手，往纪灿脸上扇去。我看准时机，在扇到纪灿脸上的瞬间，我用双手快速推开大象，使他往后退，失衡的身体碰到身后的椅子，仰倒，一个翻身，趴倒在地上。

“叫你别管！”大象站起，向我走来，冲我吼，“你以为你是谁？”

这是我第一次打大象。我攥紧拳头，不由分说揍向大象左脸。我们扭打在一起。说实话，虽然我们身高差不多，但大象不是我的对手，当时我在气头，要不是周昊和外边的警察进来拉架，我保证大象脸上会有比流鼻血更严重的伤。

“走开！”大象倚着房间的墙壁坐着，挥手赶走围在身边的人，眼睛布满血丝，喘息不止。过了一会儿，看向站在远处的我，“你到底有什么毛病？”

“你他妈到底有什么毛病？”我不管在场的人，底气十足地向他喊，“纪灿他绝对不是凶手！”

没有愤怒的火支撑，大象脸上尽是失落，眼睛失焦，怔怔盯着地面，缓缓说道：“那你说说谁是凶手？”

八

“凶手是一个没出现在嫌疑人名单中的人，是一个没有留下什么线索的人。”我说，“凶手是一个幽灵人。”

我将审问室的黑板拉到身旁，为大家演示我所做的案情分析。

解答纪灿案发当晚恰巧住院之谜。

——在周慕武死前几天，连续给纪灿打的饭中偷偷掺入泻药，导致纪灿频繁拉稀，身体虚弱，周慕武顺势将纪灿拉到医院，给他做了全身检查，挂需要等足至少三个小时的挂瓶，为的是给纪灿作不在场证明，以便自己死后，警察不会怀疑到离他最近的好朋友身上。但正因为“住院”的反常举动，以及纪灿当晚在医院欠缺坚实的人证和视听资料，导致自己的不在场证明并非无懈可击。

解答周慕武离开医院去向之谜。

——公园北部外围的河道鞋印就是周慕武所踩，为了不被公园监控拍摄到，他通过河道，爬上树屋，从树屋翻墙进公园。

解答此案与以往同系列案件细节不同之谜。

——周慕武之所以在受害前手脚、嘴巴没有被胁迫迹象，身体没有击打痕迹和中了迷药的特征，是因为他对于自己将死以及死法心知肚明。但又因为某种不得不做的原因，他如期偷偷进入公园，并且配合凶手，赴死。他用早先准备的气枪中的颜料弹损坏公园五个关键的监控设备，在意识清醒的状态下，任凶手捆绑摆布，最后被巨石下拉的绳索勒断脖子而惨死。期间没有一丝反抗。

解答被损坏的拱桥监控之谜。

——东西桥堍的两个监控设备朝向桥亭，主要目的是为了保护桥上古建筑而设立，视野微微朝上，并不投向湖中。凶手要隐蔽作案，只需损坏面向湖中的三个监控即可。损坏桥上的监控看起来是顺手，实则是有意为之，因为在犯罪过程中，凶手必须经过拱桥。

解答巨石位置之谜。

——用来作案的巨石重达37斤，游船是从南湖启动驶向拱桥底，南湖旁泥地同样也有很多相同重量和形状的石头，为何凶手要从距离800米的西桥堍特地搬过来一块石头呢？如果没有非这块石头不可的原因，那对于凶手来说，就是更易操作的办法。前面说到，这是一起合谋犯罪，凶手又“多此一举”地损坏桥上的摄像头，拱桥围栏外的污迹经勘测，有人踩踏、磨蹭的痕迹，但却无指纹，结合来推理，可得出一个合理的解释：受害者周慕武单独将游船开到了拱桥底，而凶手将桥边的巨石搬运到拱桥上，等船在拱桥下停稳后，凶手再将巨石递给船上的周慕武，自己通过破损的桥栏缺口，跳到船上。

解答拱桥边的颜料手套之谜。

——因为是合谋犯罪，所以两人皆戴手套。但最后呈现的结果是一起谋杀案，周慕武必须在最后扮演受害者。所以，凶手在杀害周慕武时，将他的手套褪下，扔进湖里，但由于手套的化纤材质较轻，防水，又被桥身所挡，案发后仍漂浮在附近。而凶手的手套，自始至终都戴着。支撑这个猜测的有力证据是：我跟周昊去了停放周慕武尸体的太平间，将物证手套套入死者的手上，大小刚刚合适。

解答案发时公园东北角那个未损坏的监控头周围有树枝被掰断之谜。

——监控头为周慕武用气枪击毁，他既然熟悉公园环境，又常去东北角的游戏区玩，难道不清楚那里有个监控摄像头会拍到北湖岸吗？答案是：他不仅清楚，而且知道那个监控摄像头投向北湖岸的视野被下方的树枝遮挡。所以即便他接受了自己被谋杀的事实，但仍然想方设法给警方留下凶手的证据。在案发之前，他暗地将监控摄像头前的树枝掰断，确保视野开阔。

解答凶手的逃脱之谜。

——犯罪之后，凶手有两种可能逃脱的路径。一个是翻过北湖围墙，沿河道离开公园。但由于河道只有来的鞋印，没有发现离开的鞋印，因此第二种推测就显得更合理，作案后凶手仍待在公园内，开园后，作为当天的游客离开。

“这一切看起来异常荒谬，你们会想，哪会有人愿意配合凶手杀死自己？死者的自愿死亡的动机是什么？”我说出最后的猜测，“只有在一种情况下，这样荒谬的谋杀案才可能成立，那就是，凶手一开始本来计划杀死纪灿，因为某种原因被周慕武发现了，周慕武爱纪灿，在知道自己无能救纪灿的情况下，他跟凶手做了交易，心甘情愿当了纪灿的替死鬼。”

纪灿听到这个答案，身体不停颤抖。

“纪灿，你说你在住院的当晚，做了一个慕武死去的噩梦，”我转向纪灿，“梦的素材都有根基，我问你，你在跟慕武的相处中，他有没有向你表露过想死之心。”

“没有。”纪灿稍做镇定，说，“慕武从没有跟我说过自己想死，会死，哪怕他曾经遭受过非常痛苦的伤害，他在我面前，却总是笑，对我说一些很美好的话。但就是因为他太过于关爱我，我时时会有一种要失去他的感觉。我非常害怕这种感觉，非常害怕失去他。越害怕越想，所以那天晚上，我做了一个他自杀的噩梦，他爬上医院的阳台，跳了下去。”

“他曾经遭受过什么伤害。”大象不知不觉从墙角站起，来到纪灿身边。

纪灿看向桌面，隔了一会儿又说，“他跟我说，他曾经被学校的老师伤害过。”

“什么样的伤害？”大象又问，他脸上的气色似乎恢复了一些。

纪灿看向我，我向他点了点头，他说道：“强奸，还有……虐待，很残忍的虐待，用尺子和笔，导致了他下面受了伤，在课堂上控制不住，出了粮，他说裤子上是又红又黄的污迹，被全校的学生当成笑柄，从此就没再去过学校，从家里逃跑。”

大象听完，转身准备离开房间。

“你去哪？”我喊住他。

“我太困了，我去睡觉。”大象开门，说道，“大家各忙各的，麻烦给我几天时间，我去洗个热水澡，睡个觉，重新梳理下案情，等我消息。”

“阿雷，周昊，谢谢啦！”大象离开房间后喊道，“我答应你们，一定会抓到凶手。”

九

大象睡饱喝足后，用了整整两天时间，一一探访了周慕武在辍学前的相关人物。

他先去了周慕武位于昆明本地的家，因儿子周慕武的死亡，离异的父母重又复合。面对悲剧，他们悲痛的同时，言语之间透露的却都是对周慕武的怨恨和指责，父亲周字昌说，“一开始他不去上学，我们当然是不同意的，后来就离家出走了，我们报警啊，找回来了，还是不愿去上，不知什么原因，换个学校也不行，后来管教不来，就任他上街厮混了，有时一连几个月没回家，回家就是来拿钱，我们也不知道他去哪里耍，后来是管不了了，打他都会还手。有时在家，莫名其妙就哭。带他去医院开了些药，没吃，今年四月又离开家，没想到再听到他消息的时候，就是个死讯。也有跟他说社会险恶，不要跟一些不良分子混在一起，现在好了，被人杀死了，说实话，我都已经做好这个心理准备了，但还是没有料到他会是这样的死法。实在是不敢看那些新闻和照片。我们就一个希望，希望警方快速把案子破了，实在抓不到凶手，麻烦将慕武的遗体归还我们，入土为安，我们也好离开这里，彻底忘掉他和这件事。你不知道，因为他，因为他在家的作为，因为他的死，我们受到了邻里多少议论。算作是我们父母的管教不当吧，给警察同志带来麻烦，跟你们道歉。”

“他之前的成绩怎么样？”大象问周字昌，“他有说不去上学的原因吗？”

“没有啊，有一天回来，说是不想去学校了。不管怎么打骂劝说，班主任和同学也过来了，就是不去。他本来的成绩很好的，这是我们想不通的。后来我们看他的行为，认为应该是神经出了问题，才会这么做，不然就是中了邪，”周字昌用手指了指自己的秃头，一副苦瓜脸，43岁，看起来却有60岁，“不然你说好端端的人，怎么说不去学校就不去，打他不哭，但有时不打他，反而大喊大哭。”

“据说不去上学，是被学校的老师性侵犯了。”大象又说，“也就是强奸，你们有听他提过吗？”

“他一个男孩子，怎么会受这种伤害啊，简直是一派胡言。”周字昌眼神闪躲，显示不想探讨这类话题。

“慕武辍学的时候才13岁吧，那时他刚读六年级，还是初一？”大象问。

“初一了。”周字昌脸上这时出现自豪神色，“当时他还是以全市第五名的成绩考上的飞燕中学。”

大象来到飞燕中学，找到了周慕武初一的班主任郭娉，现在她在教初二的数学。听说大象过来了解周慕武，在办公室给他倒了一杯水，坐定后说道：“之前警察过来调查过慕武的情况，我能说的都说了，周慕武这个学生当时在学校并没有什么朋友，据我所知，他理应没有跟同学发生过争端。”

“不是不是，我这次过来，并不是想了解周慕武与同学们的关系。”大象制止了郭娉的讲述，“我是想来问问，你知道慕武为什么辍学吗？或者说他不来上课之前，发生了什么事？”

“我记得开学不到两个月，他就辍学了，因为他当时的入学成绩是全班第一，我还选他当了班长，他精力旺盛，很爱表现，成绩一直都很好，从我的角度来看，他其实是希望给同学们树立一个好的榜样，但效果适得其反，我发现同学私底下并不服从他的管理。后来他也跟我请辞了。说到辍学，他是在一次上课期间闹肚子，提前回家，后来就没过来了。当时不是我的课，细节什么的我不清楚，但听学生复述，当时他拉肚子，一裤子都是，发出了很难闻的味道。”郭娉喝了口水，“慕武这人爱面子，又做过班长、课代表，受不了这样的耻辱，我想就是因为这个阴影，对学校和同学产生抵触心理吧。事后我也去他家做过功课，还告诉同学不要再提及这个事，但他就是死活不过来。”

“他有跟你说在学校受过身体上的伤害吗？”大象看向郭娉。

“身体上的伤害？”郭娉摇摇头，“这个我保证没有，我们是重点初中，我带的那个班都是成绩好的学生，纵使同学不太喜欢他，也绝不会有霸凌现象发生。”

“你还记得当时慕武拉肚子时，上的是哪位老师的课吗？”大象问。

“是一位叫包朋宇的老师的课，他是教历史的。”郭娉回忆道。

“谢谢，我去向包老师了解一下当时的情况，麻烦你帮我引荐下。”大象说。

“包朋宇现在不在学校任教了，”郭娉皱了下眉，向大象说道，“他之前是学校的教导主任，兼教政治和历史，两年前被调到了市教育局了。后来听说贪污，被判了刑，在监狱中去世的，也就是去年的事。”

“哦，这样。”大象本来准备站起，听郭娉说完又坐下，“慕武辍学前，是不是跟包老师走得最近？”

“慕武跟我请辞班长职务时，包朋宇就跟我提议，让慕武当历史课代表试试，按理来说，是跟包朋宇走得最近。”郭娉表情疑惑地看着大象，回答道。

“包老师当时作为教导主任，是有自己的办公室？”大象又问。

“嗯？”郭娉说，“是有，但这个跟案件有什么关系吗？”

“没有什么关系，各方面都想了解一下，避免下次还来麻烦郭老师。”大象问，“慕武当历史课代表后，表现怎么样？历史成绩怎么样？”

“挺积极的，但他一直都很有热情，做班长时会经常跟我汇报情况，当了历史课代表，也经常跑去包朋宇的办公室。但后来这课代表没做一个月，又来跟我请辞，我就想或许这孩子做事三分钟热度，让他再锻炼锻炼，没想到就不再来上学了。”郭娉一脸惋惜。

“好的，谢谢郭老师的帮忙，我问完了。”大象站起。

出飞燕中学，大象打车直奔市教育局，一开始出示证件，门卫不让进，迫不得已，大象辗转通知到了教育局局长，不一会儿，从大楼下来了一名叫张传广的青年。

“最近你们警方不是在查怡孟公园的命案吗？这次过来也是因为这个事？”接待大象的路上，张传广问。

“有一点关系。”大象说，“我想来了解一下包朋宇的事，他曾经当过死者周慕武的老师。”

“包朋宇是负责招生办部门的，我入职时，他刚出事，利用职务之便受贿，当时他是主动自首的，事后在他一个银行账户中查到一笔钱款。但后来一审时，律师在庭上还出示了包朋宇一段强奸视频，两罪并罚，被判了十年，听说是在监狱期间因一次群殴事件脊椎受了伤，去年九月在医院死了。”在办公室，张传广给大象出示了一些包朋宇相关资料，如实讲道。

大象又来到法院，以查案的身份，看了当时包朋宇的判决书，在档案室调了视听物证，视频中，包朋宇在一间昏暗的房间内奸淫一名男孩。大象委托法院的工作人员跟当时案件的诉讼代理人苏楠取得联系，“请问你在庭上说包朋宇的猥亵视频是你搜寻所得，我想了解一下，你是从哪些渠道拿到这些录像的呢？”

“是一位证人给我发的这些邮件，说对案件有帮助，他说自己不方便出来，希望交给我这些证据。”苏楠在电话中回答大象的问题。

“请问他有说是怎么取得的这些证据吗？”从录像的拍摄角度看，无疑是偷拍。但问题是，“证人”是怎么潜入这间高级酒店房间，并安装了摄像头的呢？他又是怎么知道，包朋宇会来这间酒店？

“这个他没有说，后来我跟他再联系，就没有再回复了。”苏楠说。

“如果当时没有这些证据的话，按照包朋宇受贿的款项，他会判多久？”大象又问。

“因为受贿的钱款不多，又是自首，如果没有猥亵儿童罪，判刑最多三年。”苏楠思索后说道，“但让人想不通的是，包朋宇当时受贿的钱款，都是一些学生家长以现金或者汇款方式零散贿赂给他的，这种情况其实不自首的话，是很难核查出来的。”

大象最后去了包朋宇生前关押的监狱，从一名狱警口中得知，“犯猥亵儿童罪进来的犯人基本是狱中最底层的犯人，很少有好下场，但凡懂得察言观色，适应一段时间就过去了，大家也不会总盯着你欺负，估计是大家看不惯他的官架子吧，说是群殴意外，其实很大可能是冲着他去的。”

十

上午八点，大象打电话给我，让我和周昊通知负责这起案件的同事们，到怡孟公园会合。

“阿雷两天前分析案情的时候，大家基本也都在场，当时阿雷初步指定了凶手，但由于凶手没在现场留下什么线索，事后又顺利溜走。我们掌握的唯一证据，也就只剩下案发当时远处监控拍到的一个模糊身影。”利用警察和公园工作人员疏散公园游客的间隙，大象对我们说道，“但这个身影给出的信息有限，我们只知道凶手身高大概在一米六五到一米七之间，体型偏瘦，以此推算出体重大概在120斤上下。”

“这些信息过于宽泛，并没有什么用。在犯罪中，凶手几乎不露马脚，又因现场的封闭状态，喜欢推理小说的人都知道，这可以算是一起典型的‘密室杀人’案。”大象说，“‘密室杀人’的特点，在于凶手利用环境条件完成犯罪，那破解一桩‘密室杀人’案，在我看来，自然就要重新还原犯罪的过程，以阿雷推理的版本，我们来演示一遍。”

大象指着南湖岸边停靠的一艘游船，说道，“案发时凶手使用的游船，事后被侦查人员拖出湖面，作为证据停放在公园的办公楼大院。为了形成参照，我特意跟游船主人借用一艘一模一样的游船，来做犯罪演示。这里请大家注意，这是船主特地从他的仓库拿出来的全新船，也就是说，这艘船从没有下过水。”

“周慕武身高一米七一，体重114斤。凶手身高一米七上下，体重120斤上下。我需要两位身体条件差不多的同事来帮忙。”大象让举手的同事出列，分别过称，挑出两位符合的人选。

这时公园的游客已经疏散完毕，整个湖面空空荡荡，由于气候炎热，外河道水量剧降，导致公园内的湖水流动变慢，湖面布满斑驳绿藻，虽然每天都有环卫工打捞，仍抵挡不了藻团的疯长。一眼望去一副死水景象，似在渲染命案后弥散的不祥气息。

船下水，“受害者”进船，船开向拱桥洞。“凶手”来到西桥塊，将一块30斤的石头搬运到拱桥上，等船到达桥下，船里的人伸手接过桥上的人递下的巨石，之后“凶手”钻过桥上缺损的围栏——磨蹭桥面灰尘——跳入船内，用那把消音射钉枪在桥洞内部的墙体上打入三枚挂钉。

“好，现在将绳子绑着的石头推入湖里。”大象在桥上用喊话器向船里的人喊，“不用绑人，麻烦你直接抓住挂钩上的绳子吊着就行。”

石头应声入湖，一位同事垂挂在桥洞绳索上，游船滑到北岸，“凶手”上岸。

大象通过拱桥跑向公园东北角的一间平房，向厕所里喊话：“请问有听到落水声吗？”

“没有听到。”气枪摊贩的妻子刘女士从女厕中走了出来，回答大象，“这次一点声音都没有听到，会不会是周围太吵了。”

“好，麻烦你再听一下，等我示意。”大象说完，刘女士再进厕所。

大象跑到拱桥上，这次他将绑着绳索的石头放在拱桥围栏外边，推移进湖里，发出“咚”的一声。

“对，当晚我在厕所里的时候，就是听到这个声音，一模一样。”面对大象的再次询问，刘女士确认道。

大象召集我们到北湖岸空地，那里已经提前放着一块白板。此时已经是上午十点半，阳光曝晒，我们头上冒汗，大象跑前跑后，身穿的T恤已经湿透。他大喝一口水，开始他的推理。

“阿雷前天的推理几乎解答了案件所有的谜题，唯独留有一个时间之谜未解。那就是案发当时的公园北部监控录像，显示了凶手是在凌晨三点十一分靠岸。而案发后我们对气枪摊贩的妻子刘女士的口供调查显示，她明确表示，起床上厕所的时间看了一眼家里的电子钟，那时显示的是三点三十三分，凌晨三点半她去上厕所，听到石头落水声。在监控设备和电子钟都完好的情况下，这里出现了一个矛盾。”

大象画出湖的轮廓，在湖中间画了一座桥，用箭头表示游船从南湖岸到拱桥洞，再从拱桥洞到北湖岸，“凶手三点十一分在北湖岸靠岸，那时理应完成了犯罪，为何在三点三十三分之后，刘女士又听到湖面响起石头落水声呢？——刚才的演示表明，从船上推入湖中的石头，几乎不会发出声响。能发出让刘女士听见的‘咚’的声响，是因为石头是从桥上的高度落下的。”

“这说明了什么，说明我们很可能被骗了。被凶手所骗，犯了思维惯性的错。我们会认为，凶手从南湖岸乘船通过拱桥洞再到北湖岸，已然是连贯、完整的犯罪过程，实际上，这只是凶手做出的障眼法。”大象用箭头从北湖岸又画了一个圆弧，显示凶手下船后又绕到了西桥埮，“凶手在北湖岸靠岸后，又跑到西桥边，将那块作案的石头搬运到拱桥上，最后将石头推下湖里。这才是整个犯罪过程。”

“我之所以做出这样的犯罪过程的推理，还有另外一个口供佐证。”大象对我们说，“案发后，一位发烧的流浪汉说道，那晚他在睡梦中迷迷糊糊听到游船开动的声音，听了很久，直到这个声音消失。游船开动的声音他都听得见，却没有提到石头落水声，这说明了，石头落水时，他很可能已经睡过去了。也就是说，从声音上的顺序分析，船从南岸开到北岸停靠，时间三点十一分，船声消失，流浪汉睡着，三点三十三分以后，又发出石头落水声，被窗口朝湖的厕所里的刘女士清清楚楚地听到了。”

“凶手乘船过桥洞靠岸再绕桥上的意图何在呢？想通了这一点，整个命案的面目基本就会明晰。”大象在湖的周围用红笔标了五个叉，是案发时被损坏的监控头，接着他在公园东北角再画一个圆，表示完好的监控头，“阿雷在前面分析过，这个监控头投向北湖岸的视野被一部分树枝遮挡住，而这些树枝恰好被人为掰断了，在这个犯罪当口发生这样的事不太可能是巧合，为此阿雷认为，这是知道自己将死的周慕武为了给警方提供事后的证据而掰断的树枝。这是一个非常精准的答案，只是还是未能解开凶手诡异的走位之谜。于是我大胆地想到了另一种结论。”

“如果这些树枝是凶手折断的呢？”大象说，“凶手这样做，是要确保留下自己的身影，留下这个身影到底为了什么？第一个，诱导侦查人员以为此时凶手已经完成所有的犯罪，完美靠岸。第二个，说出来大家可能难以置信。”

大象停顿了一下，说道，“特意留下身影的最主要目的，是为了让大家相信，这是一起纯粹的谋杀案，一起有凶手存在的谋杀案。”

“如果有可能，我们会用所有人的身形去比对监控录像中出现的凶手身影，但唯独对最相似的那个原形视而不见，也就是说，我们不会用死者的身形去比对案发时出现在监控录像中的凶手身影，哪怕在各项数据上高度一致的情况下。这也是为什么，死者周慕武当天所穿衣裤、所戴手套皆为黑色的原因，因为他要将自己彻底融入黑夜中，只出现一个人影。我们不会给出这样一个论断，因为这看起来违反常识，但事实上，凶手就是周慕武本人。”

十一

“一位户主打电话报警，说自己家中的财物被盗，一般情况下，警方自然不会将他列为犯罪嫌疑人。因为‘偷自己的钱’显然是一个悖论，如同一个人抱起自己一样荒谬。”大象全然不顾我们的震惊反应，话锋一转，聊到了“盗窃”上。

“现在要将报案的‘失窃者’跟‘盗窃者’之间的画上等号，有没有可能？”大象看向我们，自问自答，“有，当这个‘失窃者’损失的财物并不属于自己的情况下，这个等式就可以成立。符合这样的‘失窃者’身份的有当铺店长，银行行长或者某位合伙公司的董事，他们失窃的财物严格来说不全属于自己，但因为他们既是报案人又是受害方的身份，我们容易形成一种思维误区，排除掉他们的犯罪嫌疑。”

“同理，一桩谋杀案中的‘凶手’和‘死者’是对立关系，那有没有可能将这两者之间画上等号呢，在一种情况下，这种现象会发生，”大象说道，“当这个‘凶手’是恐怖、邪教分子的情况下，凶手也可能是死者，比如‘911事件’，恐怖分子作案的真正动机，是传播恐惧，假如自己的死亡会带来这种恐怖效应，他们会毅然赴死。拱桥命案最奇特的地方，在于犯罪全程只有一个人，他既扮演凶手，又扮演死者，为什么要这么做呢？因为如果只是呈现自杀，会大大削弱恐怖效应，所以，此案中的凶手周慕武，必须千方百计将自己的死亡，布置成一桩谋杀案。”

一桩密室杀人案，一定存在凶手吗？

美国推理小说家卡尔在“密室讲义”的第四项类型中提到：这是自杀，但刻意布置成像是谋杀。

一桩密室杀人案，不一定存在凶手。但一桩谋杀案，必须是凶手和死者的组合。

“这就是周慕武要给我们看一个模糊身影的原因。他要让我们笃定一个事实，就是这起命案中，存在一个凶手，他靠岸了，逃跑了，这是一起骇人听闻的谋杀案。而且我们警方费了老大劲也不可能抓到这个幽灵人，可想而知，这起案件会成为历史悬案，成为我推理生涯的滑铁卢，而它自身所具备的恐怖效应会在社会中一圈圈放大。事实上，要不是阿雷和周昊的启发，我可能一条道走到黑，甚至酿出冤案，逼迫纪灿承认犯罪——在那种心遭摧残的境况下，纪灿完全有可能认罪，一了百了。还好，我没有这么做。”大象将水瓶剩下的一点水仰头洒向面部，又拧开一瓶水，喝了一口，对我们说，“你们有什么疑问，现在可以提。”

人群发生骚动，不一会儿，有声音响起：“按照你的推理，周慕武一个人是怎么做到捆绑自己并使自己死亡的呢？”

“这是周慕武乘船靠岸后返回拱桥上的原因，也是为什么会发出石头落水声的原因。”大象回答，“关键在那块三十多斤的石头上。他从南湖开船到拱桥洞，在墙上打钉，将绳套固定在桥底的钉上，然后再把绳子甩上拱桥。靠北岸后，他跑去西桥边搬运巨石，来到拱桥上，先把绳子做出宽松的绳套，再把石头绑牢，之后将一个绳套套在脖颈上，再反手反脚将四肢钻进四个联结的绳套中，这时他是一个躺倒的状态，他先把手上的手套褪出，扔进湖中，之后推石落湖，重量将他拉下，瞬间手脚上的绳套被捆紧，脖子被勒断，完成杀死自己的犯罪。”

“这也是为什么要用改装火药射钉枪的原因，因为市面上最好的射钉枪，也很难将挂钉射进这么厚的大青石中，而且还要承受从高处坠落的一个人加一块石的拉力，钉子必须确保稳固。死者周慕武右侧身上沾有较多的灰尘，起初我们以为是他躺于船内所致，现在答案已经很明显了，这是他死前在拱桥围栏外的空地磨蹭所致。昨天我去太平间仔细嗅闻尸体身上灰尘中的味道，里面有细微的巧克力味，而拱桥围栏外面的地上有一根雪糕棍，是曾经有游客吃完巧克力雪糕随手扔下的，这个味道辗转沾到了周慕武身上。”

“但我实在无法想通周慕武这样做的动机，制造和传播恐怖，他完全可以杀害别人，为什么要自杀呢？”又有一人发问。

“阿雷前面的推理，说凶手一开始本来计划杀死纪灿，后来被周慕武发现，挺身而出，跟凶手做了交易，充当纪灿的替死鬼。”大象回答，“这就是真正的动机，只不过在我的推理版本里，我将凶手和周慕武合并为一个人。我们来回看周慕武跟纪灿一开始的认识，发现是周慕武主动先去认识纪灿的，那个时候慕武其实是在搜寻猎物，而纪灿是他综合考量后合适的犯罪目标：孤儿、流浪少年、人际关系淡薄。只不过在交往过程中，他爱上纪灿，舍不得将他杀害，但迫于要么是必须犯罪的大局使命，要么是自己无力违抗的犯罪命令。在犯罪期限到来时，他如期上阵，将自杀布置成疑团重重的谋杀案。死前为了不让纪灿被警方怀疑，还将他弄到医院去，实在难得。”

“这些，”负责这起案件的队长问大象，“你有证据支撑吗？”

“我希望有。”大象回身指着湖中刚才演示的游船，“证据在那艘船上，麻烦大家帮我把那艘船拉上岸。”紧接着大象又吩咐其他同事去园中办公楼大院搬来另一艘作案游船。

日光下，两艘一模一样的游船一前一后摆放在北岸的空地中。大象蹲下身细细查看船身，站起，说道，“在案发前几天，天气暴热，滋生了湖面绿藻，我问过公园的环卫工，他们是6月17日开始打捞绿藻，哪怕每天打捞六小时，也制止不了水藻疯长的局面。游船行湖，这些绿藻会沾上船身，形成吃水刻度。我们来对比案发时和犯罪演示的这两艘游船，可以很明显地看到，案发船的绿藻线比演示船低了大约两厘米，这两厘米的差别，就是载一个110斤的人和载两个110斤的人和一块30斤的石头的重量差别。也就是说，案发时所使用的游船，上面自始至终只有一个人，也就是周慕武。为了谨慎起见，我再向船主借一艘一模一样未下水的游船，让一位110斤的同事从南湖到北湖走一趟，再对比这三艘船的绿藻线。”

三船身的藻线对比表明，案发时所用游船，确实只有一人所乘。

十二

自大象在审问室跟我打了一架后，回去睡了一个大觉，过两天，他召集我们到怡孟公园，在我的推理基础上，整合线索，放大细节，新添拼图，点亮盲区，最后真的如他所承诺，亲自抓到了凶手——同时也是死者的周慕武。

这是一起非典型的刑事案件，似乎只有在推理小说中才会发生的命案，出现在现实中，出现在暴晒的日光下，真相实在让人难以置信。而更加难以置信的是，这个异想天开的犯罪情节，在大象的推理和验证中，最终变作无可辩驳的事实。

换作别人，基本不会考虑这个解题死角，因为在我们对一桩谋杀案的认知中，不会做出将“死者”等同于“凶手”的无用功。要不是在法术犯罪中浸淫多年，获知红鬼所要达到的犯罪目的，掌握每桩同类命案背后那些错综复杂的要义，大象不可能拨开绿藻湖中蒸腾而出的蒙蒙水汽，伸手牢牢抓住幽灵杀手。

到底是什么让大象敢于做出这个大胆的假设呢？不是现场、口供、物证、录像、气味、嫌疑人或这些因素的综合，而是死者本人。以红鬼为头，延展出来的同类案件中，凶手无一例外都符合两个犯罪前提项：一，绝望或绝症者；二，仇人遭受惨痛报应。自从在纪灿口中听到周慕武曾经有过性侵的伤害，大象灵光乍现：“周慕武会不会自杀？”基于此，大象开始着手调查周慕武的身世之谜，最后发现，周慕武有个罪大恶极的仇人。

包朋宇。

在飞燕中学任教期间，包朋宇利用师长身份，以关照之名频频性侵周慕武，致使周慕武在课堂上大便失禁，同学厌恶的眼神和嘲笑，与被伤害的记忆缠绕一起，变作周慕武心中的梦魇，学校成为了地狱，他再也不敢跨入一步。在家中，父母的打骂和误解，成为二次伤害。在送往医院的路上，他看到父母脸上一闪而过的嫌恶，意识到自己被当作精神病人。他嘴唇发白，家并不是避难所，是更小的地狱。

于是他逃跑，流窜，居无定所，在风雨中躲藏，为生存所累，以此忽略那些如影随形的阴霾。

直到红鬼找上他，跟他做了犯罪交易——我可以帮你狠狠地处罚仇人，让他生不如死，减轻你心的苦痛。作为交换，你愿不愿意也为我杀掉一个人？

当然愿意。周慕武生无可恋，有一颗千疮百孔的心，仇恨老师、同学、父母、路人，他仇恨整个社会，他想着是时候实施报复了，哪怕被抓住，大不了一死了之。活着才是折腾呢，但他要报复。

红鬼真的如他所愿，残酷地“惩罚”了包朋宇。根据大象调查的资料，显而易见，那位匿名给律师发包朋宇的猥亵视频的证人，就是红鬼或其手下。他跟踪包朋宇，掌握了他的行踪，在他入住的酒店里面事先安装了监控摄像头，录取视频证据之后，他只需拿出来威胁包朋宇："要么自首自己贪污受贿的罪行，要么我将这些视频公布出来。"包朋宇当然听从指示，面对视频里的恶行，自己的受贿简直不值一提。自首后，视频照样被公开，在监狱中，包朋宇为自己的行为付出了生命的代价。

红鬼替周慕武完成了一起杀人不见血的报复。

周慕武开始了犯罪之旅。他在怡孟公园搜寻到了合适的猎物，然而纪灿的美好，让周慕武决定停止自己的杀戮计划。但纪灿的美好不等同于世界的美好，事实上，两个流浪儿，在公园内仍然处处遭受游人的白眼。周慕武还是要如期实施自己的报复，顺便了断自己卑微的生命，一举两得。

他完美地完成了红鬼交代的犯罪。

我事后时常琢磨，为什么周慕武这样一个优秀的少年，会被两个魔鬼选中，最终走向万劫不复之地。最终得出的最贴近的答案是：他过于优秀，在成长过程中，一路过关斩将，却在父母面前得不到应有的回应。在家中，他将一摞奖状和奖杯连同旧物一同藏在储物间里，父亲周宇昌对此回忆，"并不支持他去参加什么比赛，浪费钱，成绩优秀又怎么样呢？"父母没有填补他的期望，致使周慕武在学校中越发热情高涨，他另寻舞台，他需要源源不断的目光和掌声来弥补自己的期待缺失，却不料表现过度，适得其反，引起了同学的反感。

"是我们跟老师说要重选班长的。"他的一位初一同学向我说道。

而包朋宇，恰恰利用了他这个性格弱点，积极地给予周慕武高于预期的支持和奖励。本来处处碰壁，如今在一人面前获肯定，慕武在包朋宇身上尝到甜头，形成依赖，不可自拔，条件反射机制形成，更加热切地在包朋宇面前表现，直到包朋宇在放学后的办公室内，以身体的侵犯替代了物质和口头上的奖励，还美其名曰奖励升级。周慕武饮鸩止渴。

“当时周慕武在包老师的课堂上站起，满脸都是泪，浑身发抖，跟老师说自己控制不了，嘴里一直胡乱念叨，爸爸，对不起，爸爸，怎么办？整个课堂弥漫着一股臭味。”周慕武当时的同桌跟我回忆道，“我看到包老师脸色很差，过了一会儿对周慕武吼，滚，立刻从课堂上给我滚出去。我们都很诧异，平时包老师很照顾慕武，我认为老师的这个做法是导致他不来上课的原因之一。”

“爸爸”的称呼，并不是胡乱念叨，而是包朋宇与周慕武私底下的情欲暗语。但在那个时刻，包朋宇脸色铁青，害怕事情败露，露出了本来的魔鬼面目，终于使周慕武如坠万丈深渊。严格来说，摧毁周慕武的最后一根稻草，并不是包朋宇在他身上实施的性虐待，而是他的伪善和利用。周慕武意识到，自己自始至终，只是包朋宇的一个玩物，遭用完即弃的命运。

大部分被揭露的性侵事件，受害者往往是孤僻、沉默的人，他们事后会使出浑身解数爆发。反而是那些前期过于热情、积极、爱表现的受害者，一旦被迷惑，甘愿把自己无保留地奉献给对方，隐忍甚至形成依赖，缄口不言。他们如同嗜糖蚂蚁，“自投罗网”。如果被坏人利用这个心理弱点，将支持和奖励当作触发反应的条件，极容易牵制受害者的心，进而掌控他。

世间万物符合守恒定律，人生也是。你在童年因为期待个个落空，成长过程中，就会贪婪地在别处寻求补偿，以此来维持自己人生的平衡。提及条件反射理论，我们自会联系巴甫洛夫的狗，但如果有意以人生守恒为根据，人有时会比一只小兽更易于掌控。越战后幸存的士兵会在梦中惊醒，911事件后美国民众对恐怖组织有了一个具象的认识，从而对相关群体带有偏见式的敌对情绪。这就是群体性的应激障碍，是一种群体性的条件反射。当犯罪披上邪教或恐怖主义外衣，在社会上接二连三地爆发，借以媒体吸睛的调性来辐射，极容易就能造成群体性创伤，产生稳固、深远和严重的后果——如果始作俑者一直逍遥法外，那恐怖感持续的时间和程度会再翻几倍。

这是红鬼犯罪的深层动机。

透过周慕武，我同时明白了大象对期待的恐惧，其实也来源于人生的不守恒。大象的父母都是高学历的文化人，对于儿子成长过程中的优异表现，他们习以为常。他们听从大象的意愿，并不干扰，给予了大象自由生长的空间，但由于大象身处在中国教育的环境中，周围同伴考一个好成绩，就从父母处获得了自己梦寐以求的东西，他对于自己的优秀所应得的父母的回馈的心愿一直没有获得满足，转而在学校寻求补偿。

他低调，其实渴望大家自动来发觉他的厉害。他压抑自己的好胜心，装作漫不经心的样子，在每一次考试中“轻易”考出好成绩，不以为意地接受了老师和同学的赞赏，并不断发掘自己隐藏的潜能，刷新自己的优秀，来给予周围人惊喜，以此获取欣赏的眼光、掌声和闪光灯。

在高二暑假，他激活了自身的嗅觉能力，抓住了学校杀害猫的凶手，无数的赞誉让他的好胜心得到极大的满足。在大学期间，他积极表现，当选了侦探社社长，并大大提高了入社的门槛，并在一桩意外发现的命案中，身先士卒，以缜密的推理能力，亲自破获了疑案。名声大振，风光无两，他被负责案子的李队长看中，在一只脚已经踏入警队之际，面对光明的未来，大象突然恐慌了。

他恐慌自己一路走来，不自觉地被自身弱点操控，成为傀儡。因为在理智的聪明的父母面前遭受了太多的期待落空，他贪婪地去吸取别处的热量。他不断更新自己的极限，近乎表演地反哺人们对他更上一层的期待。直到他站在一个能容纳三千人的礼堂演讲，他才慢慢意识到自己身体对此显露出来的不适，一个闪光灯的亮起，摁掉了他身体中的社会人格开关，他随即晕倒了。

医学上给不出合理的解释，大象对此也不明所以，只是从此将自己隐起。“红衣男孩”案简直就像是为大象量身定做的谜题，诱导他体内隐藏的神探人格再次出山，“破获我吧，这是你的使命。你会得到前所未有的精神满足。”

在大象身边越久，我越疑惑他追凶的纯粹：到底有几分是出于侦探的职责，有几分是来自战胜对手从而获得公众赞誉的渴望。越靠近红鬼，后者的成分越大，大象太迫于想要抓住这个凶手，为求快速，甚至不惜践踏中间灰色的人性地带。还好在这桩命案的最后，我跟周昊顺利将他扳回，否则后果不堪设想。

事后，警方联系了纪灿的亲属，准备送他回家，临走时，大象跟纪灿说，如果实在不想回去，可以跟我们一起走。这个14岁少年没有多想，答应随我们同行。我们给纪灿办理了入学，先读了六年级，到初中之后，纪灿慢慢融入同学之中，终于从周慕武的惨剧中走了出来。

夏季最后的夜晚

一

楼道有一股中草药味，我们来到508门前，大象摁了一下门铃，我听到室内走动声，门打开，门上猫眼自始至终透亮。

“你就是昨天联系我的吴行吧？”开门人身高有一米八，但佝偻着，光头，眉毛很淡，因逆光，脸上出现大块阴影，他自我介绍道：“我就是沈牧野的父亲，沈天汉。”

“沈先生，你好。”大象向他介绍道，“这是我同事阿雷。”

“你们请进。”沈天汉侧身，我看清他的五官——面色通红，眼角有笑纹，整个人焕发出一种退休人员在家莳花弄草的气色。

“房间在煮药？”在门厅脱鞋，大象随口关心道，“家人身体不舒服吗？”

“哦，我有高血压，药是自己喝的。”沈天汉又说，“家中就我一人，前段时间我让妻子和女儿去欧洲旅游散散心，牧野去世对妻子的打击很大，我本来也打算一起过去，但医生说我这种情况不适合坐飞机。”

进入客厅，一面巨大的山水壁画瓷砖光彩熠熠，大象在壁画下的红木椅上坐下，看着四周。

“房间刚重新装修。”沈天汉说，“你们想喝什么？我去给你们拿。”

“谢谢，不用麻烦了，我们还有其他事，过来了解牧野的情况就走。”大象说。

“那我给你们泡茶吧。”沈天汉在主位坐下，煮水。

1988年，沈天汉从一位人贩子中介手中“买”下了牧野，当时牧野3岁。

“我1987年结的婚，因为生育的问题，我们生不了孩子，于是决定领养。当时是通过一个人贩子中介，跟牧野的亲生父亲直接谈的，总共花了一万块。”

“但牧野这个孩子天生跟我们不亲，不知道是天性使然，还是后来得知了自己的身世，总之很孤僻。学习倒很不错，毕业后考了公务员，跟我商量说要去他出生地那边任职，也没说什么详细的理由，我没意见，让他多回来看看我就行。”

“你说你跟妻子因为生育问题，生不了孩子，”大象提问，“那刚才说到的女儿是？”

“哦！忘了跟你们说，我原来的妻子2005年去世了，2007年我跟现在的妻子结婚，她有一个女儿。”

“牧野虽是警察，但其实是几起案件的嫌疑人，我们怀疑他跟某个犯罪集团有联系。在他的成长过程中，你有发现他跟哪些人走得比较近吗？”经调查取证，目前确定一飞案、模具厂命案和古亭命案的幕后主谋是牧野，通过牧野这条线索，找出红鬼的可能性很大。

“我完全不相信他会做这样的事。从小到大，我们交流不多，大学之后他更是很少回家，但是我知道牧野这孩子不是心狠之人。如果他走上犯罪道路，一定是受人指使。我后来也经常反思，是不是我的管教方式过于自由，导致牧野接触了坏人。”沈天汉露出愧疚神色。

“人的成长方向主要是他自己的选择，你不必自责。”大象安慰，“估计被遗弃的命运对牧野的打击巨大，所以他才会走上这条报复之路，被坏人利用。”

“你说得有道理。”沈天汉将茶杯依次拿到我们桌前，“来，喝茶！我患高血压后就戒酒了，改研究茶，这茶叶很不错，每年初春从云南采撷制成，一年只生产一批，你们尝尝。”

“家里有牧野的照片吧？方便给我们看看吗？”大象将茶三口喝完，问道。

我们看了牧野学生时代的合照，沈天汉还在纸上给我们手写了几位牧野老师和同学的联系方式。

“今天很感谢沈先生的协助。”大象起身告辞。

“后天是牧野的生日，我邀请他高中时代比较要好的几位朋友过来。说实话，就算他做了错事，也不该遭受不明不白的死法。我也觉得自己有愧，对他了解不够，想听听他朋友说说他，以此慰藉自己。你们到时如果有空的话，欢迎过来参加。”沈天汉也站起，送我们出客厅。

在门厅时，大象又问，“对了，沈先生的妻子和女儿什么时候回来？下次我们过来有个准备，带点礼物。”

“太客气了，不用，她们估计还要两周以后才会回来。”沈天汉说。

二

“这个沈天汉有问题。”在路上，大象跟我说。

“你怀疑他是红鬼？”我停下来看他。

“你这思路跳得也太快了。”大象翻了一个白眼，“是他本人的问题。”

来广州前，大象就已经初步了解了沈天汉的情况，得知他曾经跟一桩命案有过关联。

1987年，沈天汉26岁，在北京大学就读物理专业。9月13日凌晨，他的老师，76岁的老教授刘佑在自己的家中上吊身亡。因为沈天汉跟刘佑有过学术摩擦，更有传言沈天汉留学受阻是刘佑从中刁难，大家都清楚他们关系紧张。刘佑突然上吊死亡，死前没留遗书，一点都没有自杀征兆，大家自然怀疑到沈天汉身上。

调查沈天汉的不在场证明，有两批人可以为他作证，9月12日晚，班里一位女同学要出国，大家在王府井的酒店为她饯行，沈天汉跟同学们待到十二点后才离开。9月13日凌晨一点四十分，他一个人出现在王府井大街上耍酒疯，之后在地上睡到天亮，路边的流浪汉都可以证实。那时候北京的出租车稀少，又是深夜，沈天汉要从王府井到刘佑的住处知春路，最快的方式只有骑自行车这一种可能，而骑一趟自行车需要一个小时。事后法医推定刘佑的死亡时间在凌晨十二点到一点之间，警察实地测验，证实沈天汉不可能犯罪。

又对现场进行侦查，发现屋内一切如常，凌晨一点左右，刘佑身穿棉质睡衣，摘下自己手表、眼镜，放于卧室桌上，将假牙放入盛水的杯中，然后站在椅子上，头套入绑结好的绳套，踢掉椅子，上吊而死。房间无外人侵入迹象，最终警方以刘佑自杀结案。

他的女儿刘珍极度不满这个结论，刘佑死前半小时，还跟她在客厅通电话。那段时间刘佑每晚熬夜，死亡当天，他还跟女儿说自己的学术报告刚有突破，已近尾声，心情很好，一转眼就上吊自杀，刘珍怎么也接受不了。后来她回国，将当晚房间的证物悉数保护，还委托过私家侦探调查此案，后来不了了之。

“难道你怀疑沈天汉有作案嫌疑？”我问大象。

“对。”

“就凭刚才短暂的接触？”

“沈天汉有左手意识。”大象说，“准备资料时意外发现了他当年涉及的命案，顺便了解，本来并不放心上，但那起命案有一个让我印象深刻的细节，刘佑上吊的绳子是左撇子所绑，但刘佑本人并不是左撇子。他女儿也根据这点认定父亲被人谋杀，问题是，沈天汉也并不是左撇子。”

“如果没记错的话，今天沈天汉沏茶、拿物、写字，确实一直都使用右手。”我说。

“严格来说，有一类人，他使用右手，但却是左手意识。他们小时候往往是左撇子，因为被长辈纠正，慢慢变成使用右手，但是大脑深处仍是左手意识，在一些本能或者习惯行为上，他们会暴露出来。”大象跟我说，“根据这个命题，我曾经做过一项调研，在网络上求助过100位左利手，让他们分别用左右手帮我写数字‘8’和文字‘我’，发现在‘8’这个数字的最后一笔上，有68个人是往左撇，而‘我’字中间的一横，有81个人是从右往左写的。以这两个概率作为依据，今天沈天汉在给我记联系人姓名和电话号码时，他的‘8’最后一笔是往左，而文字的横线部分，他每一横都是从右往左写，因此得出，他左手意识的概率在90%以上，完全有可能用左手绑出绳结。”

“诶，你这样说，我突然也想起来他一件反常事。”我回忆道，“刚刚他在毕业合照给我们指出牧野时，说道‘牧野站在左起第八位’。这也可以侧面说明他有左手意识。”

“什么意思？”

“我们会以人少的一侧作为开端来指出毕业照中的某一个人，以牧野的站位，他右边只有两个同学，正常的说法，我们会说，牧野站在右起第三位。但沈天汉却下意识从左往右数，不正好说明他有左脑意识吗？”我解释。

“这不严谨。”大象说，“我们的阅读顺序就是从左往右读，这已经化作习惯，靠这个习惯来推测沈天汉有左手意识，有些草率，但你这个说法也有参考性。总之，现在我们基本确认沈天汉有左手意识了，而且，刚才在门厅穿鞋时，我仔细辨别了他的鞋带，是先系左扣，再结右扣。因为他患高血压，腰不好，鞋带也有可能是妻子帮他系，这样的话，面朝他蹲下系出的鞋带，左右的顺序会反过来，看起来就像是左撇子系法。我问他妻女回家的时间，就是为了确保在无人帮他系鞋带的前提下，他自己会先系哪个扣。为了验证，我偷偷将他的鞋带给拉开了。”

“也就是说，我们还要再过去一趟。”我说。

“等牧野生日那天我们再去拜访。”大象说，“现在还有个难题需要解。”

“如果沈天汉是谋杀刘佑并伪造现场的凶手，”我补充，“那现在最大的难题，就是他的不在场证明。”

三

两天后，7月14日晚上八点，我和大象来到沈天汉家中，为一个已经死亡的犯罪嫌疑人牧野庆祝生日，但此时的目标却是另一个犯罪嫌疑人沈天汉。跟大象在一起，总是充满惊喜。

大象在门厅蹲身脱鞋，沈天汉的鞋带已经重新绑好——果真是先系左扣。

进客厅，看到四位青年，是牧野的高中同学。

“为大家介绍一下，这是牧野工作上的伙伴，吴行和阿雷，他们特地从外地赶过来的。”大象嘱咐沈天汉，此次过来与工作无关，不想影响聚会气氛，希望隐去自己的身份。

坐定，大家闲聊牧野，因为他的死，话题不可避免走向沉重。我吃完一块蛋糕，受不了尴尬，鼓动大家说说牧野好玩的事，才慢慢将气氛带起来。

大象在一旁只听，神情并不专注，有人问到他对牧野的评价，他想了一会儿说，“曾经追过他，没追上，跑得很快。”大家也渐渐不跟他交流了。

聊着聊着，有人聊到了牧野的生日，“牧野曾经说过他本来的生日是鬼节，后来沈叔把生日提前了一天，我当时想，沈叔还挺任性的，居然可以这么做。”

“不是。”沈天汉笑着解释，“改生日也是要有理有据的，你们不知道夏令时吧？”

“这是外国特有的时间制度吧。”大象冷不丁搭话。

“中国也曾经短暂施行过，后来效果不佳，1992年悄悄废止了。”沈天汉说道，“夏季白昼长，国家为了节约电资源，呼吁人民早睡早起，1986年5月4日在全国施行夏令时，凌晨两点，统一将时间加快一个小时，也就是在凌晨零点五十九分时，直接将时间调到两点，到9月又调回来一小时。在夏令时出生的人，出生时间自然要减去一个小时。

“牧野1986年夏季出生，当时中国正好施行第一年夏令时，他的出生时间是7月15日零点20分，减掉一小时，就退到14日了。主要因为7月15日兆头不好，后来我就跟他说，你的真正出生日期是7月14日，他也就默认了。”

“这个历史很少人提及过。”在聚会的尾声，大象突然来了精神。

“就是个试验，时间也短，中国面积这么大，单靠广播执行麻烦，我记得当时报时会报一次北京时间一次夏令时间，其实也就一些国企单位会统一调时间，那个年代的人没有印象很正常。”

“夏令时持续的时间呢？”大象好奇。

“记不太清了。”沈天汉略一思索，“印象是每年4月中旬的第一个星期日的凌晨两点开始，9月中旬第一个星期日的凌晨两点结束。”

大象听完，启开一瓶可乐，开始喝。我推推他，问，“没问题吧？”

“解开了。”大象微笑，低声跟我说，“中国的夏令时。”

1987年9月中旬的第一个星期日，就是9月13日。刘佑在这天死亡是有原因的，这一天的凌晨两点，是夏令时的结束点。假如穿越到那天那刻，守着广播，在凌晨一点五十九分五十九秒的下一刻，就会听到一声播报：北京时间凌晨一点整，夏令时结束。

利用当时大家并不适应的夏令时间，沈天汉制造了一场掩人耳目的不在场证明。

首先，在9月12日晚，他在王府井参加了同学聚会，零点左右骑自行车独自离开，用了一小时到了位于知春路的刘佑家，这时是夏令时间9月13日的凌晨一点。在这之前，沈天汉很可能潜入房间多次，摸透房间布局。他知道刘佑这个时候仍然在书房写学术报告，他静等在刘佑的卧室，不久，刘佑进入卧室，被沈天汉提前准备的绳套套住脖颈，向上勒死，再将现场伪装成上吊自杀。之后将沈天汉的手表、眼镜和假牙摘下，给刑侦人员加强刘佑做好自杀前准备的假象。之后他骑自行车快速回到了王府井，此时夏令时间是两点四十分左右，但由于夏令时正好结束，时间被拨慢一小时，他回到王府井，显示的是北京时间一点四十分。

“这也是沈天汉为什么又要在王府井大街出场的原因，因为那里有个钟表大楼，又有很多流浪汉见证，他在那里闹酒疯，大家将楼面的大钟时间和他的行为联系起来，成为他事后不在场的确凿证明。”大象跟我分析道，“这也说明了，为什么沈天汉在聚会上对夏令时记忆深刻的原因，他可是利用夏令时杀过人的人。”

“夏令时不是全国通行吗？为什么没人发现这个疑点呢？”我问。

“第一，因为1987年是中国施行夏令时的第二年，又于1992年废止，不够深入人心。第二，当时的局势还是以农业为主，农民并不欢迎也不适应这个强行改变他们作息的外国制度，除了国家单位，大部分人并不遵行，但北京大学是以夏令时来制定课程表的，聚会的同学默认夏令时间，为沈天汉作证时，自然以夏令时为准。第三，发现刘佑死亡时，已经恢复正常时间，办案警察当然以北京时间作为刻度，而事后尸检的死亡时间，也是根据北京时间来做推算。”

大象说，“夏令时间和北京时间的叠合，足足给沈天汉多出了一个小时时间，实施犯罪绰绰有余。”

“就算真是沈天汉所为，事情过去这么多年，刘佑尸体早已火化，哪怕现场还遗留线索，现在也早已消失了吧。”我承认大象的推理滴水不漏，但大象不可能用推理来让已经51岁的沈天汉认罪。

“只能寄希望于刘佑的女儿刘珍，”大象说，“因为刘珍一直认定父亲被人谋杀，一日没有找到凶手，那些证物就还保留着。”

四

我们坐在北京一间五十平米的会议间里，前面的桌上放着两对白瓷杯，里面的咖啡冒烟。

刘珍如今在北京做投资人，下午两点一到，会议正门响起两声敲门声，之后门打开，出现一位身穿白色套装的女子，大步流星来到我们旁边位置坐下。她留着长发，身上散发清香，脸上略施粉黛，皮肤仍旧光洁，瞳孔深黑，整个人看起来得体大方，完全不像是一位47岁的人。

她跟我们各自打了招呼，似多年老友，直接步入正题，“这么多年过来，我笃定我爸就是被谋杀的。这些年也想尽了各种办法，然而警方就是认定我爸是自杀，不管有一箩筐疑点。”

“有什么疑点？”大象问。

“就不说我爸死前还跟我很开心地通电话这事了。案发后法医从他嘴里检测到了食物残渣，证实他死前佩戴假牙吃了糕点。你们说他都将假牙摘下来了，准备妥当要死了，不会顺便漱个口，刷个牙？他明明有睡前清口腔的习惯。而且他嘴巴上颚被假牙的金属丝刮破，一个自己卸假牙的人，不会犯这样低级的错。”显然已跟人讲述多遍，刘珍一气呵成。

“还有，”她又说，“他有深度近视，摘下眼镜基本看不见，除了睡觉会摘眼镜外，他平时洗澡都要戴。你说一个上吊自杀的人，假牙卡在嘴里会加重他死亡的痛苦，卸掉可以理解，但有什么必要摘眼镜，眼镜是碍着他自杀了吗？”

“一个将明天要写的学术提纲都列好在草纸上的人，下一步就自杀了，你们说，这合理吗？”刘珍眼睛通红。

“刘女士……”大象打算做一些安慰，下一句话还没开口，刘珍就正色道，“怎么？我很老吗？”

“嗯？”大象不解。

“别叫我女士啦，叫名字就好。”刘珍笑着说道。

“我的节奏都被你打乱了。”大象停顿，又说，“刘珍，我们也基本确定你爸爸是被人杀害的，这次过来就想做个调查，在这之前，想跟你了解一下，你认为谁最有可能是凶手呢？”

“我爸教学严格，可能有很多学生对他心怀不满，但如果要我罔顾事实，指出谁最可能杀了我爸，那我会说他的一个学生沈天汉。”刘珍说，“虽然事实证明，他不可能犯罪。”

“事实证明，他有可能犯罪。”大象说，“你有外国生活的经验，可能对夏令时制度不陌生，当时他选择犯罪的时机，正是中国施行夏令时的第二年，沈天汉利用夏令时交接点的时间差来犯罪。”

刘珍听大象分析完沈天汉制造不在场证明的诡计细节，脸上显露振奋的神色，“我等了这么多年，从没想会在今天看见曙光。也就是说，现在只缺少定他罪的证据？”

“对。”大象点头，说道，“当时警察对房间做过细致的勘查吗？”

“并没有，但我事后委托了别人勘查，仍没有突破。”

“当时房间的东西都还留着吧。”

“还留着，”刘珍说，“我爸那个套间我一直保留原样，里面的格局、设施全没动过，有时我会去那里住一段时间，在那个环境中，我会想到他的爱，想到他热爱学术到了中年才生下我，想到我妈去世后，他一个人孜孜不倦留在房间做研究。想到这些，我就伤心，在房间哭。”

“但现在这套房应该升值不少吧。”我打趣。

“确实，就算你说是凶宅，一挂到中介那，我打赌不用一天，就会有人花几百万来买。”刘珍笑称，“这是我现在想起，觉得开心的一件事。”

五

“这块表后来有使用吗？”大象拿起装在塑料密封袋中的一块自动机械表，问刘珍。

“出事后这些东西就原封不动地存在这里。”刘珍靠近，看表，“有什么问题吗？”

“也就是说，时间一直没变过。”自动机械表的工作原理，是通过佩戴者手臂的摆动，引起表内陀飞轮运转产生动能，形成佩戴时表走动，不佩戴时表停止的现象。

“对，这块表没佩戴，就一直停在这个时间。”刘珍看大象。

“你们不觉得这块表停在这个时间上有点巧合吗？”大象将表平放在桌面。

表上时间停在零点五十分，日期是1987年9月13日。差不多是刘佑的死亡时间。

“沈天汉杀死我爸时，将我爸的手表摘下，手表走了一会儿，自动停下了，这里面有什么玄机吗？”刘珍问。

“我记得你当时说，你爸爸死前一段时间都闭门不出，在家写一份学术报告？”大象问。

“嗯，他死那天，在家中待了有一周时间。”刘珍回答。

“那他有什么非戴这块表的理由吗？”大象问，“明明客厅和卧室的墙上就挂有两个时钟。”

“是哦！”刘珍眼珠转动，突然拍了一下手，露出惊喜状，“我爸在家没有佩戴手表，但凶手为了伪造他手表刚摘下不久的假象，将表的时间调到了他死亡时间不久之后。”

“还不止这个目的。”大象问，“刘珍，你再仔细回忆一下，你爸爸在家是遵从夏令时间生活吗？”

刘珍想了一会儿，点了点头，“印象中他说过，学校是夏令时间，为了保持同步，自己势必也要遵循夏令时间生活。有一次跟我打电话时，他说的时间就是夏令时间。”

“但是这块表显示的死亡时间，却是北京时间。”大象说，“你爸爸死的时候还处于夏令时。沈天汉为了不给事后的办案人员留下疑点，他势必要将这间房子里的所有钟表，都统一调到北京时间。否则他作的不在场证明，会因为家中这三块表而露馅。”

“即使他调了时间……”刘珍忽然想到什么，看向大象，“你的意思是，他会因为调钟表时间而留下指纹？”

大象指着手表，“调校这块手表的日期，须先将表冠轻微拔出，转动，之后再拔出一层，才能调时针，你们看这个表冠，因为细小，要动用到指甲才能拔出，哪怕戴上极薄的手套，也不方便调校，因此沈天汉很可能会脱下右手手套操作。”

“从而留下指纹！”我说。

“但手表、眼镜，还有假牙，我事后都让人重新仔细地检测过了，并没有什么发现呀。”刘珍附言。

“那可能是留下的指纹量不够。”大象说，“用没戴手套的右手调校时间，必然会谨慎，假设只触及表冠，因表冠截面细小，只会留下几条指纹线，很难以此做对比，从而找出指纹拥有人。”

“没有别的办法了吗？”刘珍口气有恳求的意思。

“此路不通，还有两条路。”大象跟刘珍说，“如果还是没有突破，那我们就无能为力了。”

六

大象摁门铃，房间响起走动声，门上猫眼由透亮变漆黑，之后门打开。

这是我们第三次来到沈天汉家，三次来，房间都在熬煮草药，药味浓厚，介于香臭之间。

看着站在我们旁边穿着雪纺衬衫的长发女子，沈天汉面露疑惑之色，呐呐不能出口。

“沈先生，这是刘珍，今天一同过来协助调查。”大象为沈天汉介绍道。

我仔细观察沈天汉，他表情没有变化。

在客厅坐下，彼此无话，见场面严峻，沈天汉探问道：“牧野的事，有结果了？”

“沈先生，这次我们来，是因为一起25年前的北京命案。”大象看向沈天汉，“而这起命案，跟你相关。”

沈天汉认真听完大象的全部推理，脸上的凝重变作苦笑，“怪不得我觉得这位女士很眼熟，原来是刘老师的女儿。事情过了这么多年，我自己都忘了有过这事了，当时被警方怀疑，传唤，回校之后我就被罩上嫌疑犯的坏名声，隔年毕业后我就离开北京，从此没再踏过那里一步，连校庆都不参加，跟同学也都断了往来。我确实跟刘老师有过摩擦，但我尊敬刘老师，他的死，不管是自杀还是他杀，你们可以认为跟我有千丝万缕的联系，甚至记恨我，但诬我为凶手，实在不应该。吴兄弟，你的分析我承认很精妙，我也完全有可能在你的假设中犯罪，但有两点我必须澄清一下，一，我平时跟老师只在学校有过接触，我甚至不知道老师家的住址，更不要提在房间内不留痕迹地布置现场了。二，关于质疑案发当天我在王府井耍酒疯的巧合，真正的原因是，当时我暗恋的女生就要出国留学了，我心中难受，借酒消愁。”

沈天汉叹气，“拿出证据，我跟你们走，拿不出，我也不跟你们计较，但请你以后不要再过来。”

“好，沈先生，我想跟你确认一下，”刘珍神色平和，“你刚才说不知道刘佑，也就是我爸的住处地址，也就说明，你从没有进去过屋内。”

“当然。”沈天汉看刘珍。

“那你怎么解释，我们在客厅的挂钟背面，发现了你的指纹。”刘珍从包中拿出不同角度的指纹照片，放在茶几上，向沈天汉移去。

手表的表冠细小，提取不到完整指纹，但是家中还有两个挂钟，这就是大象所说的“两条路”。挂钟的调校齿轮在钟表的背面，齿轮细小，嵌于平面内，同样需要脱下手套操作。沈天汉在调校客厅钟表时，由于齿轮上的润滑油沾附到他的手指上，在将时钟挂回原位时，不小心在钟表背面留下一枚完整的指纹。又因没人想到沈天汉利用时间犯罪，自然也不会在钟表上采集指纹。而指纹之所以能“幸运”地在25年后仍保留完整，正是因为当时的润滑油混合了灰尘，使指纹变成了印记。

“茶都泡上了，不喝浪费，我再喝三杯，就跟你们走。”面对自己的犯罪事实，沈天汉一脸安然，“事后我担心我的犯罪手法迟早有一天会被识破，但1992年国务院取消了夏令时制度，让夏令时脱离公众视野，我才彻底放下心，没想到过了这么多年，这桩悬案还能被你破解。虽然这么说有点奇怪，但我想感谢你，牧野的疑案，交给吴兄弟你我就放心了。”

“我还有一事不解。”为了不让刘珍受刺激，事后在拘留所，大象单独询问沈天汉，“当时你是怎样伪造刘佑自杀的现场。我看尸检报告，刘佑确实是上吊窒息而死。”

“利用杠杆原理，”沈天汉轻描淡写，“我可是物理学专业，用几个滑轮组，在卧室布置一个省力上吊装置，轻而易举。准备就绪，我先是在卧室制造响动，吸引刘老师进屋，他被门下的绳子绊倒，我得以从后面将绳套套入他的脖颈，然后拉升另一端绳子，刘老师就被悬吊了起来，我将他升至凳子的高度，再将凳子放倒，伪造自杀假象”

“原因呢？”大象问，“真的如传言那样，因为刘佑阻碍了你的留学计划？”

“我跟刘老师无冤无仇，我是真的尊敬他。如果你想听实话，”沈天汉靠近对面的大象，低声说，“杀他，只是想制造一起疑团重重的谋杀案，仅此而已。”

调查一桩现时命案，顺手破获一桩25年前的旧案。跟大象在一起，总是充满惊喜。沈天汉被抓获后，我跟大象信心满满，认为胜利在望，却没想到关于牧野的线索就此中断，往后再无突破。而红鬼，如泥牛入海，再无踪迹。

有人认为红鬼即牧野，已死。有人认为并无红鬼，各命案是无组织犯罪，而大象皆破，邪恶已除尽。但只有大象清楚，红鬼隐在暗处，时不时对他发出嗤笑。

一转眼，倏忽四年，风平浪静。

直到一部电影的上映。

犯罪艺术家

一

周昊在武汉任刑警期间，立了不少功，但真正让他声名大噪的，是他几乎凭一己之力，破获了一桩发生在2008年夏天的剧组凶杀案。时隔8年后的2016年，根据这起命案改编的电影《犯罪艺术家》上映，这部悬疑片如同在河中空降大石，生生将水流一分为二。周昊从高峰下落，大象却因此受到启发，走出执念四年的困局。

一切要从那场命案说开。

2008年7月，导演罗广云经过一个月的选角，确定了新片中四位主要演员。在电影开拍前，他带领剧组主创前往自己位于郊外的别墅，做最后的剧本探讨。

饰演电影男主角的张楷廉是罗广云的好朋友兼御用演员，帅气儒雅，在演艺圈中名头不小。

吴铭天是罗广云的表弟，长相俊朗，性格傲慢。罗广云看中他身上自带的富二代特质，并不是出于私情。

王慧娟和罗广云是大学同学，也是电影的编剧兼副导演。在罗广云出道前，两人就已经合作过几部短片。他们品味相近，在工作中配合默契，彼此都相当清楚对方喜恶，有时仅需眼神交流就能发现问题所在。可以说，罗广云如果少了王慧娟，所获得的成就会少很多。

争议最大要数女主演陈琪，她是表演学院的学生，早在拍这部电影之前，学校已经流传她与罗广云在交往。关于她的各种故事极尽八卦之能事，一部分已经发展到人身攻击：靠放荡行为搏出位，到处求潜规则，现实中已是最佳女主角，何必多此一举？

谭明华是五人中唯一与罗广云不相干的人，之前是一家超市职工。得知罗广云剧组招演员的消息后，报名入选。他坦言自己从小就热爱表演，也深信自己有表演天赋。

他们一行人来到别墅已近中午，因昨天通宵开会，大家都疲惫不堪，吃好午餐后，一点左右各自回到安排好的房间休息。王慧娟和陈琪分别住在二楼的房间里，罗广云、张楷廉、吴铭天和谭明华则住在一楼。

下午三点左右，别墅外面响起了一声很大的撞击声。罗广云首先跑出去，在跑回来的途中遇到闻讯赶来的吴铭天和谭明华。他们一起看了现场之后，回到别墅，上楼通知王慧娟和陈琪。

王慧娟还在睡觉，而陈琪房间的门却反锁了。由于里面许久没反应，罗广云拿来钥匙，开门进入后，发现房间没开空调，而陈琪身上盖着棉被，满身大汗。罗广云拍了她几下脸，她才迷迷糊糊醒过来。

张楷廉的汽车尾部撞到斜坡下的一堵墙，整个人瘫在座椅上，头部中一枪，子弹穿过椅垫射进后脑勺，当场死亡。他的手机放在副驾驶座位上，车内没有搏斗迹象，钱包不见，据罗广云交代，张楷廉的钱包落在客厅的茶几上。在车内的前座上找到几根长发。在斜坡上方的黄土地上，有四个微凹的车轮印，不远处的草丛中发现一把枪，后证实是作案凶器。

别墅大门有监控头，从拍摄的画面看，下午两点八分的时候，张楷廉车子开出大门，只有驾驶座有人，但因为角度原因只显示到握方向盘的手。三点十九分，罗广云跑出大门。

从张楷廉的手机通话记录中发现，下午一点二十八分，陈琪曾经打过一个电话给他。两点三十二分，张楷廉打了一个电话给谭明华，三点十二分，又打了一个电话给罗广云。

二

警察很快赶到，封锁现场，由于别墅位于偏僻的郊区，人迹罕至，因此剧组其余五人都有嫌疑。

周昊在别墅里分别对他们录了口供。

陈琪：昨天开了一天会，我整个人困乏得不行，回到房间倒头就睡。我记不起来我当时有没有锁门，也记不起当时有没有开空调。当时我的大脑一片混乱，简直连最简单的思考都不行。在那种状态下，我绝对不可能给楷廉哥打电话，我们刚接触不久，又同住在别墅里，打电话交流实在说不通，一定有人趁我熟睡拿我的手机打电话。他们都可以为我作证，我当时睡得很沉，是罗导把我弄醒的。

罗广云：吃好午饭后，我回到房间就睡下了。三点左右，楷廉给我打电话，他说他要出门，钱包忘在茶几上了，让我帮他拿出去。我觉得奇怪，但也照做了。在我准备出去的时候，突然听到一声很大的汽车撞击声，还有一声枪响。我赶紧跑出去，发现楷廉的汽车停在斜坡下，车后冒烟，走近一看，他整个人坐在座椅上，当时我以为他头上的伤是撞击所致。之后铭天和明华听到响声也都跑了出来，我告诉他们楷廉出事了，并报了警。接着我们回到别墅叫醒陈琪和慧娟。陈琪睡得很死，我打了她几下脸才醒过来，怪异的是，她居然能在那么热的天，不开空调盖着棉被睡觉。

王慧娟：这些年跟广云拍戏，生理钟紊乱，日积月累就害了失眠。有时很困，但就是睡不下，经常头痛，只能靠吃安眠药来解决。在一点半左右，我下楼到客厅接水，正好发现张楷廉正在门边穿鞋，他的动作看起来小心翼翼的，发现我后，向我笑笑，笑容看起来有点尴尬。我问他现在天气这么热，出去干什么，他打了哈哈，说一会儿就回来。我也没怎么细想，吃了安眠药后就回房休息了。期间谭明华从房间出来向我请教一些关于剧本台词的细节。回到房间不久我就睡着了，直到他们来我的房间叫醒我，我才知道张楷廉出事了。

谭明华：罗导在中午将剧本拿给我，并说晚上要探讨，我回房间时并不困，就躺在床上阅读。我发觉其中有些台词好像不连贯，这时正好听到外面王慧娟小姐和张楷廉先生在交谈，我就趁机拿剧本出去请教王慧娟小姐。在两点多的时候，我接到了张楷廉先生的来电，我没想到他会打电话给我。他在电话里告诉我自己有事先走了。我记得他的原话，

“我有事要先走了。”只有这一句，口气充满歉意，好像必须经过我同意似的，但这不是应该告诉导演更合理吗？我本想问他有什么事的，但他说了那句话后就把电话挂了。我还感觉，那句话很怪，不像我们平常的说话方式。我的意思是，好像没说完的样子，并且“我”字的前面好像还有个字，像是“qi”。后来听到一声枪声，因为我没睡，所以第一时间就从房间出来了，那时罗导正开门跑出去。

吴铭天：我回房间后在玩游戏。不久后我听到外面娟姐和楷廉哥在交谈。过了一会儿听到明华的声音，他好像在和娟姐讨论剧本的问题。之后我就睡了，直到外面的汽车撞击声把我惊醒。我是和明华一同出去的，在外面发现了罗导，当时他手里拿着楷廉哥的钱包。

三

事后经过检测，证实了出事的汽车座位上的长发是陈琪的，枪上也发现了陈琪的指纹。陈琪作为最大嫌疑犯被传讯，她解释不了为什么在一点半打电话给张楷廉，解释不了从没坐过张楷廉的车的她，车里为什么会有她的头发，解释不了为什么反锁房门，没开空调，盖棉被睡觉，更解释不了凶器上有她的指纹。她当场吓哭，说一定有人想要陷害她。

侦查至此，证据确凿，参与调查的警察普遍认定陈琪即是凶手，甚至将报告都初拟出来：一点半，陈琪约张楷廉到别墅外，两人在车内逗留了一段时间，那时陈琪坐于副驾驶，遗留的头发即是明证。两点八分，陈琪改坐后座，张楷廉开车出大门，因此监控录像显示车前座只有一人。

车子开到别墅远处，陈琪起了杀心，两点三十二分张楷廉打给谭明华那个不合时宜的电话，是张楷廉受到陈琪的胁迫，根据谭明华口供，原话为：“琪（qi），我有事要先走了。”目的是为了让谭明华以为张楷廉拨错电话，以便为自己作不在场证明。

之后陈琪用枪支抵住座椅，朝张楷廉的后脑勺开枪，这样可以有效减少枪声，并且避免血液溅射在身。张楷廉死亡后，陈琪把车开回别墅附近的斜坡，任车子从斜坡滑下，自己快速溜回别墅，把张楷廉的钱包放在客厅的茶几上，再回到自己房间将门反锁。

三点十二分，用张楷廉的手机打电话给罗广云，诱使罗广云将张楷廉的钱包拿出去，为了惊醒房间内的其他人，在罗广云出门时，陈琪在房间内朝窗外再开一空枪，枪声如愿引起吴铭天和谭明华的注意，给他们造成张楷廉刚被枪击而死的错觉，并让三位目击者证明陈琪当时不在现场。

接着就是装睡，把棉被盖在身上，这样事发后可以很好解释自己为何满身大汗。被叫醒之后，在警察还没来之前，她趁人不注意把死者手机放进车内座位，把枪支扔向草丛，却因情况紧急，忘了擦拭枪支上的指纹。而自己在前面的口供中坚称从未坐过张楷廉的汽车，对于车内遗留的长发，只能以“有人陷害”来做抵赖。

对于会上大家关于案情的讨论，周昊黝黑的脸庞眉头紧皱。当年他27岁，留着一头整齐的短发，警服里面穿素色T恤。他真正热爱刑侦工作，面对这样牵强的案情推测，内心莫名烦躁。

还有一堆谜团未解，事情远没有这样简单。以作案手法来看，凶手犯罪是早有预谋，但事后把凶器扔进附近的草丛，更何况连指纹都没擦除，这样的百密一疏看起来很刻意。综合口供，罗广云、谭明华和吴铭天都提及案发时听到的撞击声和枪声，假如这一枪真的是陈琪在房间内所开，理应会在众人面前出现来证明自己的不在场，为何还要躲在房间内装睡，并做出那么多不合常理的举动，将疑点揽到自己身上？

单单就枪支来说，在国内非法藏械是要判刑的，陈琪一个学生不太可能得到一把枪。凶手一定另有其人，周昊决定再到别墅看看。

四

命案发生后，电影不得不停止拍摄。因为侦查人员频繁往来别墅，罗广云事后在别墅住下，提供后续帮助。

周昊对现场重新做了一番考察。这是一座独栋别墅，房子面积三百二十平方米，别墅外面筑了一圈石墙。房子除了正门外，还有一个后门。罗广云表示一般进出都是正门，后门很少用。周昊打开房子后门，发现后门五米开外，正对别墅围墙一个废弃的栏杆门，栏杆门周围长满杂草，门上锈迹斑斑。从栏杆望出去，正是事故发生的斜坡下方。周昊跟罗广云要栏杆门的钥匙，对方回答，别墅建好后，这个栏杆门至今都没用过，钥匙也不知道丢哪儿了。

在栏杆门附近的草丛中，周昊发现了一块白色手帕。

周昊实地测试，从栏杆门快步走到房子的后门，十二秒即可完成。而从围墙的正门跑回房子的话，至少需要两分钟。并且在后门可以看清楚正门的情况，假如凶手从这里进出，会省去很多时间，也避过正门上方的监控摄像头，做到无人知晓。

黄土斜坡上有四个微凹的车轮印，汽车应该就是从那个地点开始滑下的。在酷热天气的烘烤下，黄土地又烫又硬，不管用多大的重量，都不可能压出这般清晰的辙印。因此周昊推测，凶手是利用某种定时装置来设置汽车的自由滑落。

回到别墅，周昊以口渴的缘由，自己打开冰箱拿了一瓶饮料。在冰箱的冷冻层，他果然发现了两个冻冰块的冰格，每个模具可以冻三块，问其用途，罗广云回答，是聚会用来冰啤酒的。又说，自己平时由于拍戏的缘故，很少来别墅，基本不怎么用到大冰格。

“罗先生，当时录像显示你三点十九分跑出大门，直到二十二分才折回，我想请问一下，在这三分钟内，你具体做了什么？”在别墅客厅，周昊问罗广云。

面对这个质问，罗广云脸色顷刻阴沉，“还能干什么？就是查看楷廉的伤情，我叫了他几声，摇了他一下，他都没有反应，确认他出事后，才跑回别墅叫其他人。”

周昊接着问，“当时你口供所说，听到房间外面的汽车撞击声，还有枪声，请问这两种声音哪个在前，哪个在后？”

罗广云思考了一会儿，说，“都不是，撞击声和枪声是同时发生的。”

“确定？”

罗广云点了点头，“确定。”

“枪声是从房子的前方响起，还是后方？”

“当然是前方，从别的地方不合逻辑啊，楷廉不是中枪而死的吗？”罗广云对周昊的问题一脸疑惑。

五

“我之前看过报纸，了解一些你的情况，破案很有自己的风格，被业内人称为‘警探’。”在周昊面前，王慧娟不吝赞美，“不满足现场获得的证据，亲自过来完善细节，这种专业精神很值得尊敬，现在很少有像你这样的警察了。”

“王小姐过誉了。”周昊谦虚一笑，转问道，“看来王小姐也并不赞同陈琪是凶手的论断？”

“嗯。”王慧娟点头，“我感觉小琪不像是会做出杀人的事的人。”

“这个看法是怎么得来的？”

“怎么说呢，小琪是那种大大咧咧的人，事情不会想得很深入，我是想象不了她会去做这样一件需要精密筹划的犯罪。而且就我当时的印象，事后她被广云拍醒时，那个样子不像是装睡的。”王慧娟问周昊，“我想问一下，凶手会不会是外人所为？”

“凶手对别墅的监控和格局一清二楚，加上现场获得的证物，基本可以排除掉外人作案的可能。”周昊如实回答。

“按你的说法，凶手必须事前来过别墅，那目前我们这五个人，似乎只有明华可以摆脱嫌疑。”王慧娟笑道。

“你是说陈琪之前也曾来过别墅？”多年的口供经验，让周昊可以快速捕捉到对方话中所隐含的信息。

“因为我之前听过广云跟小琪交往的传言，下意识认为小琪之前也曾来过别墅。”王慧娟表露歉意，“这话说得有失严谨。”

“没事，我们现在是闲聊，案情的突破，往往是在这些不做预设的对话中取得的。”周昊说，“关于陈琪的事，我想再跟王小姐了解一下，你作为罗导演最亲密的工作伙伴，在这部电影筹备之前，有见过陈琪吗？或者听到罗广云谈论过她吗？”

“印象中没有。”

“在案发之前你是否有听到陈琪房间传出什么动静？”

“一点半左右我吃了安眠药，一直睡到他们叫醒我，在这之前我没听到小琪房间有什么动静。”

“案发当时，有听到汽车撞击声和枪声吗？”

王慧娟摇摇头，“也没有。”

“谢谢王小姐的配合，往后如果有什么信息，可以随时联系我。”

王慧娟停顿了一会儿，突然说：“刚才提到的证物，有一件事我觉得还是要说出来好，你们在草丛找到的那把枪，是罗广云的，我曾在他家看到过，当时以为是道具。”

周昊是在一家酒吧和吴铭天见面的。

得知周昊来意后，吴铭天表示之前该说的都已经说完了，“其实你们这样做是多此一举。枪上的指纹和车内的头发不是清楚表示陈琪是凶手了吗？我很清楚她打的算盘，知道我跟罗导是亲戚，在我面前装自来熟，说实话我很讨厌她。她一定是想勾引楷廉哥，遭到拒绝和羞辱，恼羞成怒把他杀了。”

对吴铭天不配合的态度，周昊并不在意，他接连又问了几个问题，“你吃好饭后就一直在房间没出来过吗？”

“对。”

“你当时的口供说，自己是被汽车的撞击声惊醒的，除了汽车撞击声，还听到其他声音吗？”

“还有枪声。”

“这两种声音哪个在先，哪个在后？”

“当时醒来迷迷糊糊，记不清楚声音前后的顺序。”

“枪声的声源呢？是在别墅前方还是后方？”

“事故发生在别墅前方，枪声不可能从后方响起啊。”

周昊同样问了谭明华这几个问题。

相比吴铭天，谭明华态度谦和，向周昊讲述：“我在房间一直在练习台词。一点半左右，我听到王慧娟小姐在客厅与张楷廉先生交谈。我正好有一些剧本的问题想咨询王小姐，就出门请教她，她看了看我的剧本，也觉得有点问题。事后我听罗导说楷廉哥把钱包忘在茶几上，关于这点我感到疑惑，因为我在客厅跟王小姐讨论剧本时，她叫我到茶几上拿她那份原剧本来对照，我认真找遍整个茶几，最后才发现剧本是放在沙发上，假如张楷廉先生第一次出门没有再回来的话，那么我敢肯定当时茶几上一定没有钱包。”

谭明华又说，“跟王小姐的剧本对照之后，发现上面确实出现一些问题，王小姐帮我做了一些修改，然后就着水杯吞了几颗药，上楼休息了。在房间内由于我一直没睡，因此记得很清楚，外头响起汽车撞击声时，枪声也同时响起。声源都是同一个地方发出的。”

周昊听完，问道，“谭先生，你当时在房间看的剧本，可以借我一下吗？”

谭明华拿出自己的剧本给周昊，神色略带沮丧，“本来好好的，庆幸终于有机会能够真正演一场电影，没想到却出了这样的大事。”

周昊翻阅几页剧本，突然发现了一个很重要的线索，他抬头问谭明华：“这些剧本台词是谁编写的？”

“剧本是王小姐写的。”谭明华说，“但里面的大部分台词，罗导演经常做调整。命案的前一晚，我们开会，罗导演和王小姐还差点因为修改台词的事情吵起来。”

六

张楷廉出事时的雷克萨斯轿车被停放在露天车场内，周昊顶着大太阳，对汽车做细致的勘查。驾驶座位头垫处被枪打出一个洞，子弹就是从这里射入张楷廉后脑，而正对驾驶后座的车座头垫，似乎被人故意拔高了一点，导致与座椅之间隔出了一段奇怪的距离。在后座的缝隙里面，周昊翻出了两根相同的白色细绳，一对比，绳子跟左后座位头垫的勒痕吻合。

“我这次过来，是要帮你洗脱嫌疑的，希望你配合。”周昊从停车场离开，来到拘留所，陈琪看起来受了很大的惊吓，整个人恍恍惚惚，但听了对面的青年开口，语气诚恳，不似套路，当即流下泪来。

“你好好想想，当时自己回到房间具体做了什么？”

“我真的是想不起来了，当时我开了一通宵的会，整个人很困乏，吃完午饭，回到房间倒头就睡，可能困得连空调都忘了开。”

“你记得午餐吃什么吗？”周昊问。

“午餐是罗导路上买的快餐，可乐和一个汉堡，还有一些薯条。”陈琪想了想，回答道。

“能描述一下当时的困意吗？”

“就是前所未有的困，身体不听使唤的困，我之前从来没有通宵过，第一次这样，可能不太习惯，连走上二楼都觉得困难。”

“你和张楷廉先生关系怎么样？他有你的电话吗？”

“我和楷廉哥毕竟才刚认识，没有什么交流，电话在第一次见面时就告诉他了。当时是我主动提出跟他交换联系方式的。”

“你和罗广云导演的关系呢？案发当天，你是第一次来到他的别墅吗？”周昊盯着陈琪的眼睛，“希望你如实回答，这些很重要。”

陈琪叹了口气，“半年前吧，罗导来我们学校做演讲，我趁着跟他要签名和合影的机会和他有过短暂的交流，聊得还算愉快，我主动给他留了电话，让他有空联系我。这样做，无非就是想和他成为进一步的朋友。大概过了三天，他约了我，那是我们第一次约会，之后我们又秘密约会了七八次，都是去酒店，并不是去他的别墅。在我的催促下，他答应让我当他电影的女主角。我们平时的关系都是很隐秘的，在工作场合也都保持距离，他的别墅我是那天第一次过去的。”

周昊拿出那把沾有陈琪指纹的枪的照片，问，“这把枪，你有印象吗？”

“我发誓我从来没有见过这把枪。”

七

除陈琪被关在拘留所之外，周昊通知案发当天剧组的其他人，下午一点在罗广云的别墅集合。

但早上十点，周昊就提前来到了别墅，他从停车场领了一辆跟张楷廉出事时差不多的汽车，进别墅将冰箱里的两个大冰格灌满水。期间面对罗广云的质疑，一律微笑以对。

人员到齐坐定后，周昊开门见山：“这次麻烦你们过来，是想将当天情景重演一遍，希望能让凶手现身。可以肯定的一点，杀死张楷廉的凶手，就在你们四个人之中。”

听周昊说完，四人都表现出不同程度的惊讶，吴铭天难以置信，“凶手在我们四人当中，物证齐全的陈琪却排除在外？这怎么可能！”

周昊沉默地戴上手套，从冰箱里拿出已经冻结的四块冰块，放进保温箱中，提着走出门外。四人唯有跟随。

先将汽车开到斜坡上方，然后拿出那把手枪，倒置，枪口穿过汽车后座头垫间隙，对准驾驶座，用细绳绑住枪身将其固定在座位上，再用一根细绳牵住手枪扳机，绳子末端系着一颗两千克的砝码。

打开后车厢，周昊从里面拿出一个人形公仔，安放在驾驶座上。又下车将冰块各垫在四个车轮后，再回车内启动汽车。十分钟后，冰块渐渐融化，车子慢慢向下滑行，被冰水濡湿的土地留下四个清晰的车轮印。当车子快速滑落到底，后车猛烈撞向斜坡下方的墙体时，砝码由于巨大的惯性拉动枪的扳机，子弹射中驾驶座座位穿进玩偶头部。而斜坡上的水渍，由于天气炎热的缘故，已经蒸发干净。

四人看得目瞪口呆，周昊解释，“这就是凶手设计杀人的整个过程。我之所以可以准确地还原当时的场景，是受到了斜坡车轮印和别墅冰箱两个大冰格的启发。而撞击声和枪声的同时响起，还有车内留下的线索，把这些联系起来，可以推出，凶手是利用惯性来设置开枪。”

“之后，凶手快速跑到出事地点，将绳子解下，塞进座位缝隙，把枪扔向不远处的草丛中。”周昊边说边演示。

“各位应该从我刚才的表演中看出一些头绪了吧。凶手要杀张楷廉，完全不必这么麻烦，但他却费尽心思设计机关，目的只有一个，就是证明自己不在场，摆脱自己的犯罪嫌疑，并栽赃陈琪。”回到房间，周昊已是满头大汗，喝掉半瓶水后，停顿一下，又开口道，“而在你们四人当中，能这样做的就只有罗导演罗广云一人。他在案发时最先跑出去，以最快的速度收拾好现场。”

其余三人看向罗广云，又看向周昊。

“简直是天方夜谭，就因为我最先跑出去，无缘无故就成为凶手，太有想象力了！”罗广云似乎才反应过来，脸涨得通红。

“刚才只是出示结论，还没什么证据，现在我把整起命案的来龙去脉说清楚，希望罗导到时不要再抵抗。”周昊一脸淡然地看向罗广云。

罗广云指着周昊的手指发抖，“好，就看你这个侦探怎么把我编成凶手。身正不怕影子斜，看你能拿出什么证据。申明一下，如果最后你拿不出证据，我一定告你诽谤。”

“在这之前，我还要再跟罗导你确认一个事情。”周昊说。

“什么事？”

“据陈琪所说，早在半年前，你们就在隐秘交往。期间你没带她来过这座别墅，这是真的吗？”

罗广云显然被周昊的询问惊吓到，低下了头，之后颓丧地问道：“这与案子有关联吗？”

“有很大的关系。”周昊说。

罗广云点了点头，“她说的是真的。”

“好，那么我开始我的推理。”周昊看向四人，“期间大家有什么异议，麻烦等我说完再发表。谢谢。”

八

“凶手必定要对这座别墅非常熟悉，才可能设置这起谋杀案。陈琪是第一次来这里，不可能做到这些。而且刚才的犯罪演示已经很清楚，凶手这样做的目的是为了不在场证明，但案发时，陈琪却将自己反锁在房间内，显然达不到目的，这是我把陈琪排除在外的原因。

“七月十号当天，你们开了通宵会议，十一号上午，一行人来到别墅暂作休息。午餐是罗广云在路上买的快餐，陈琪一天没睡，已经疲惫不堪，如果这时再在她的可乐里加几颗安眠药，则可以让她昏睡过去。据我了解，陈琪没有吃安眠药的经验，第一次吃安眠药的人，基本都会睡得不省人事。陈琪吃好饭后，果真如凶手所愿，回到房间倒头就睡。

“趁大家回房午休的空当，凶手偷偷溜进陈琪的房间，把空调关掉，并将棉被盖在她身上，之后用她的手机拨打张楷廉的电话，如果不出意外，那句原话应该是这么说的，‘喂，你现在出来一下好吗？我在外面等你，有事要跟你说。’挂断电话后，凶手拿出准备好的手枪，在枪柄上印上陈琪指纹，等张楷廉出别墅，王慧娟上楼休息后，凶手将陈琪房间反锁，来到外面。”

周昊出示一个塑料密封袋，里面装着一块手帕，“这是我在别墅围墙废弃的栏杆门附近发现的，上面检测有张楷廉的唾沫。凶手在别墅外面，就是用这块涂有迷药的手帕捂住张楷廉口鼻致其昏迷，但事后上面的迷药——类似乙醚或氯仿挥发干净，因此没有检测出来。”

“凶手将昏迷的张楷廉平放在车座下，开车出别墅。”周昊又拿出一张放大的监控录像图，“我自己看了几遍录像，发现录像中开车的人右手中指上戴有戒指，但张楷廉手上是没有戒指的。车子在别墅外的斜坡上停好，凶手接着布置杀人机关，然后拿出事先准备好的陈琪的头发放在副驾驶上，用张楷廉的手机打电话给谭明华，原话听似‘琪（qi），我有事要先走了’，其实是‘……起（qi），我有事要先走了’。有关电话的疑点等下再统一解释。这样做的目的，是让人认为张楷廉那时还行动自如，造成一种他已经离开的假象。一切准备妥当，凶手通过斜坡下方附近的栏杆门，进入别墅后门。我仔细观察了栏杆门上那个生锈的大锁头，虽然看起来很旧，但上面的灰尘却不规则，证明近期有人使用过。而那个在惯性作用下拉动扳机的重物，曾一度困扰我，直到我注意到这个锁头。一枚废弃的锁比砝码更隐蔽，重量更重，案发后也更容易放回原位。凶手利用锁头作案后，再将它重新锁在栏杆门上，很难引起怀疑。”

“至于电话录音的谜团。”周昊抖了抖手中的剧本，“前天去谭明华家了解情况时，我向他借了你们拍戏的剧本，在剧本台词上我发现了一些至关重要的线索。张楷廉和陈琪在这部电影中饰演一对情侣，第一场戏是他们的分手戏，电影中，张楷廉在与陈琪约会途中，突然有事，他向她这样说道：‘对不起，我有事要先走了。公司打电话过来，你先回家，我今晚再去找你。’在第二场戏中，陈琪到了张楷廉公司楼下，打电话给男主角，台词是这样的：‘喂，你现在出来一下好吗？我在外面等你，有事要跟你说。’从这里你们可以发现什么？台词语境非常适合犯罪当天。而我也了解到，剧本是王小姐创作，罗导演则会根据拍摄需要修改台词。在趁演员排练时，凶手用录音器录下他们的台词，最有可能是手机，然后再利用录音来打电话，制造假象。张楷廉的台词录音比较长，凶手必须截取得当，这就是为什么谭明华感觉张楷廉口气有歉意，并且话好像没有说完的缘故，那个不明不白的‘qi’字，其实就是台词开头‘对不起’的‘起’字。”

“根据罗广云的口供，三点十二分，自己接到了张楷廉的电话，叫他帮忙把忘在茶几上的钱包拿出去，关于这方面的台词我没有在剧本里找到。那个时段张楷廉处于昏迷当中，自然不可能给罗广云打电话，而且据谭明华的回忆，张楷廉出门后，他曾在茶几上仔细地找过剧本，确认那时上面并没有钱包。所以很明显，罗广云是用张楷廉的手机给自己打的电话，然后编造了一个拿钱包给张楷廉的借口，最先来到命案现场。在命案现场逗留的三分钟时间里，他总共做了三件事，一，把张楷廉的手机放在座位上；二，把枪从座位上解下，扔向草丛，把绳子塞进座位内；三，把拉动扳机的锁头重新安在栏杆门上。”

周昊停下，最后总结，“这一切的推理证明了，罗广云就是谋杀张楷廉的凶手。”

九

“证据呢？”听完周昊的推理，罗广云不但没有震惊，反而笑了出来，“你的分析完全凭想象，没有一丝一毫的证据。大家今天都在场，可以作证，你这样污蔑我的清白，是要付出代价的。”

“一个凶手哪怕计划再周全，智商再高，也总是栽倒在一些无关紧要的细节上。要么就是自己的疏忽大意，要么就是低估警察的能力。先来说说那把枪，罗导演你有印象吗？”周昊问。

“那把枪确实是我的，我放在我的书房里，从没有用过。案发后没人怀疑我，在上面也发现了陈琪的指纹，我不想卷入麻烦，所以就隐瞒了这件事，但这不代表我是凶手，别人完全可以从我书房偷出这把枪。”

“假如你现在还认为自己是清白的，那我可以让人过来搜查这间别墅吗？”

“欢迎来搜。”

搜查过程中，警察在书房的一个抽屉底层找到几把钥匙，其中一把正是栏杆门上锁头的，上面检测到了罗广云的指纹。在罗广云的汽车后备箱中，找到作案时装冰块的保温箱。在别墅后院的荒草地里，找到一台跟罗广云一模一样的手机，上面同样检测到罗广云的指纹。手机充电开机后，在里面发现了几段录音台词，跟周昊推理的录音一模一样。

凭借这些证据，最终将罗广云定罪。罗广云坚决不承认，一直辩解自己的手机平时除了打电话几乎没有用过别的功能，钥匙一定是别人放在他的抽屉内。至于录像中握方向盘的右手中指戒指，其他人也可以伪造啊。

王慧娟感到很伤心，看着不断挣扎的罗广云，双眼泛红。罗广云与她对视，突然怔了一下，接着像泄了气的皮球一样，垂着身体，任由警察带走。

后来对于谋杀，罗广云供认不讳，但杀人动机却一律缄口不语。公众对于扑朔迷离的杀人动机，比计划周密的谋杀细节更感兴趣。事后媒体纷纷猜测各种各样的版本，最权威同时也最恶劣的版本就是，罗广云对陈琪动了真感情，但陈琪却勾引上了罗广云的好朋友张楷廉，导致罗广云起了杀心，精心筹划这起“一石二鸟”的犯罪，却没逃过周昊的眼睛。

十

2012年夏天，由大象领头，我和周昊协助，接连破获了那三桩法术命案。之后，周昊回武汉，我跟大象去了广州，红鬼没找着，倒顺手撬出了牧野的养父沈天汉的一桩陈年命案。2016年，红鬼人间蒸发，相关卷宗落尘，大家默认此案终止，我们自然回归生活，跟周昊也少了联系，只知道他已经35岁，从一名青年刑警，晋升为刑警队长。

那年夏天——还是夏天，童年往事在夏天，爱情故事在夏天，杀人也多发在夏天——根据周昊现实破获的剧组凶杀案改编而成的电影《犯罪艺术家》上映，此片的导演兼编剧，就是当时剧组里面的副导演王慧娟。

改编，即是说电影的剧情可在现实的基础上加以虚构，使其更显戏剧性。在《犯罪艺术家》中，王慧娟在现实的真相之上，给出了另一种答案，最终实现了结局的反转。为了便于叙述，接下来我以现实版本来做延展。

早在大学期间，王慧娟就为罗广云创作一个剧本，罗广云凭借那部电影获得了一个国际影展的编剧奖，王慧娟才得知自己的署名被替换，她质问罗广云，对方却辩称自己事后修改的成分更多，王慧娟最多只是提供了一个框架。面对这样的侮辱，王慧娟暗暗发誓要给予报复，随着时间推移，罗广云的侵犯越来越明目张胆，直到罗广云准备开拍一部小成本电影时，王慧娟感到时机成熟，开始了自己的复仇计划。

通宵开会是他们一直以来的工作模式，王慧娟故意在剧本上犯错，即是为了转战阵地，让罗广云带领他们到郊外别墅避暑并研讨。王慧娟熟悉这个别墅，有时为了创作剧本，会闭关在这里苦写。

午餐虽是罗广云在路上所买，却是王慧娟分发给众人，在递给陈琪的可乐中，她在里面加入了两颗安眠药，早先跟罗广云安排休息房间时，王慧娟就跟他建议：她和陈琪都是女性，正好可住楼上两间房间。

吃好午饭后，陈琪回房间熟睡，王慧娟潜入，拿出准备好的手枪，在上面印上陈琪的指纹，关掉空调，给陈琪盖上被子，再用陈琪手机给张楷廉打电话，内容是陈琪的台词录音。

听到楼下张楷廉出门的动静，王慧娟下楼与其攀谈，声调故意让在房间内练习台词的谭明华听见，而不久前给谭明华的剧本，王慧娟故意在上面犯低级错误。谭明华果真被诱引出来请教，王慧娟这时吩咐他去客厅茶几上拿自己的剧本过来对照，就是确保他在茶几上仔细寻找，为事后上面没有张楷廉钱包作证。

指出谭明华剧本错误后，王慧娟在他面前吞下安眠药，上楼后又吐掉。再偷偷溜出别墅外，趁张楷廉不注意，用沾有迷药的手帕捂住他的口鼻。故意戴一枚光亮戒指于右手中指上，把张楷廉的汽车开出别墅外的斜坡，布置杀人机关。然后用张楷廉的手机给谭明华打电话，用的仍是提前准备好的台词录音。

王慧娟早在之前就已经算出冰块融化的时间，在车子差不多滑落时，她用张楷廉的手机给罗广云打了一个电话，张楷廉是罗广云的御用演员，因此这段让罗广云帮拿钱包出门的录音内容，王慧娟用的是上一部电影的台词，周昊事后果真没有察觉。车子滑落撞墙后，惯性使得锁头拉动扳机开枪，致昏迷在驾驶座的张楷廉死亡，王慧娟通过栏杆门，快速收拾车内残局，把锁头物归原位。由于这时别墅里三人都被响声吸引，跑出外面，王慧娟得以从别墅后门跑回房间，在房间内用同一款衣服换掉被汗水湿透的衣服，将头罩、手套和脏衣服藏进房间的抽屉里，躺在床上假睡，等命案目击者来叫醒自己。

因为了解罗广云手机只打电话的缘故，在之前她就用一台跟罗广云一模一样的手机，在里面存储了前两段台词录音，在工作期间，趁罗广云不注意，让他错拿手机，留下指纹。在案发当天，王慧娟将这台手机扔向别墅后院。栏杆门的钥匙，则藏于书房抽屉底层中。

王慧娟之所以认为谋杀时机成熟，是因为在此案中有可以利用的人。比如在跟罗广云秘密交往的陈琪，比如对陈琪暗生情愫的张楷廉，比如老实本分对表演充满热情的谭明华。

比如聪明的警探周昊。果真，周昊被自己一步一步牵进精心设计的犯罪迷宫里，成了帮凶。观看周昊分毫不差地按着自己的意愿推理出罗广云是凶手的过程，王慧娟感受到了一种无与伦比的满足。

在确凿的证据面前，罗广云拼死挣扎，却无意对上了王慧娟的眼神，那双凤眼虽泛泪光，却坚毅、冷冽，迸发强大的能量。罗广云分明在她眼中看到了真正的创作火花，败在一个犯罪艺术家的手里，他震撼于王慧娟纯粹的恶，深感自己无力回天。所以在最后，他停止了抵抗，承认自己是凶手。

而王慧娟，在报仇之后却得到了空虚。后来，她才意识到，她杀死了张楷廉，让陈琪陷入恐慌，致使罗广云被判刑，误导周昊抓错凶手。这一切都只是为了满足自己的创作欲，并不是那可笑的报复心。她与他们都没有仇，他们只是在现实充当了她镜头下的“演员”。

每一样艺术的缔造者，都有流传于世的野心——哪怕是犯罪。命案时隔8年后，王慧娟终于将完整的故事呈现给世界，在票房和荣誉双丰收的情况下，电影里的“王慧娟”，在家中用手枪安然地结束了自己的性命。

现实的故事版本呢?

电影上映半个月后，《犯罪艺术家》导演王慧娟在家中饮弹自尽。

在刑警队长周昊事业最顶峰时，他却突然辞职了。

没人比他更清楚：虚构的电影结局，才是真正的真相。

隐身衣

一

艺术是善，犯罪是恶。如果将犯罪变作艺术呢?

那些经典的银幕反派形象——小丑、竖锯、汉尼拔之所以深入人心，是他们在犯罪的背后建筑起一套自洽的体系。观众被诱引进入参观，惊叹里面精妙的构造，进而认同甚至神化他们。

大象探寻红鬼踪迹四年，一无所获。却在看了电影《犯罪艺术家》后，闭关了一周，又独自出门一周。回来后，跟我说的第一句话是："我找到红鬼了！"

"你还记得吗？哑巴在凤凰山制造命案之后，躲进山中自杀，我们当时根据他棚屋内留下的线索，最终探知他的身份。"大象跟我说。

"当然记得。"

"当时有一个显而易见的疑点，被我们忽略掉了。"

"什么疑点？"

"棚屋内的照片和画作，"大象说，"一个制造悬案的人，一个行将自杀的人，为什么在死前不处理掉自己的私密物件呢？这些东西明明很容易暴露出他苦心隐藏的身份，况且照片和画作又很容易烧毁，但哑巴冯富良却不管不顾？”

“他故意留下的？”我说。

“对，这很可能是有预谋的。”大象说，“26曾经跟我提过一位奥地利小说家，他说卡夫卡写作的二十年间，作品无一例外在写他自己，用各种变形，写内心的纠结、矛盾、怀疑。死前作家嘱咐朋友把自己的手稿全部烧掉，是不想让世人看见那个糟糕的自己。有一类艺术家，他们只对自己服务，并没有面世的渴望。哑巴冯富良所画的那些画作，后来不是被专家证实水准高超吗？但内容却晦涩阴郁，是像卡夫卡作品一样性质的‘私内容’，他在棚屋外上吊前，不毁掉这些画作，只有一种可能，他是有预谋留下的，而这样做，完全是听从红鬼的指挥，为了让我们通过这些线索，找出他的身份。”

“这样做的目的是什么呢？”

“之后我们又遇到的那三起同时爆发的命案，线索指向谁？”大象反问我一个新的问题。

“牧野。”

“对，这两条线索，如果一直延长，终会出现交叉的地方。”大象说，“目的就是让我们触及这个交叉点。”

“交叉的地方，”我疑惑，“广州？”

“不仅如此，交叉的地方，是红鬼本人。”大象前所未有的振奋，“也就是牧野的养父沈天汉。”

2000年前后，哑巴冯富良在广州番禺区开理发厅，沈天汉因为工作的缘故，曾在理发厅附近租住过一段时间，因此认识了冯富良。因这个事迹隐蔽，在沈天汉的所有资料中并无显示。大象推测，冯富良因遭遇妻子背叛，导致母亲和儿子死亡的变故后，内心的恶念被沈天汉唤起，成为后来沈天汉犯罪组织的手下。

“红鬼是沈天汉，即是说，2009年发生在湖南的‘红衣男孩’案，是沈天汉所为？”我感到不可思议，“按你所说，是沈天汉指使他的手下冯富良和牧野，给我们留下线索，让我们找到他？”

“‘红衣男孩’案发生于2009年5月28日，我从沈天汉的妻子白佩芸那里了解到，在那段时间沈天汉正好出门。凶手曾经在‘红衣男孩’案现场留下一口恶臭浓痰，你还记得我们三次去沈天汉家调查时，他都在熬煮中药，现在我回想，才反应过来，他知道我的嗅觉能力，试图用中药的味道混淆自己身上的气味特征。这之间都不似巧合。”

“还有呢？”

“他跟冯富良接触，安排他到辽宁山中隐居，还给冯富良找了一张跟他长相类似的常理身份证。别以为只是找一张类似的身份证这么简单，之前我们去香港找黑客山药帮忙时，我曾经问过他，怎么在全国范围内找出跟自己长相相似的人。山药对此的回答是，首先，要进入全国的人口资料库，获得所有登记身份证的长相数据，然后将冯富良的正面照片作为参照，提取参数，编写一个面孔识别程序，最后让电脑运算，找出符合的人选。再从这些人选当中找到最容易抹掉的人，让这个人从世上消失，拿走他的身份证。”大象说，“做出这样的事情，必须具备几个条件，第一，这个人的计算机水平要很高超。第二，他要有一台运算能力强大的电脑。第三，他必须杀掉身份证原人，也就是常理。通过我对沈天汉的了解，他病休之前，在广州的物理研究所任职，那里配备优良的计算机，听他的工作伙伴说，沈天汉的计算机水平突出，业余爱好是研究数据，对心理学也有涉猎。”

“这些都是基于结论的猜测。”我好奇，“在四年前你都没有想到这些，为何四年后的现在，才将沈天汉与红鬼两个身份重合起来。”

“踏破铁鞋无觅处，得来全不费工夫，全是因为那部周昊相关的电影《犯罪艺术家》的点醒。”大象声调昂扬，“来看看我们一路以来分析红鬼的作案动机，先是推测‘续命’，后来认定是恐怖主义行为，那天我在影院内突然意识到，红鬼策划组织的这些命案，最深处的私人动机更可能是在缔造一场关于恶的犯罪艺术。在这场犯罪中，不仅仅那些为他犯罪的人是他的棋子，我，也成为他的棋子之一。在这个猜想之下，所有一切全都串通了。牧野是他的养子，在牧野的成长过程中，利用他被遗弃的身世对他洗脑轻而易举。杀掉背叛冯富良的妻子后来所生下的孩子，让一无所有的冯富良心甘情愿听从他的指示。利用自己高超的计算机能力，获取那些对社会心怀怨恨的绝症或绝望者资料，再跟他们作犯罪交易。因我对破案的执迷，一步步走入他所设下的圈套，最后让他得手。”

“得手？沈天汉最后不是因为一桩旧案被你抓获了吗？”我问。

“这就是他最后想要达成的目的，是他指使手下冯富良和牧野，给我留下线索，让我去找他。”大象说，“沈天汉知道我会注意到他年轻时涉及的命案，在谈话中他故意提及‘夏令时’这个冷门历史点，就是诱引我找到破案的思路。”

我惊讶，“他希望因为这起命案被你抓获？”

“对。用一桩旧罪来掩盖自己犯下的法术大案，是他系列犯罪的最后一步！”大象说，“你还记不记得四年前我们在昆明破获的拱桥命案，当时周慕武费尽心机将自己的自杀伪造成谋杀，给我们的侦破带来重重困难。因为根据常识，我们不会将一桩定性为谋杀案中的死者当作凶手。在这里，周慕武如同穿上隐身衣，哪怕他嫌疑明显，在我们面前走来晃去，我们也会自动忽略掉他。套用当铺悖论，一家当铺店失窃，作案的店长报案，也如有隐身衣加持，我们很难怀疑他会偷窃自己店中财物，是因为没有触及那个深层动机——当铺内的物件并不属于他。”

大象面容沉静，接着说道，“沈天汉以旧罪入狱，某种意义上，如同穿上隐身衣，借此躲在暗处，观看我四处碰壁——如同你很难会意识到报案的当铺店长会偷自己店内的东西，如同你不会猜想一桩谋杀案的死者就是凶手，如同你不会把冠军的赌注押在一组已经被淘汰的球队上，在后续的红鬼身份调查中，我都自动将沈天汉排除在外——一个在监狱中的犯人没有调查的必要，结果导致怎么推理都无解。但所有看似不可能的犯罪，最深处一定藏有一个细小的说得通的动机，找到这个动机，一切就会昭然若揭。而这个动机，如今我已经找到，沈天汉的目的是缔造一场关于恶的犯罪艺术，为此，他将我编入他的犯罪系统中，利用了我的破案能力。”

“但付出的代价未免也太大了吧。虽然是因一桩旧案获刑，但二十年的刑期，基本会死在狱中。”

“你忽略了他的绝症。”大象说，“他没几年可活了，又因为自己的年纪、病情和教授身份，在狱中受到优待。利用这么多人，杀害这么多条人命，在社会搅出这样大的漩涡，大家最后还是无能为力，任他随着自己的死亡，把真正的法术犯罪缔造者的身份掩盖掉。对于这样一个犯罪者来说，他所求无非在犯罪史上留下可供传说的身影。现实剧情按照自己编排的步骤上演，对王慧娟来说，对沈天汉来说，都是无与伦比的满足。”

“但你现在还没有找到沈天汉就是红鬼的证据。”我说。

“嗯。”大象胸有成竹，“但就是因为没有证据，沈天汉反而会开口承认罪行。”

我感到困惑。

“红鬼把我当作对手，当我识破他最后的诡计，他不太可能还作抵赖。”大象说，“在将死之前，艺术家都希望有人赏识自己的作品，从这个层面上说，识破他的诡计，即是找到了解读他犯罪作品的钥匙。”

二

“我等了你好久。”再见面，沈天汉表情比四年前更趋平和，脸色仍旧红润，当初的光头如今长出密密麻麻银白的发茬，我才恍然他并不是秃头。在我们面前，他一点都不生疏，像是早已预知今日，听完大象指他为红鬼的推理，他微笑，不作伪饰，反倒显出责怪之意，“四年太长了，我以为不用等这么久的，后来我甚至还想，干脆通知你得了，不然我就要死了。还好，你终于发现我真正的身份，不愧是对手。”

“那么就请认罪吧。”大象说道。

“你知道我是怎么注意到你的吗？”沈天汉自问自答，“你不知道，2005年，你大二，在学校破了一桩馄饨店命案，你一定记得，当时整个广州的报纸头条都是你，非常轰动，我看了所有的报道，知道了你破案的细节，就是那个时候起，我决定把你当对手。转眼就十一年了，真让人唏嘘。”

“为什么要把我当作对手？”大象不解。

“四年前，你通过找出时钟背后的一枚指纹，以此证实了我的犯罪，将我抓获，你还记得事后你问我动机，我是怎么回答的吗？”沈天汉询问。

“你说只是想制造一起疑团重重的谋杀案。”大象不假思索。

“为什么把你当作对手？”沈天汉说，“因为我年轻的时候，就清楚自己天性邪恶，又加上天赋异禀，能在案件中寻找出那条最保险的通道，纵观全局一样地犯罪。随着年纪愈长，常有能力施展不开之苦，于是时时留意对手，想与之一较高下，被抓，认命。不被抓，则继续作案。”

沈天汉语调平缓，似在回忆温馨往事，“你是这些年来我物色的唯一一个可以跟我匹配的对手。从那时起，我就一直默默关注你。本来以为你会因此成为警察，再不济当一名侦探也行啊——现在应该没有这个职业了，没想到你却回到家乡当一名记者，让我少了跟你正面交锋的机会。”

“我就琢磨，应该怎么再次诱引你出山呢？什么样的犯罪会吸引你的注意？我私底下对你做了很多功课，我看了你在报纸上闲写的所有推理专栏，我了解了你的家庭、童年、感情，我看了你提及过的所有喜欢的小说、影视作品，我甚至还黑过你的电脑，查看你所有的社交平台内容。综合这些元素，在2009年，我在与广东相邻的湖南制造了那起‘红衣男孩’案，严格来说，这是为你量身定做的。而你也如愿上钩，为了让你一路跟随，我潜伏在‘第一手命案’网中窥探你的动态，并派牧野向你透露新的命案。”

听完沈天汉的讲述，大象身子往后退缩，“你怎么知道我会上钩？如果我无动于衷呢？难道你还会重新设计不同风格的犯罪？”

“也有可能就此停手。”沈天汉说，“手机在加油站引起爆炸的原理，是因为手机发射的电磁波遇到金属表面产生电离子，在特定情况下，电离子发电形成火花，假如场所正好处于油气饱和的状态，就会造成爆炸。这是在极严苛的条件下才可能产生的事故。让你对‘红衣男孩’案感兴趣，有点类似这个原理，这里面涉及非常复杂的要素，甚至带有一丝玄学的意味。就我的了解，你有一个孤独但漫长的童年，从你如今的着装和处事上，仍然有长不大的迹象。你成绩优异但一直没有在父母身上得到期待的满足，本质上有获得众人关注的需求。而本人又是一个推理迷，更多痴迷宗教元素的犯罪故事，拥有高智商和嗅觉超人的能力。拆分‘红衣男孩’案，不难发现，它是由少年、邪教、悬案、高关注度、诡异现场、气味构成。这些元素之间的电离子产生火花，最终在你身上得以引爆，成为驱动你追凶的能量。”

“你一定是事后才想出这一套说辞的！”大象脸露惊慌。

“事到如今，我没必要再跟你玩花招。”沈天汉双手平撑桌面，身子靠近我们，“我主业研究物理，但万物相通，对于计算机、心理学和社会学我也有钻研，大半生学成，总想有个用武之地，你作为一个天才侦探的登场，激发我的对弈心，再综合你各方面要素，我由此产生了邪教犯罪的想法。我一个人自然做不了这样大的一个工程，所以必须吸纳教徒，于是提取了入教的标识：绝望，作为凝聚，再树立一个自成体系的崇高理念，将邪恶的志向包装在看似正义的大局观中，为了形成首领的影响力，我提出了犯罪交易的构想，让他们之后心甘情愿为我卖命。选择邪教作为犯罪的外衣，正是看中它附带的神秘感、诡异的仪式和残忍的手法，从而整体营造出强大的震慑力度和恐怖感，最终成为传播最广、影响最深远、自带巨大解读空间的连环犯罪案。”

“四年前的昆明拱桥命案，我只是给周慕武下达杀人指令，规定期限，但在最后他却不舍得杀死别人，为了完成传播恐惧的使命，只能自己上场。”沈天汉眼白布满血丝，看向房间一侧，“这就是邪教的至高无上性，立一个标杆作牢固信仰，教徒就会舍身就义，这是真正的操纵术，我称之为‘机器人守则’，意即在机器人的编程中输入杀人、时间、地点，但允许他有感情，即使他在执行过程中爱上受害方，不愿杀人，但为了完成使命，机器人自己会充当死者，在规定的时间和地点，自杀身亡。”

眼前那个死期在望的男人，仅仅通过言语，就让我内心惊惧。我从没见过如此邪恶又聪明的人。大象不是他的对手，是他培养大象成为自己的对手。

“事到如今，什么都不用说了。”我能听出大象声线的颤动，“我只需要你在法庭上承认你犯下的所有罪行。”

“对不起，我是不会认罪的。”沈天汉抽回身子，微微颔首，面带歉意，“如今如果还跟你较真输赢，实在不合时宜。但假如你还抱有找出我犯罪证据的想法，请死了这条心，你的一切我了如指掌，所有事情都按照我的计划进行，在不该留下线索的地方，我是断然不会留下一丝证据的。我不能认罪的真正原因是，在我之上，还有一个集团，你也知道牧野是怎么死的，当初他将激素猪实验意图暴露，遭到集团杀手的惩罚。如果我认罪——我当然不怕死，我担心我的妻子和女儿会遭受集团毒手。她们是现在世上，我最放心不下的人。吴兄弟，我命不久矣，最多还剩一年时间，如果你需要我付出代价，我答应你，在这个月内自行了断。”

“你认罪，我们会保护好你的妻女的。”大象靠向沈天汉。

“对不起。”沈天汉身子微躬。

大象突然把拳头砸下桌面，“我只需要你在法庭上认罪！你必须带着真正的罪名死去！”

“既然都是死，我为什么必须带着真正的罪名死去？”沈天汉说，“你这种要我认罪的执念，真的是因为正义吗？”

“什么意思？”大象攥紧拳头，直视沈天汉。

“你真的在乎每一起犯罪背后的生命吗？”沈天汉微笑，“其实不然，本质上，你跟我一样，我们只不过是站在正邪天平的两端，所追求的，无非就是谁胜谁负，对于天平底下那些累累人命，我不在乎，你也是不在乎的。”

“胡说！”大象眼睛通红，身子朝沈天汉探去，要不是我适时拦住，他定会揪住沈天汉蓝色囚衣的领子，用拳头揍向对方脸部。

沈天汉站起，又向我们鞠了一躬，“我不会认罪，除了这点，其余我都可以办到。我身体不适，先回去休息了。”

“沈天汉！”在沈天汉走至门口时，大象突然朝他喊，“如果你不在法庭上承认你的罪行，你的妻子白佩芸，女儿沈如泽，会有危险。”

沈天汉站住，转身，“什么意思？”

“她们会有危险。”大象威胁道，“你能承担吗？”

“我了解你。”沈天汉闭上眼睛，缓缓说道，“你是不会做出这样的事的。”

同归余烬

一

“茉莉、凤梨、西番莲、蜜桃、柠檬、雪松木、麝香、胡椒、牡丹花、香根草、鸢尾花、柑橘、苍兰、广藿香。”

二十样东西放在纸箱内让大家推理，大象仅靠辨味一项就全说出谜底。但真正让他声名远扬的，还是他炫技般地说出了其中一个纸箱内的两瓶香水的各十四种味道。在投票竞选学校侦探社社长时，作为一个新人，他出乎意料地高票当选。

嗅觉灵敏这个超能力被传开后，很多学生慕名想加入侦探社，为精简人员，大象出了一套试卷，考核了逻辑、医学、天文、物理、化学、地理、想象力、冷知识、推理文学素养和幽默感。将侦探社大换了一次血，郭乘鹏之所以没被淘汰，纯粹因为他是富二代，承诺有他在的一天，侦探社永远不用去拉赞助。

这样的高调举动自然引起一些学生的不满，认为大象是在纸上谈兵，于是自立门户，也渐渐壮大起来。一所大学两个侦探社，当务之急就是找个现实案件来一决高下。

“哪个社先破案，哪个社就是这所学校唯一的侦探社，另一个解散！”会上，对方社社长在台上发言。

“我们找什么来比试？”大象问。

大家面面相觑，茜茜说，“要不我们找猫吧？”茜茜是中文系学生，也是大象的队员。

“什么猫？”郭乘鹏问。

“校门口旁边有一群野猫，总共五只，我们经常去喂养，但前天五只猫都不见了。那是个窝点，它们不会集体擅自离开的，一定被人抓了。我们查这个吧。”

大象想起高中时就曾主持调查过一起校园杀猫案，在教室众目睽睽下指证出凶手，让老师当场崩溃。他心咯噔一下，想着难道自己是跟猫有某种关联？

“好啊，我代表我们社赞成调查这个。”郭乘鹏开口。

“确定吗？”对方问大象，“大家都确定的话，我们现在就开始。”

大象点点头，发现人都在看他，说，“就这个吧。”

二

先分散去猫窝点勘查。下午四点，侦探社一行人来到约定图书馆前草坪开会。

“之前喂猫的食物都是学生零散提供的，火腿肠、小鱼丁、牛奶、剩饭或者学校附近小超市能买到的猫粮。猫失踪的当天，旁边散落了几个猫罐头和鸡胸肉丁，不同以往，这些有去查来源吗？”大象拿出猫窝照片对比看。

“那些猫罐头我查了品牌和售价，是进口猫粮，只有像沃尔玛这类大超市或宠物店有售卖。”任炜就读数学专业，典型数据控，查找一种东西快且准，“我们学校地处郊区，离最近一家有卖这种猫粮的超市直线距离9.1公里，坐公交需要1小时，驾车大概20分钟。”

“前天上早课，我发现猫已经不在了。但是大前天晚上有同学十点多还看到猫，也就是说，猫最有可能是前天凌晨失踪的。”茜茜说。

“嗯，我也是这么想的，猫是凌晨被人抓走的，那时没有公交，那这个抓猫人无非就是骑自行车、开车和走路。我刚才去找门卫调了校门口的摄像头，发现前天凌晨四点左右，有一辆车经过，停在猫窝旁，不久又开走，大概34分钟之后折返，又停12分钟，再开走。车身被树丛遮挡住，只能看清是粤B牌照，深圳车牌。”任炜给大家看拍下的监控照片。

“猫一定是被这车主给抓走的，将牌照照片锐化一下，找到车主，就可以结案了。”郭乘鹏提议。

“试过了，前天凌晨起雾，车牌糊成一片，怎么锐化都不行。”任炜说，“除非我们能看校外国道的监控。”

“不用，”大象指着任炜打印出来的监控照片纸，“虽然起雾，但有一点倒是可以看清楚。根据这点我们来做推理，会有突破。”

“什么？”茜茜凑近。

“内地汽车的方向盘在左，但这是一辆右舵车，方向盘在右，这很少见。”大象指着车前玻璃隐约的人影，“深圳牌照，却是右舵车，可作合理推导，车主是香港人的可能性居多，他习惯养成，后在深圳生活，仍开右舵车。”

“车主是外国人也是有可能的吧。”郭乘鹏说。

“外国人也有可能，但可能性大概是10%，我们不做小概率推理，先以车主是香港人来推。”大象转问，“一个香港人这么远开车来这里，目的是什么？”

“这里是广州郊区，来这里，探亲，要么是做生意？”任炜猜测。

“这样说，抓猫应该是临时起意，猫很可能已经被害。”郭乘鹏做皱眉状，一些人点头。

“为什么？”大象问。

“直觉。”郭乘鹏想了想，回答。

“我不这么看。”大象说，“我们基本会下意识地觉得猫被害，是因为凌晨行动的人总是自带阴面，感觉在进行不可告人的事似的。但是综合我们看到的线索，车主开车经过学校，看到猫后停下又离开，四十分钟后返回，正好是开车去市里24小时便利店买猫罐头来回的时间。如果怀着害猫之心，直接带走就是，不必多此一举。他是爱猫人的可能性多一些。带走他们，估计是实在不忍心它们流落路边，这个假设成立的话，说明车主将猫带走，是找到了一处比校门旁猫窝更安全的场所。而且我推测这个场所很可能就在附近。”

“怎么推理出是附近呢？”郭乘鹏反驳，“车主去下面的乡镇会亲戚也说不定啊？”

“车主是怎么发现猫的？”大象反问。

“什么意思，开车途中看到的呀。”郭乘鹏回答。

大象打开任炜保存在手机里的监控视频，说道：“车主之所以能发现树丛中的猫，是因为他车开得缓慢。校外是国道，路大，时间是凌晨，如果车主的目的地是下面的乡镇，他会怎么开？车子会像箭一样飞驰。但你们看这个监控录像，这车子一路走走停停，说明他是要来这附近某个场所，又因人生地不熟，因此减速寻找，恰巧看到了路边的猫，停了下来。”

“一个香港人开车来这么远郊区，学校附近一没村落，二没工厂，三没房产开发，他最可能去哪里？猫就最可能在那里。我们可以用排除法来筛。”大象说。

“综合你们的推理，这个香港人开车来学校附近，这个地方最有可能。”茜茜摊开一张学校的地图，指着图上距离大学一公里左右的一所建成不久的小学说道，“他可能是这所学校的捐赠人。”

“这附近还有一座监狱和精神病院呢。”郭乘鹏说。

“还有这两个。”任炜用手指分别点了学校后山上的一座佛堂和两公里外的一所养老院。

“佛堂最有可能。因为只有佛堂是凌晨开放的，其余几个场所，车主可以选择白天再过来。最重要的一点，一个会这样善待猫的人，由善良的佛教徒来做最显合情合理。”大象站起，拍拍裤上沾着的草末，“我们先去佛堂看看。”

三

结果在龙珠佛堂看到了捷足先登的对手。另一个侦探社的成员抱着五只猫，看到大象一行人上来，嘲笑他们来晚了。

“你们怎么找到的？”郭乘鹏问对方。

“我们运气好呗，有个学妹正好上山来拜佛，看到了这几只猫，你们是不是听到风声，跟着我们上来的？”对方沾沾自喜，“不管怎么说，我们比你们快，愿赌服输，你们社团解散。”

大象还是第一次上山，他径直走进寺庙，大殿里的装潢气派辉煌，佛像金光熠熠，香火萦绕，他去问寺庙的和尚。

“请问住持，这几只猫是不是一位开车的人带过来的？”

“是的，前天凌晨带过来的，是一位四十多岁的男子，身高有一米八，名字叫张一礼。”慈眉善目的和尚回忆道，“张先生说自己祖籍是这里，本身也是佛教徒，此行是要在龙珠寺出家，说这些猫住在山下的路边，随时有被路过的汽车碾压的危险。奇怪的是，他在这里住了一晚，昨天晚上离开后就没再上山。”

“既然祖籍是在这里，那有没有可能是去会亲戚。”大象问。

和尚摇摇头，“张先生说他年轻时远走香港，已与亲戚断了联系，父母皆已去世。如今重回这里，是对一人有愧。”

“谁？”大象问。

“一个叫张真苓的女子。”和尚带大象踱步到灵堂，“这里是她的骨灰龛位。”

两拃见方的格子中，放着一个雪白的骨灰盒，盒上贴着一张小照，一位瓜子脸女子，虽面带微笑，但仍可在她的表情中窥出畏缩的神色，眼珠透彻又无辜。

“她有个爱人在山下开馄饨店，经常过来看她。”和尚指着旁边空着的龛位，“还在她旁边买了一个位置。”

“张先生会不会跟她的爱人认识？”大象问。

“这个就不太清楚了，至少在跟我交谈中，他没有透露出跟他认识的讯息。”和尚回答。

“请问张先生有说自己出家的因由吗？”

“说是妻子去年过世了，房子和产业都变卖了。”和尚说，“他是做了充足的准备，无牵无挂，无欲无求。”

年少独自去香港，与家人断联，妻子去世后回老家的佛堂出家，因为对一个女子有愧。大象怎么想都觉得不太对劲，又问：“冒昧问下，请问张先生有没有表示出捐赠的意愿？”

和尚合掌，点了点头，“说是准备将全部身家都捐给龙珠寺。”

“捐了吗？”大象问。

和尚摇摇头，“你们此行上来找张先生，是出了什么事故吗？”

“吴行，你在这里啊，傻瓜社说他们赢了，我们社团要解散，你说咋办？”郭乘鹏找到大象。

“接着查车主。”大象一脸严肃。

“还查，猫不是找到了吗？”郭乘鹏一头雾水。

“这次找人。”大象跟和尚告辞，承诺后续有张一礼的消息会即刻通知寺方。

四

经过同意，大象调看了佛堂山道的监控，昨晚十一点时，张一礼的车确实下了山，之后往学校方向拐。

再调出校门口的录像，看到车子最后拐入了一条小道，那是条土路，长满密密麻麻的杂草。

晚上九点时，大象一行人打着手电筒进入小道寻找车辆，最终在草丛中找到了张一礼的汽车。车子是空的。张一礼下落不明。大象随即报警。

“你怎么报了命案啊？”郭乘鹏问大象。

大象看着大路，并没回答。

十分钟不到，来了两辆警车，下来一位叫李峰林的队长，听了大象对案情的描述，着手查车，并没有发现可疑现象。在车子周围也没有发现张一礼的痕迹。因大象是报案人，李峰林让他随同前往监控室调看路面监控，国道摄像头先是拍到下山的车拐进一个路口，两小时后，车从小路开出来，往前开约两百米，拐进杂草丛生的小路中。

“很奇怪。”李峰林说，“人将车停在这里，然后徒步沿着小路离开。”

“等等。”大象指着车子拐进土路的视频，请工作人员重放一遍，

“这里有问题。”

“怎么说？”李峰林看大象。

“这是一辆上了深圳牌照的右舵车，不仅方向盘在右，雨刷和转向灯跟内地车相反，拐第一个路口时一切正常，但车拐入第二个路口时，镜头里显示是雨刷先动，之后才亮转向灯，说明这时很可能是一个不熟悉规则的内地司机在开。”大象说。

李峰林重看了一遍视频，认可大象的说法，“也就是说，第二次开车的人可能不是张一礼。”

“听山上的和尚说，张一礼来这里，与一位叫张真苓的去世的女子有关。我了解到，张真苓去世前，跟一位叫何英才的男子住在一起。”大象说，“何英才在学校附近开有一家很受欢迎的馄饨铺，地址就在第一个路口里面。”

何英才是本地人，本来在大学东边的乡镇经营一家馄饨店，跟爱人张真苓同居。张真苓结过一次婚，离婚后带着一个儿子，何英才视孩子为己出。两年前张真苓生病去世，骨灰放在龙珠佛堂。何英才想在龙珠佛堂剃度出家，他深爱张真苓，人去世后，他无所求，还想陪着她。但龙珠佛堂的住持说他孽气太重，拒绝了何英才出家的请求。于是何英才将馄饨店迁移到佛堂山下——学校对面的饭店街。他经常去山上的佛堂看张真苓，还在她骨灰旁边买了一个位置。

到馄饨店的时候，正值打烊。李峰林出示证件，开门见山：“你是店主何英才吧，请问你认识张一礼吗？”

大象盯着何英才看，确定他脸上闪现一丝慌张。

“张一礼？”何英才作沉思状，“是那个年轻时干了坏事，逃去香港的张一礼吗？”

“对，这几天他有过来你这边吗？”李峰林问。

“昨晚来过。”何英才随手拉了一张凳子坐下。

没料到何英才回答得这样轻快，以致李峰林再确认一遍。

“请将昨晚的情况如实复述一遍。”

“我们是初中同学，他昨晚十一点多来到这里，说是从龙珠寺和尚口中得知了我的地址，就来找我叙叙旧。我们大概聊了两个小时吧，聊得并不愉快，是我赶他走的。”何英才说。

“你们聊了什么？”

“还能聊什么？”何英才从烟盒抖出一根烟，给李峰林，李峰林摆摆手，再示意给旁边站着的大象，大象也摆摆手。他才用嘴叼住烟，点火，“老同学叙旧，难免说着说着会说到他当年干的混蛋事。他把我爱人给糟蹋了，是他害苦了真苓。”

五

学校往东十二公里，是几个村组成的乡镇。其中有两个村子结有世仇，规定永不通婚。但十六岁的张真苓，偏偏就爱上十七岁的张一礼。

两个年轻气盛的情侣，热烈地爱上了，要跟世俗逆着来，三番五次幽会，对一片灰暗的未来，他们彼此都深知无能为力，于是决定私奔。为凑集奔逃的资金，张一礼还在深夜翻墙进了供销社，撬了钱柜。

“张一礼这个混账，私奔那晚他没等来真苓，一个人害怕就溜了。真苓一个弱女子，无端承接这些责难，成为两村怨愤的出气口。”何英才面露嘲笑，“二十五年过去了，结果他现在悔过了，说要来龙珠寺出家赔罪。”

张一礼离开后，张真苓被查出身孕，家人蒙羞，一致对外声称是张一礼强奸了他们的女儿。暴虐的父亲扇她耳光，押自己的女儿到医院做了流产，那段时间真苓面对怨怒，神情恍惚，父亲顺势称自己的女儿被敌村的犯人强奸到精神失常，势必要对方付出代价。暴怒的村民抄起家伙去了张一礼家中，眼看一场械斗在所难免，最终张一礼的父亲不得不签了一份生死状，赔偿了一大笔费用，才止息了这场争端。

“那份生死状是这样签的，如果张一礼回家，或家人得知他的下落，必须将他交由真苓的家人处置。”何英才说。

张一礼逃离村庄，逃离广州，去到香港，两年后，得了痢疾，在码头扛货，突然全身乏力，上吐下泻，捡回一条命，体重剧减，没法干活，只得偷偷回了家。已经白头的母亲看到他，先惊惶，后落泪，塞了一些钱给他后，捂嘴挥手，赶他离开，让他十年不要再回来，否则有生命危险。张一礼又走了，这次离开，就没有再回来。风起云涌，爱的人如受了诅咒，很快都入土。

张真苓的人生不再好过。人们骂她荡妇，父母顾及脸面，假戏真做，将“失常”的她囚禁在家，每日的辱骂及冷眼变成精神凌迟，她开始郁郁寡欢，大哭大笑，二十岁的时候嫁给了一个大她九岁的瘸腿男人，结婚之后仍旧不断受到伤害。直到政策将村落归并，世仇在浩浩荡荡的改革中终于瓦解，族谱散轶，旧址拆迁，年轻一代对过去一点兴趣都无，心急火燎奔赴新时代。何英才，这个痴情的单身汉，终于跨越两村三十四米的距离，名正言顺地爱张真苓。

“荡妇”之名一直伴随张真苓的人生，让她一刻不得安宁，在她濒临崩溃，何英才适时将她救起。在医院内，何英才狠狠揍了张真苓丈夫，那个瘸腿丈夫气急败坏冲他喊，“你是英雄，我让你来照顾她，可以吧？我实在受不了每天跟一个死人生活在一起！”

张真苓离了婚，何英才将她和儿子接到自己的家中，一直细心照看。

“对不起啊，英才。我不值得你这样。”死前张真苓一直对何英才这样说。

“她非常值得，她是一朵鲜花，你们说一朵鲜花被人折断，鲜花枯萎了，是鲜花的错吗？她是一颗宝石，你们说一颗宝石被扔到一个粪坑中，经年累月身上结了厚厚的灰，是宝石的错吗？这不是她的错。”何英才将烟摁灭，“但真苓还是死了。如果张一礼当初不带她私奔，如果人性不是这么丑陋，她就不会这样。始作俑者是张一礼，我没法原谅他。”

“所以，你们最后没有闹不愉快吗？”李峰林问，“那天晚上，你就这样让张一礼离开？”

“我就这样让他离开。”何英才说，“我不原谅他，他也确实对不起真苓。”

“是这样的，假如真苓怨恨他，真苓只需要跟我说一声，天涯海角我要都找到张一礼，让他付出代价。但是真苓自始至终都没有怪罪他。我知道，她不希望我报复张一礼。你们怀疑我害他，绑架他？”何英才指了指店后面的厨房，“你们尽管去搜。”

六

搜遍整间馄饨店，一点切实的证据都没有。但大象认为何英才说了谎，张一礼很可能已在馄饨店的后院遇害。

“这里有一股浓重的血腥味，”大象偷偷跟李峰林说，“不是动物血味。”

“吴行的嗅觉超级灵敏。”面对李峰林的疑惑，郭乘鹏向他解释道。

“你认为，”李峰林看了看后院四周，“张一礼在这里，被害了。”

大象点了点头，“除非找到张一礼，否则消除不了我心中这个假设。”

如果一个人死了，什么办法可以让他彻底消失掉？

“你们说他会不会将人肉绞成肉馅，做成馄饨呀？”郭乘鹏煞有介事地提醒道。

“最主要是找到证据。”李峰林说，“已经将店内的馄饨拿去作了检测，等结果出来。”

“有更快的办法，”大象拾一根木棍，在土地上划写，“这家馄饨店是学校最受欢迎的饭店，每日只售300碗馄饨，供不应求，我做了演算，一枚馄饨剔除掉面皮和其他佐料，肉馅平均15克。一碗馄饨有15枚，馄饨店一天平均消耗300碗馄饨，也就是67500克肉量，等于135斤。即是说，何英才进货的肉量基本会保持恒定，假设真的将一个身高一米八的人混成肉馅，势必会影响他的进肉量。”

他们来到一家叫作“威和”的肉厂，何英才一直在这里进货。

肉厂老板调看了肉量，他说何英才每隔两天，会来肉厂各买150斤猪肉和150斤牛肉。因是刚屠的新鲜猪牛，还没做细致的处理，肉厂有绞肉房，何英才买完肉，会再去绞肉房将肉块绞成肉馅。张一礼失踪那天，他同样买了这些肉量。

“这周围也太脏乱臭了。”肉厂的调查没有突破，李峰林在警车外踩灭烟头，准备离开时发现大象不在，“吴行呢？”

“这绞肉机有啥可看的。”郭乘鹏在绞肉房内找到大象。这里的绞肉机每日会由高温水流冲刷污秽，就算真绞了人肉，找到证据的可能性也是微乎其微。

“这绞肉机下的称重仪好像是有储存数据的功能。”大象正在工作人员的指导下调看数据，摁了十几组数据后，郭乘鹏有点不耐烦，催促大象离开。这时大象跟他说，“你快去找李队长他们进来。”

“我根据当天监控中何英才绞肉的时间，调出了他总共绞了多少肉。一对比，他当时总共绞了462斤肉，比购买的肉量足足多了162斤。”大象将储存的数据摁给大家看。

“我的推理，何英才在后院将张一礼肢解，然后来肉厂买肉，时间是凌晨三点五十二分，那时肉厂人少，大家各自干各自的活，都是肉块，也没人注意，何英才将尸块先绞成肉泥，你们看，”大象指着绞肉机房的视频里模糊的身影，“明明是两种肉，他却分三次装肉，将尸块绞好后，装一个袋里，猪肉再装一个袋，牛肉再装一个袋。”

七

用肉厂的证据将何英才抓捕，但在警局里，他一脸淡然，面对自己犯罪的指控，他一律回答：“你们真的搞错了。”

“11月14日凌晨三点五十二分，你在威和肉厂各购买了150斤猪肉和150斤牛肉。但绞肉的时候，为什么称重仪显示的重量是462斤，多出的这162斤肉，怎么解释？”李峰林问。

“机器坏了。”何英才说。

“你现在承认，还有回旋余地。”李峰林正色道：“我们已经将馄饨拿去检测了，到时结果出来，你就无话可说了。”

何英才面无表情。

检测结果出来，馄饨馅内，并没有人肉成分。

此时距离张一礼失踪，已经过了四天。

“怎么办？”李峰林这几天跟大象接触，已经知道这个青年能力不凡。在案情再次陷入僵局时，他下意识地问了大象的想法，“肉厂、馄饨店还有他家周围，包括何英才这些天走过的路线，都仔细找过了，都没有发现尸体。”

“按理说，把尸体丢弃处理掉，肢解已经足够，没必要冒风险去肉厂绞成肉泥。绞成肉泥，这个做法似乎只有一种导向，那就是为了做成馄饨，真正的毁尸灭迹。但现在事实证明这个方向错误。”大象寻思。

“绞肉确实多此一举。”郭乘鹏附和。

“除非凶手非常恨这个人，杀了他还不能解恨，还要绞。目前来看，只有这个解释合理。”大象说，“事到如今，我们不找尸体了，我们再找别的。”

“找什么？”

“找现金，或者银行卡。”大象说，“当时据龙珠佛堂的住持说，张一礼变卖产业，来此地出家，并决定将全部身家捐献给佛堂，说明他当时很可能将这笔钱带在身上，但他还没来得及捐。何英才作案时，必须销毁张一礼的随身物品，我认为，这笔钱很可能被他藏了起来。”

“嗯，查了张一礼内地的账户，并没有多少存款，他要捐赠的那笔钱，如果属实，很可能存在香港的账户中，调查手续稍微烦琐点，目前还没查清张一礼名下所有的财产。”李峰林说道。

八

张东今年十六岁，在乡镇一中读高二，住在何英才的房子里，虽然没有血缘关系，但两人的感情很好。张一礼失踪那天，何英才回了一趟家。

“何英才在家做了什么吗？”李峰林问张东。

“没做什么。”张东叫何英才“爸爸”，“爸爸将家里打扫了一下。我们吃了饭，还跟往常一样。”

“打扫？”大象看向家中摆设，视线停在客厅的电视柜台上，玻璃橱窗里面那个洁白的骨灰盒，上面贴着张真苓的照片。

“你爸爸经常擦拭那个骨灰盒吗？”大象问张东。

“对，每周基本会擦一遍。”张东回。

大象私底下跟李峰林商量，李峰林也认同，假设何英才拿了张一礼的银行卡，那很可能会将卡藏在骨灰盒里。“像找银行卡这类东西是最难的，嫌疑人总能有千奇百怪的藏匿办法，但我们现在还没有何英才犯罪的直接证据，严格来说，在流程上没法申请搜查令，只能越低调越好。”

“我跟张东到外面聊一下。”茜茜说，“你们对骨灰小心一点。”

大象跟李峰林戴上白手套，从厨房拿了一个铁盘，仔细将骨灰倒在盘上，并没有找到银行卡。他们旋即将骨灰又倒进盒中，端放进橱窗内。

“没辙了。”郭乘鹏说。

“我们来做个换位思考，”大象说，“我们将自己代入某个劫富济贫的人物里面去，对于劫富济贫这个举动，很多人会认为是英雄之举，杀了为非作歹的富人，将财产散发百姓。但是在当事人之中，他最主要的目的是否是实施自己的报复，杀掉那个人。”

面对大家的疑惑，大象又解释道：“就是说，穷苦的我，曾经被一个富人欺负了，我恨他，于是杀死了他。为了抵消掉我杀人、偷窃的罪恶感，为了将犯罪行为合理化、正义化，我将盗取的银两全部散发掉。

这样，从结果来看，我就是为民除害。”

“你的意思是，何英才可能将这些钱给捐了？”李峰林问。

“不是，我的意思是，我杀了人，拿了他的钱，为了消减罪恶感，让自己心安理得，我会将这些钱以补偿的名义给那位应得的人。”大象说。

“我正好就联想起一个现实事例，”任炜附议，“我们宿舍之前两个室友打架，一位室友的鞋子在打架途中破了。后来他们和好了。这事过了一学期吧，有一次其中一位室友放在床上的三百块不见了，这事到现在都是个悬案，但经你这么一说，我觉得那个曾经打架鞋子坏掉的室友很可能就是偷钱的人，因为偷窃事件发生不久，我发现他就换了一双新鞋。”

“对，虽然可能不是那位鞋子破了的室友偷了钱，但这能很清晰地解释，怎样将犯罪行为合理化。”大象说，“心路历程是这样：你曾经弄坏了我的鞋，我偷了你的钱，我虽犯了罪，但你有错在先，为了消除我心中的不安，我买了一双新鞋，就当作是你对我做出的赔偿吧。”

“张真苓。”李峰林说，“张一礼造成张真苓的悲惨人生，何英才如果拿了张一礼的钱，会将这笔钱用在张真苓身上。”

“这笔钱现在还没机会用，藏起来，最可能会先藏在与张真苓有关的事物里。”大象说，“这也是我刚才怀疑将卡放在骨灰内的缘故，但并没有找到。”

“张真苓已经去世了，无法成为被补偿者，会不会将卡给了她儿子张东，藏在张东的房间内？”任炜说。

“怎么对房间里的东西进行搜索呢？”大象疑惑。

“你们查吧，我刚才在外头跟张东说了，我说我们怀疑你爸爸犯罪，杀人。他保证他爸爸绝对不会做这样的坏事，从何英才对他妈和自己的态度就清楚，张东说我们可以随便查，只要不要太野蛮。还有，”茜茜看向李峰林，“如果最后什么都没有查到，请将何英才放出来，并且需要李队长的道歉。”

九

首先查客厅那面照片镜，将张真苓的照片一张张拿出来看背面，并没藏银行卡。

搜了张东的房间，没有银行卡的踪迹。

已经在张东家待了四个小时，外面的天色渐暗。如果这次没有突破，那这起命案证据的搜集将会愈加困难。大象感到烦躁：到底哪里出错了？

他往沙发上坐下，仔细看房间内的摆设，推敲哪些地方是最近变动过的。哪怕是一盆花，搬移到其他位置，也需要一个合理的理由。

“有个地方不太对劲。”大象突然说。

房间内的人停止动作，看他。

“我终于想起不太对劲的地方了，在龙珠佛堂，我看过张真苓的骨灰盒，上面的照片是一张小照，”大象说，“现在这张小照，贴在了照片镜中，那个位置，周围的空位太多了，明显不是粘小照的位置。而橱窗内的骨灰照片，却粘着一张普通尺寸的照片。骨灰盒上的照片背后，如果什么都没有，那我就没办法了。”

李峰林看向张东，张东点了点头，“你不说我还没发现，骨灰盒上妈妈的照片确实被换了。”

在撕下照片的时候，郭乘鹏用手指摁了摁，“背面确实有东西。”

撕开照片，背面果真粘着一个小小的白信封，里面放着一张银行卡和一封短信。银行卡上附注密码，账户人是张一礼已去世的妻子。卡里有两百四十二万人民币。

短信中写：儿子，这是给你的钱，你妈当时是高才生，你好好学习，一定能出人头地的。你看到这封信，需要用钱的时候就取了用。我们都很爱你。

十

“把银行卡一甩出来，何英才全都招了。”李峰林在市里的饭店请大象和队员们吃饭，庆祝案件告破。

事发当晚，张一礼开车来到何英才的馄饨店，本意是想让何英才原谅自己。张一礼说自己要赎罪，往后将一直在龙珠寺做和尚，并要将自己的全部身家都捐献出去。

“凭什么？”何英才用戴手铐的手砸了桌面，“我当时想，凭什么要由你来赎罪？等人死了，你来做这事，他妈的！想到自己出家还被龙珠寺的和尚说没资格，他张一礼轻轻松松就能陪伴在真苓身边？

我气不过！”

“何英才假意原谅了张一礼，还给他煮了碗馄饨，结果在他吃的时候，他用一根草绳从后面将张一礼勒死，在后院肢解了他，然后把车开到土路的草丛中，又去了肉厂将尸块绞成肉泥，分成几小袋，回家的时候，偷偷将肉泥扔到了江里。”李峰林说得入神，全然没顾及这是在饭桌上。

“他张一礼无儿无女，老婆又死了，现在老家的亲戚也不知道有他这个人的存在，他变卖了房产，独自准备来这里出家，我就试探问他，你朋友们对此都怎么说啊，结果张一礼说，没人知道他出家，他几乎没有什么密切往来的朋友。那一刻，我才决定杀了他。”何英才招供，“杀掉一个没有人际关系的人，谁会知道呢？况且我自认做得滴水不漏，结果当天晚上，你们警察就找上来了。你们到底是怎么怀疑到我的？”

“这里就要感谢吴行了！”李峰林端起酒杯，“没有你的找猫行动，没有你的这种侦探精神，我敢说，这个案子可能都没人报。也多亏你们这几天的破案热情和才华，才能顺利地将这起命案快速给破了。吴行，来，干一杯。”

大象眉头紧锁，“听李队长这么说，我总感觉这案子还没有彻底结束。里面还有很多自相矛盾的地方。”

“还有什么谜团？”李峰林将酒杯放下，大家都看向大象。

“首先，严格来说，银行卡并不能作为犯罪的直接证据。按照李队长复述的何英才的口供来看，尸体都已经被他处理掉了，没有找到尸体，就没有他犯罪的把柄，何英才明明可以很轻易地化解，说这张银行卡是张一礼对他的赔罪，不是照样拿他没辙？他既然前面在很努力地抵抗，为什么在这样一项并不致命的证据面前，就全都招了呢？”

“你这个就有点钻牛角尖了。”李峰林笑，“几次拿出证据，哪怕这些证据并不致命，对嫌疑人的心理防线也是一个重大的打击。他完全有可能就这样招了的。”

“如果李队长复述的口供准确的话，何英才是冲动勒死了张一礼，也就排除了他逼供张一礼说出密码的可能性。”大象问李峰林，“那怎么解释银行卡上面写的密码？没有人会在银行卡上写上密码吧。”

“你也解释不了有人会将密码写在银行卡上吧。”李峰林察觉到饭桌气氛有点异样，“吴行，事后再钻这些牛角尖，很煞风景啊。本来是高高兴兴地吃个饭，这事就过去。何英才杀死张一礼，是板上钉钉的事，没必要再纠这些细节了，之后还会有几家媒体会来给你做采访，你要成为学校的名人了。”

“李队长，我再问最后一个问题，可以吗？”

“问吧。”

“在张一礼吃馄饨的时候，何英才从后面用绳子勒死了他，何英才口供真的是这样说的？”

“千真万确，我听了几遍，那根草绳被何英才随手扔在了后院的垃圾堆里，已经找出来了。上面的血迹跟何英才右手虎口处的擦伤吻合。包括在哪个桌位作案的，张一礼面朝哪个方向，怎么去肉厂绞肉，事后又怎么回家，将分装尸体的四个袋子各扔往江面的哪些位置，他都说得一清二楚。”

“那我敢保证，何英才一定说了谎。”大象看着李峰林，“张一礼是个虔诚佛教徒，在龙珠佛堂时，住持也给我透露了，张一礼本人奉行斋戒已有五年多。何英才的馄饨店里没有素馄饨，假设，他真的给张一礼专门做了一碗素馄饨，他一定会专门提及，因为这是细节，而你也一定会记住这个细节。何英才说了绳子，作案的方位等细节，但唯独馄饨这事他略过，说明他没有专门给张一礼做素馄饨，张一礼不可能在吃他的肉馄饨时被害。”

十一

推理如同算术，尽可能多找出被隐藏的项，最后导出结果。

“以此案情况来看，何英才在最后关头撒谎，除非是出于包庇某人的目的。但现场没有第二人，从各方面线索来看，他百分百是这起命案的凶手。那他撒谎到底为了什么？”李峰林疑惑。

一道算术，最重要当然是得出最终值。如同一桩迷案，最重要是找到凶手。

当犯罪的等式成立，构成方程，这时的难点就会变为，怎么解出方程中的未知数。

“动机。”大象说，“何英才撒谎，是为了混淆他的犯罪动机。”

“怎么说？”李峰林问。

“何英才无疑是杀人凶手。”大象说，“现在，我们根据这个确认的谜底，来做逆向反推。开始之前，我想问下李队长，何英才是否身患绝症。”

“没有，”李峰林挠挠头，“从他体检报告来看，他身体健康得很。”

大象看向大家，“那你们不觉得那封写给张东的信很奇怪吗？代入何英才的处境中，什么情况下你会给自己的儿子写这样一封信？”

“他知道自己要死了。”郭乘鹏说。

“问题就出在这里。”大象说，“一个还要活着的人，只需藏好钱，等风声过去，无须写信告知。但信中明确透露的讯息是，我命不久矣。包括最后那句‘我们都很爱你’，他将自己与已经去世的张真苓合并为‘我们’，说明在何英才的意识里，他是站在逝者那边的。何英才知道自己要死。”

“有没有可能是他认为，自己的凶手身份会很快被识破，写信是有备无患。”茜茜问。

“如果信是在警察找上门后写的，有这个可能。”大象答，“但这封信是何英才毁尸灭迹后就写好的，他明确知道张一礼是一个无人际关系的人，杀他无后顾之忧。那时没人怀疑他，所以这个行为更像是写遗嘱，他有自杀的打算。”

“嗯，真如你所说的那样，何英才是做了自杀的打算，他已经报了仇，或者良心过不去，决定自杀抵罪。我认为这解释得通。这跟他的撒谎有什么关系吗？”李峰林问。

“一个决定想自杀的人，面对警方的怀疑，他会直接摊牌，不会做多余的抵抗。”大象说。

“认罪代表他要交出私藏的巨款，钱是他抵抗的理由。”李峰林说。

“李队长，假设我是凶手，我提前供认了罪行，然后说我将张一礼的随身衣物销毁了，你还会将精力放在搜寻这笔钱上面吗？你们可能会冻结张一礼本人的所有账户，但钱存在张一礼去世妻子的卡里。也就是说，何英才一开始就供认，钱被搜出来的几率其实比抵抗时小得多。”

“这不代表凶手也会这么考虑，”李峰林示意，“你先接着说。”

“杀掉一位无人际关系的仇人，本来是一件解恨的事。但何英才却起了自杀的念头。这是矛盾一。一个要死之人，面对警方的问询，认罪完全是顺水推舟的事，却还不断抵抗，这是矛盾二。承认杀了人，事后却在细节处说谎，这是矛盾三。”大象停顿，说道：“要解决这些矛盾，就要找到何英才犯罪的真正动机。要找出他的动机，须先厘清何英才处理尸体过程中的疑点。”

见大家没有问题，大象接着说：“处理一具无人际关系的尸体，有一百种更轻松隐蔽的方法，比如埋了。但何英才先肢解，再绞成肉泥，最后分装扔到江内。而且，注意，威和肉厂外头就有一条污水河，臭气熏天，苍蝇、老鼠和野狗聚集。正常的做法是把已分辨不出尸体特征的肉泥随手扔进河中，混淆在这些腐烂物中，但何英才在口供里说，他特地将尸体肉泥扔到家附近的江里。多做一道工序，就多一道风险。况且扔进江里，完全没必要将肢解的尸块再绞一遍。绞肉看起来是风险最大并且最无意义的一项，而带回家再丢弃更是毫无必要。”

“我记得你之前的解释是，杀他、肢解还不足以平何英才对张一礼的愤恨。”郭乘鹏说。

“这是当时案情陷入僵局时的穿凿附会。”大象说，“现在，如果没猜错，有一个被我们忽略的事实，将变作真相，解开所有谜团。”

十二

上午十点。

龙珠佛堂的住持和两位和尚来到何英才家中，在客厅摆了一个祭台，念了经文，戴上白手套，拧开骨灰盖，将骨灰倾倒在一台电子称的铁盘中，拿一片细木板，在盘上抹匀骨灰，得出骨灰的总重量是2.9公斤。

“以张真苓逝者一米六五的身高及体重估算，火化后的骨灰最多不会超过1.8公斤。当初的骨灰匀在两个骨灰盒中，一个存于龙珠寺的灵堂中，另一个存于家中。现今家中的骨灰重量2.9公斤是不合常理的。”住持颔首，向李峰林说出推断。

“骨灰量过多，而且骨灰质地明显不一样，覆在顶端的骨灰明显更白，更细碎，盒底的骨灰可见大块的骨头，颜色也较深。”大象接上住持的话，“当时我们的注意力都集中在找银行卡这个事情上，从而忽略了这些显而易见的问题。”

“何英才将尸块绞碎，就是为了便于火化？”李峰林问。

“对，绞肉的真正目的，是为了在自己店内狭小的火炉里，更利索地将张一礼烘烧成灰烬。”大象从骨灰中拾起一小块骨头，“这块部位应该是髌骨，你看断裂处，有很规则的割痕，我保证，将这些碎骨头放大，都可以在上面看到绞刀的痕迹。”

“将张一礼烧成灰，才是何英才的复仇？”李峰林皱眉。

“你会将一个仇人的骨灰，跟心爱之人混合在一起吗？”大象问。

“啊？”李峰林惊讶。

大象不急不缓地说出真相，“张一礼认识张真苓是真的。十七岁跟张真苓商定私奔，却丢下她一人去了香港是真的。他妻子去世，无儿女是真的。回来祭拜张真苓是真的。想要出家也是真的。何英才认识张真苓是真的。爱张真苓是真的。杀死张一礼是真的。”

“唯独何英才恨张一礼是假的，何英才甚至是对张一礼有愧。何英才杀死张一礼，是张一礼自己要求的。”

“因为命案的真相不至于让何英才被判死刑，为了确保能死，他抵抗、说谎，甚至夸张自己的犯罪程度。”

十三

面对李峰林关于骨灰的质疑，何英才垂头，久久不言语，抬头时，李峰林发现他脸上有两行泪。

“李警官。你说我杀了张一礼，并毁尸，烧成骨灰，情形是不是很恶劣，一定会判死刑吧。”

“我不想骗你，”李峰林假装不知道何英才的求死之心，“案卷已盖章递交，不管怎么说，你作为命案凶手这个事实已经确凿无疑，一定会判死刑，所以你也不用再遮掩了。”

“好，那我不再抵抗了。”何英才脸露欣喜之色，“那银行卡是张一礼给我的，正确地说，是给张东的。他认为自己对真苓的命运负有责任，但真苓不在了嘛，就只能给张东了。”

二十五年前，情侣决定私奔的那天，张真苓破天荒送了何英才一支钢笔。对何英才来说，这很反常，他从张真苓的表情中发现了告别的神色。何英才就是从那一刻起，知道自己会永远地失去心爱之人。

“我从小就很讨厌张一礼，因为真苓爱的人是他。又因为真苓的缘故，我加入他们之间，成为他们的好朋友。我知道他们什么时候牵的手，在哪里幽会，我一直跟踪他们，他们暗地做了逃跑的打算，并没有告诉我。是私奔这个事情，点燃我的嫉恨的。你张一礼让真苓爱上自己还不够，还要带她走，我不甘心，就告诉了真苓的家人他们私奔的计划。真苓被扣留下来，而张一礼从此回不了家。”

看着张真苓在往后接二连三地遭受厄运，弱小的何英才却无法伸出援手。那时的他才意识到，有罪的并不是张一礼，是愚昧的人心，是两个村子区区三十四米的距离却无法跨越的障碍。

“而我是恶的导火索。”何英才脸色平和，“如果当初不是我告发他们，他们会远离这里，在哪里都能过上更快乐自由的生活，真苓的人生不会变得这样困难。那晚张一礼来向我悔过，我跟他说，是我的罪，应该由我来赎。”

二十五年倏忽过去，心爱人已逝，过往罪错水冲土埋，居然不留一丝痕迹。仇人是谁？只是挥刀向虚无，大家都忘光了吧，只有张一礼和何英才不识时务，沉湎伤疤，他们对坐长谈，最终认定无人有错，只是生错了地方和时代，因爱而站立，形成枪靶，叹息这些无源的子弹把张真苓打得体无完肤。是要多么热爱生命，多么相信爱，才变成这样一位伟大的女性，在滚滚洪流中摇摇晃晃，仍屹立不倒。

“但我一直没有回来。”张一礼的眼泪滴向桌面。

“你不必苛责自己，后面是我在照顾她，照顾得很好，她最后去世时，心里没有怨恨一人。”何英才说，“只是我从不忍对她说出那个告发她私奔的真相。”

“我之所以出家，是因为对世间还有执念，说服自己超然物外，求自己放过自己。但今晚很突然的，我的心结全解开了，真正无欲无求了。”张一礼跟何英才说，“就想赶紧去下一个地方。”

“你帮我个忙，让我死，让我消失掉。我是一个没有人际关系的人，消失了，没有人会好奇。”

何英才看张一礼平静的面容，没有不帮助他的道理。

“李警官，你应该没有这样的体会，就是毫无征兆的一天，一个人突然就想死掉，彻底消失掉。我为什么杀张一礼？因为我特别理解这种心情，你必须代入到那晚的情境：三十平米的店铺只亮着一盏白炽灯，我们对坐着，什么都没有吃，聊了两个多小时，都流了泪，外面的大路偶尔开过一辆卡车，无风，一片寂静。我们彼此心下澄明，经上虽说色身是苦本，却不容人自绝。张一礼是佛教徒，自杀跟他的理念不符，借我之手杀了他，是在渡他，我们彼此心结纾解，飘飘乎如遗世独立。我很乐意帮这个忙。他说他命中注定今朝死，这是他心深处得到的旨意，他希望彻底消亡。我跟他说，放心交给我吧，然后我站起，从后厨拿了一根绑在管道上的草绳，在手上绕了三圈，他点头示意，我走到他身后，将他勒死。我去肉厂把尸体绞成肉泥，为了更容易烧出骨灰，把他跟真苓放在一起。”

李峰林目瞪口呆，听何英才说完，沉默了很长一段时间。

“李警官，很多时候，真相是天方夜谭，真相不遵从逻辑。大家只会接受我因财杀了仇人这个版本，这样也好，我也想死，一直没找到说服自己的理由。我帮张一礼，现在他也帮了我。”

“李警官，我在山上的佛堂留了一个骨灰位，在真苓旁边，到时麻烦将家中那个骨灰盒放在她隔壁吧。房子、存款跟店铺给张东，如果可以，麻烦你跟他说下整个故事的来龙去脉，对了，真苓送我的钢笔也交给他，在我床头柜第一个抽屉中，我想他会理解的。先谢谢你了。”

我的推理

一

“给你一周时间考虑。”大象将一份文稿扔向桌面，“如果你同意在法庭上为你犯下的一系列法术命案认罪，并公开犯罪背后的真正动机，指认犯罪集团，我答应你，一定会尽最大的努力保护你的妻女，将集团内的其他犯人绳之以法。如果你不认罪，我会在下周一的早上八点，在全国的媒体和网络上发表这份拟好的报道，声称你为之前的法术命案负责，将我的推理公开。你的妻女同样会置于危险之中，这时我们就很难保护她们了。”

“我相信你是不会使出这种卑鄙手段的人。”沈天汉面容憔悴，可见病情加重，他的语气有哀求。

“别以为你很了解我！”大象一脸不耐烦，“我保证说到做到。”

“求求你不要逼迫我。”沈天汉咳嗽，说道，“我一旦认罪，她们必死无疑。”

“这是你赎罪的机会，警方会根据你提供的线索，将那个犯罪集团一网打尽的。”大象说，“一周时间，你好好想想。”

我知道大象内心的急迫。眼看沈天汉身体一日比一日衰弱，如果真的死去，他身上所有的罪恶将一笔勾销。纵使往后真的找到沈天汉的罪证，没有当他面公开，于大象来说，就是彻底的失败。

失败。对，沈天汉跟大象所说的那通正邪天平的论调多半成立，我清楚大象更多在乎的是胜负，他愤恨自己成为沈天汉的棋子，愤恨沈天汉将犯罪的责任都迁移给他。大象要沈天汉以红鬼的身份获刑、死去，否则他在之后的人生里，将如同周昊一样，彻底蒙上阴影，步入下坡，一蹶不振，无翻身可能。为此，大象不惜用无辜的人的危险作为代价。

我知道在这个关头，他并不是在威胁。

二

冯富良幼时热衷画画，但他妈妈撕毁他的画作，摔烂他的颜料盒，将他强行送到聋哑人技校学习理发。

他只能偷偷画，如同一些偷偷写作的作家一样，写一些死后要烧毁的作品。聋哑人的生活太单调了，但梦里却声色俱全，他画自己的梦境，有时灰暗、扭曲、晦涩，有时也明亮、华美、热烈。画毕，独自欣赏，在妈妈发现之前，自己先行烧毁。

从冯富良的棚屋拿回那些画作的复印件之后，我悉数收藏，是真的画得好，好到让我时不时会翻看，就是在多次的翻看中，我发现了每张画中右下角都标有日期，每天一张画作，题材不一，天马行空，一个生活单调的挑山工，唯有在自己的梦境中，才能获得这样丰富的灵感。由此我推测他画中素材皆源于自己的梦境。

在凤凰山制造命案的前几天，他还照样作画。后来我常常参透那几天的梦画，觉得冥冥中似有玄机，却一直不得其解。

直到听了大象说出沈天汉就是红鬼的推理。大象说，沈天汉是故意让冯富良和牧野给我们留下线索的。冯富良隐居山中多年，又没有手机，沈天汉是怎么跟他交流的呢？通过那些画，我猜测，沈天汉很可能是直接面对面，用手语跟冯富良交流的。

为何下这样的论断，因为梦。不管梦多怪诞，它一定源自现实。近日现实的画面素材打散变形，重新组合，再呈现于睡眠中，成为梦。冯富良犯罪前几日的画作中，他画了冰块内冻结的黑色蝙蝠。他画了一人，躺于湖心的游船上，远处有一座拱桥。他还画了一人上吊树上，树底落英缤纷。

如同预言，这些在之后的现实中都有映照。例如他所做的命案，就是利用瀑布洞中的冰块冻结尸体，而洞内遍布蝙蝠。例如冯富良之后就是在树上上吊而死。例如昆明的怡盂公园拱桥命案，湖、游船、拱桥元素具备。

梦不会无中生有。只有现实见闻、演练、获知的事物，才能事后转制梦境。因此我推测，沈天汉一定曾跟冯富良说过他后续的犯罪计划，冯富良才能梦到并画出拱桥命案的要点。

冯富良死前最后一张画作，画一只断牙大象，鼻子冲天，似失控发作，前后脚各踩一人。

我仔细辨别，这两个人为女性身形，一大一小，呈七窍流血状。

用手语怎么比出大象？一手食指微曲，指尖朝下，自鼻部向下伸，象征大象的长鼻。沈天汉在冯富良面前，比出动物大象，形象、具体，使大象的画面在冯富良的脑中浮现，成为他梦境的素材。

然后沈天汉说，这个人叫大象，他最后会误入我的圈套，杀害我的妻子和女儿。

三

既然创造出一项艺术作品——哪怕是犯罪，创作者都希望作品能够传世。

如同王慧娟，死前通过电影将自己的犯罪艺术展现。

同理，沈天汉最后的认罪，相当在自己创造的犯罪作品中署上恶名，恶名昭彰也是昭彰——撒旦一定不讳自己是恶魔。但因为对妻女的爱，甘愿让自己死于平庸，无人知晓。这需要有多大的爱？

“天汉非常爱我们。”面对我的疑问，白佩芸说，“他把如泽当成自己的女儿一样对待。我至今都无法相信他年轻时会犯那样的错，或许是一时冲动，但我敢肯定，现在他一定是个好人。”

“冒昧问一句，沈天汉平时是怎么表现他对你们的‘爱’的？”我补充，“这些细节很重要。”

“人们会认为给你买想要的东西，给你房子、车子就是爱，但天汉不是这样的。他经常陪伴我们，带我们去玩，因此还推掉很多工作。他记住我们的生日，会给我们制造惊喜，为了补我一个婚礼，还特意举办了一次隆重的结婚仪式。”说到动情处，白佩芸掉泪，“在监狱还经常给我们写信，让我们不要为他担心。如果可以，我希望在他临死前，能够回家给我照顾，算作我对他的爱的回报。”

“你也清楚，沈天汉他病情严重，说不好听，是已经到了生命的尾声。”我问，“或许我这个问题有点唐突，但请理解这也是工作的需要，请问他立遗嘱了吗？”

白佩芸点了点头，“去年就已经委托律师拟好了，将存款和房产都过继给我。我们2007年结婚，恩爱的时间加在一起也就短短五年，我不知道他去世后，我们娘俩怎么过？”

“白女士，你的鼻子是不是曾经受过伤？”按照我的人脸经验，看白佩芸的脸越久，总感觉她的五官不太妥帖，人呼吸，鼻翼会翕动，但白佩芸的鼻梁却僵挺，让我不禁产生一个疑问：难道沈天汉曾经打过白佩芸？

“嗯？”白佩芸用手摸了摸自己的鼻尖，才想起来似的回答道，“噢，我曾经从这个楼梯上摔过一次，鼻梁磕到台阶，鼻骨断了，天汉怕手术后留下伤疤，把我送到了他朋友的一个整形医院，给我做了一整套整容手术。那是他唯一一次对我发火，心疼我不小心。”

“一整套？”我不解。

“嗯，”白佩芸用手指指着自己的眼皮，用不好意思的口气向我说道，“不仅垫了鼻梁，顺便割了双眼皮，文了眉，还垫了下巴，我当时人是昏迷的，醒来时，才意识到做了这些手术，天汉说，女人就应该漂漂亮亮的。绷带拆掉后，我看着镜中一新的自己，觉得陌生，慢慢适应后，人确实变得比之前更自信和开心。”

我心中一怔，借故上厕所，沉思了一会儿，做了结论反推，如果这么做是沈天汉有预谋的，那作用是什么？

“请问白女士，你一直以来都是叫这个名字吗？”我问。

白佩芸看我，神情疑惑，“你怎么连我改名的事情都知道？跟天汉结婚后，他取得我的同意，不知用了什么办法，把我身份证的姓名改成了佩芸，他说希望跟我在一起之后，我能重新过上另一种人生。”

将妻子改名换脸，这一定是沈天汉以爱之名的阴谋，里面必定有问题，“我看你跟沈天汉结婚之前，是跟一个叫丁宗强的男子在一起，后来是因为什么原因离婚的呢？”

“就是不适合，后来协商离婚。再后来就认识了天汉。”对丁宗强，白佩芸显然没什么感情，一笔带过。

“如泽是跟丁宗强所生的孩子吗？”我看着白佩芸。

白佩芸停顿了很长一段时间，才开口道，“不是，如泽是我当时跟家乡的另外一个男人生的，后来我离开了他。很久之前的事了。”

“请问是哪个地方呢？”我问。

“广东的一个城市。”白佩芸说，“揭阳市。”

我受到冲击，这是我跟大象现在工作和生活的地方。

“那个男人叫什么？”

“我想想，过了太久了，”白佩芸说，“叫曹标，他是个赌徒，有暴力倾向，当时我离开时，如泽刚出生，我是逃到广州的。唯一对不起的，就是当时没办法带走的另外一个孩子，后来时机成熟，我准备回去带走孩子，但他们都不在那里了。”

“另外一个孩子叫什么？”我能感觉到手心冒汗。

“曹骏捷。”白佩芸说。

再见，阿捷

一

痒，但不知哪里痒。大三临近暑假的某一天清晨五点，大象在宿舍的床上起身，上了个厕所，站在天台看远山，朦胧胧的，他就是在那个时候，生一种乡愁出来。

他跟女友茜茜说，想一个人回趟老家。强调“一个人”，没想到茜茜一听，眼睛发亮，嚷着要一同前往。对于从小在大城市长大的人来说，“故乡”这个词汇天生有一种魔力。

大象其实也不清楚为什么回去。自从高中和家人一同搬到广州后，除了有两年随父亲回去祭祖外，跟家乡的关联为零。突然被这样强烈的念头击中，还是第一次。

是在火车上，他恍惚中听到车轮碰撞铁轨，发出一个名字，“阿捷”“阿捷”。车轮滚动，声音是“咣当”“咣当”，跟这个名字发音大相径庭，但很多事情的重合，就是这般奇妙。

搬到广州后，房子就卖掉了。阿捷家距离大象家三百多米，如今那间房子也成出租屋。小学六年级，阿捷的爸爸进教室，把阿捷带走，自此大象从没见过他。

阿捷曾经告诉大象，他恨透了父亲，长大后一定要把他杀了。他想念妈妈，他妈妈在他六岁的时候带了妹妹偷偷离开，之后又偷偷来过一次，给阿捷带了一件新衣服和三百块钱。那天他跟大象逃课在游戏厅玩了一下午，第一次有用不完的游戏币，他们很高兴。

这些年囫囵吞枣地过来，总感觉有心愿未了。有时大象会想成长的界线在哪？阿捷消失后，大象的童年好像也一并不见了。

大象跟茜茜说，我带你去看看我童年生活过的地方吧，每天看一点，看完就回去，当作告别，永不再来。

二

本以为是记忆之旅，大象没想到还会遇到阿捷。

那晚大象散步后，走进住处附近的一间小酒吧。有位歌手在台上弹唱；有两个男人在跟一个女人说笑；一位服务员倚在酒吧的墙上打瞌睡。大象注意周遭细节，却忽略走到身边的青年。

“你是不是吴行？”

大象循声望去。

“我是阿捷，曹骏捷啊，你还记得我不？”青年一脸嬉笑，拉了一张椅子坐下。

听到这个名字，大象着实吓一跳，睁大眼睛看他。除了身高高了许多，一时觉察不出与小时候的差别来。身材依旧瘦削，不同的是两只手臂变得壮实。大象开口：“阿捷，你还在这里！”

“是啊，不然去哪里，你刚来不久吧。”

“你怎么知道？”

“要不怎么这些年都没见到你，这么小的一个地方。”

“来了有一个星期。”

“来这里干什么？”

大象被问住了，隔了一会儿说道：“放假，无聊，就过来看看。”

“嗯。”抿了一口酒，“一个人来？”

“不，和女朋友。改天介绍你们认识。”

“好啊。”

沉默，喝酒，再把话题转到阿捷身上。

“这些年你过得怎样？”大象问。

“有点糟糕。”阿捷叫服务员再上两杯啤酒。

等到桌上放了八个空啤酒杯后，茜茜第三次打来电话。谈话因此中断，大象挂掉电话后，阿捷说：“时候不早了，我们明天再见吧。”

那时阿捷正谈到四年前从外面回家，做起了混混的事。他对于自己的伤痛毫不避讳，好像跟大象彼此不曾陌生过。

三

小学开学，大象和阿捷两人最慢到教室报道，被安排同桌，后来成为好朋友。两人身形样貌像，总被人叫错名。因为经常被误解，所以干脆更向对方靠拢，阿捷觉得大象的发型好看，把蘑菇头剪了圆寸。大象觉得阿捷的笔迹好玩，模仿。

每天放学后阿捷都会去大象家，他们假借学习的幌子，趁父母不在的时候，看《圣斗士星矢》，玩弹珠，拍纸片，有时也会互相搏斗。那段时间，大象妈妈不知是故意假装没有察觉，还是他们没有留下破绽。在听到钥匙开门的一瞬间，他们快速跑到书桌前，相视一笑，继续学习。

大象问阿捷，为什么不欢迎我去你家玩？阿捷告诉大象，家里很乱，像垃圾场，还有一个会无缘无故打人的爸爸，像一只野猪。第一次听到有人把自己的爸爸比作一只野猪，大象笑了出来。那时阿捷的妈妈已经离开。这是他亲口告诉大象的。阿捷说，这都是爸爸的错，假如他不是一个赌鬼，不老打妈妈，也许妈妈就不会走了。他说妈妈是在他六岁的时候离开他的，他一点都不恨妈妈，但很伤心。

三年级的一天，阿捷很高兴。中午放学后他从书包里拿出三百块钱。他告诉大象昨晚妈妈偷偷回来看他，带给他一件新衣服和三百块，爸爸并不知道。阿捷说妈妈身上很香，摸着他的头发和脸泪水涟涟。

阿捷执意要把他的新衣服送给大象，反正他也没机会穿，如果被他爸爸发现，会有所怀疑。衣服包在塑料纸内，阿捷在大象家试穿过一次，大象觉得很好看。阿捷说，我们身材差不多，你穿起来应该也不错。大象没有要，阿捷改变主意，说先把衣服放在你家里存着，以后有机会再向你要，但直到离开，阿捷都没有来要回。大象曾偷偷在家穿过几次，喜欢得不得了。后来搬家，妈妈才在抽屉底层发现了这件衣服。

那时大象已经初中毕业，距离阿捷离开已有四年时间，大象走进厕所把衣服穿上，他的手脚如同树枝一样无声无息伸展开来，然而衣服除了有一股难闻的樟脑味外，还是那个尺寸，甚至变得更小。大象看着镜中滑稽的自己，笑着流出了眼泪。

三年级的暑假，大象和阿捷在田间抓青蛙，阿捷的脚不小心被一条蛇咬到，吓得不轻，当场号啕大哭。当时受了电视的启发，大象二话不说就给他吸起蛇毒，然后背起惊慌失措的他跑去附近的诊所。阿捷在大象背上不停地发抖，眼泪鼻涕口水都滴到大象的脖子上，凉飕飕的。将阿捷放在诊所后，大象跑回家，把积攒的零用钱都带上。后来医生告诉大象，蛇没毒，简单包扎一下就好。大象才松了一口气。

五年级的时候，阿捷被校外的混混盯上了，混混知道大象的表哥不好惹，点名叫他走。第一次遇到这种场面，大象被吓住，只好按照他们指示。那晚阿捷的爸爸在赌场赢了不少钱，混混以为他儿子身上有油水可捞，但阿捷和往常一样，只有五块钱生活费。阿捷担心的是藏在书包里妈妈给他的二百多块被混混拿走，因此拼命抱着书包不让他们搜，期间被他们打得头破血流。

大象走在路上咒骂自己窝囊，终于狠下心，拿起地上一块砖头往回跑。阿捷抱着书包蜷伏在地，一群人朝他后背拳打脚踢。大象跑进人群之中，挥舞着手中的砖头，恫吓他们已经叫来表哥，你们等着瞧，再说出表哥的名字。这招镇住了他们，带头的往地上啐了一口，一群人就走了。

阿捷躺在地上，嘴角淌血。他挣扎了几次都起不来。大象向他连连道歉，阿捷却挤出一个笑脸说，我就知道你一定会回来的。他们坐了大概半个钟，期间阿捷的鼻血不停地流，大象撕掉一大本作业本才勉强止住。后来大象背他回家，在离家不远处，阿捷脱掉脏外套，擦了擦脸上的血后把它塞进书包。阿捷一个人走路跌跌撞撞的，大象看着他孱弱的背影，担心他就这样倒下去死掉。

从那时起，阿捷就有流鼻血的习惯。那段时间他的身体很虚弱，面无血色，眼神暗淡。大象每天给他带一个白水煮蛋。这样过了一个多月，阿捷的身体才渐渐好转。

六年级的时候，阿捷爸爸突然闯进教室拉起他就走。阿捷被爸爸带走，仿佛知道自己命运如此，没有反抗的必要，默默收拾好书包，无声无息地离开了。走前回头望大象一眼。

就这样，大象没有再见过阿捷。直到今晚在酒吧偶遇。九年时间，本该变化许多，但就所见，阿捷依然是个纯真人。

这就是大象的童年往事，轴心都是阿捷，茜茜听后，对明天跟阿捷的见面充满期待。

四

那天阿捷穿着一件黄色T恤，淡蓝牛仔裤，黑色帆布鞋。瘦削挺拔，头发柔顺，在阳光下泛光，笑容大气，眼神温柔，手臂上有三道很显眼的刀疤，但他没有一丝掩饰的意思。

大城市的变化是“翻天覆地”，出走小县城，九年回来，变化的都是细节。阿捷对这些细节一清二楚，他知道哪里有美食，哪个地方好玩，哪间酒吧清静，哪间咖啡厅安静舒适，可以坐整个下午。他甚至知道，哪间书店的店主有收藏癖，可以淘到好书。得知茜茜读的是现当代文学，他像是找到了知音，聊得很投机。

阿捷说到喜欢的小说标准：有一点绝望，但浅尝辄止，最后反而正是这点绝望调剂了生活。好像在说自己。

茜茜打趣到，原来不是这里无趣，是没找对地方嘛。

茜茜还说，阿捷你啊，完全不像一个混混。

“充其量就是一个挂名的混混。我最讨厌打架了，说实话，我从回来到现在只打了一次架，还是跟一个劫匪，抢了人家的东西，我距离逃跑的劫匪最近，想不帮忙没理由啊，所以没想什么就和他干上了。他手里有刀，不过我身手不错，两下就把他给制服了。你们想想，一个混混，居然为了维护正义和一个劫匪干上，真是好笑。所以我把钱包还给失主就走了，那女生坚持要我留联系方式，我就随便扯了一个，不知道后来怎么又找到了我。我是害怕因为这件小事，要去警局做麻烦的口供，特别是有些好事的记者，将这件小事放大，以为是帮我，其实是给我增加问题。”

“后来你和那个女生发展得怎么样？”大象问。

“交了朋友，就是单纯的那种。”又说，“其实我是走投无路才成为一个混混的，现在都什么年代了。”

“那你这些年怎么过来的？你又没女朋友，也没有男朋友，一个人很孤单吧。”在酒吧，茜茜显然喝多了，问了一个不太合时宜的问题。

"哎呀，你这么一问，我还真不知道怎么回答。"阿捷端正坐姿，"等我酝酿一下啊，每个有故事的人都在学习怎样隐藏自己，我是属于欲盖弥彰。上次在酒吧，我和大象正好聊到一半，今晚趁这个机会，你也问了，那我就接下去说吧。"

"我六年级被爸爸带走，十三岁。那时他把房子赌掉，还欠了一些人钱。没有办法，只好去别的城市打工。他在一个工地做建筑工，我去一些小餐馆给人端菜洗碗。那时，我恨死我爸了，妈妈走的时候，妹妹才一岁多。我理解她，她也只有将妹妹带走这个办法。那时我是多么渴望成为一个混混，觉得很威风，跟着一群兄弟走在路上，走进家里，亲手教训一下我爸，让他长长记性。

"在餐馆做了半年，领工资的时候老板故意发少一半，原因是我未成年。后来我爸知道，和工友去餐馆闹，老板只好将其余的一半付给我。但最后全部工资都被我爸拿走了，我气得要死，却无计可施。我和他一起在工地睡觉，一幢楼，一个小区完工，我们就得换地方。很多次睡觉的时候我都看不到他，那时我想，一个男人这么晚不回来睡觉，要么去赌，要么就是去嫖。

"十五岁的时候他给我弄了张假身份证，那时我身子也长得快，在脸上涂些污迹，戴个建筑头盔，包工头也看不出我的真实年龄。建筑工危险，但工资还行。我一般在楼下或室内工作，爬脚手架的工作都是我爸一个人包。

"我当时是这么打算的，做几年之后，攒够了钱，偷偷离开。去找妈妈和妹妹，我知道这无异于海底捞针，但至少我还认得妈妈的长相，她也认得我。哪怕有一丝希望，总要试试的。

“但在我十六岁那年，我爸从三楼摔了下来。我知道后吓了一跳，这些年生活在一起，东奔西走的，感情还是有一点，只是我依旧对他怀恨在心。

“在临死前，他告诉我他的银行账户密码，他说他对不起妻子、我和妹妹。他说那晚父子俩睡在陌生的天桥下，他彻夜未眠，觉得有愧于我。他决定戒赌，要赚很多钱让我回家。那时我才知道，他很多个夜晚未归，其实是去做兼职。他跟我说，带着钱回家，找一个工作，兢兢业业地干下去，妈妈舍不得你，一定会在未来的某天回来找你的。他说他这算是工伤，公司会赔一笔钱，这些事工地的陈叔叔会帮忙，让我后续有什么事去找他。他说，不用再为他治疗，他医不好了。

“后来他就死了。我很不甘心，他就这样懦弱地死了，我都没有让他死，我都还没成为一个威风的混混，他怎么那么不小心呢。我在宿舍哭了很久。那年我十七岁。

“我并没有心思去找份工作，回来，在这里当了一个混混。他们热衷打架，吸烟，喝酒，泡妞，认为能在警局的囚房内待一段时间是一件很风光的事，如果你在监狱待过，地位更不一样。我很排斥他们，讨厌一切他们喜欢的事。不过现在我要摆脱这个名声有点难，不知从哪重新开始。我刚才跟你们提到过的那个被抢的女生，她一直让我去他爸爸的广告公司试试，我知道她对我有好感，但我拿不定主意，觉得以这样的方式接受她的帮助不妥。

“这些年来，我一直在等妈妈和妹妹回来，一直没有等到。不过，意外地看到你们，真的很惊喜。这些年来，我一个人觉得很孤单，读了很多小说，看了很多电影，只是为了消遣，却慢慢从中得到一些领悟。我觉得我越来越往‘边缘人’上靠，什么属性都没有。不知是否见识了社会险恶，在它面前已经丧失掉所有勇气，还是我生来就有这种排斥的天性，想要保持一种独善其身的清醒。一个青年，比如我，所代表的意思就是有很多问题，但都没有答案。答案可能在接下来的路上，我往下走，可能会找到。这些天有你们的陪伴，是我这些年来最快乐的时光。有一句话：没有人喜欢孤独，只是不愿失望。或许有一段时间我挺享受孤独，但那只是因为这个世界太过无趣。有了你们，我才觉得完满。可是你们终究有要走的一天。”

茜茜借着酒劲，哭了出来，阿捷递了一张纸巾给她：“你真的很容易哭啊。”

“我们和你在一起也很开心。”哽咽使茜茜话不连贯。

五

本来只是计划在家乡逗留一个月，遇到阿捷之后，大象又续租了一个月。经过大象和茜茜的撺掇，阿捷终于开始和之前帮助过的女生约会，也答应去女生爸爸的公司上班。

女生名叫张淳，阿捷叫他小淳。他们正式交往的第一晚，阿捷约大象和茜茜吃饭。小淳留着一头秀发，之前一起出去玩的时候，她总是安安静静，鲜少修饰。那晚她画了淡妆，穿着一件丝绸碎花百褶裙，在腰部系了一条棕色皮带，端庄优雅，挽着阿捷的手，一脸甜蜜。

吃好饭后一起去唱歌。小淳全程坐着，看着阿捷唱。阿捷唱得调子乱飞，但小淳依旧喜滋滋地盯着他看，好像在看一个偶像。

他们从KTV出来的时候零点刚过。与那群蹲守在门外的混混擦身而过时，阿捷是故意视而不见的。一个混混堵住了阿捷的去路，说他如今厉害了，看不起他们了。顾及两个女生在身旁，而且他们人多，阿捷并不理睬。但这让他们更得寸进尺。

当其中某人伸手要去调戏小淳时，阿捷一个快拳朝他的鼻子揍去，马上把他打趴下。然后大象和阿捷跟他们打了起来，两人对他们七八人。在加入斗殴之前大象掩护两个女生跑开，期间被人踢中肚子。有人还从路边拿了棍子和玻璃瓶之类的东西，大象和阿捷慢慢难以招架，边打边退。直到响起了警车声，混混们才一溜烟跑掉。阿捷当时也跑开了，大象不清楚他为什么要跑，就跟着他。

阿捷一口气跑了两公里路，到了以前自己家的楼下，倚着一面墙坐下。大象问他为什么要跑？阿捷说不知道，隔了一会儿又说不想被叫去警局录口供："我讨厌警察审问我，他们先入为主，认为我也是混混之一，要费很多口舌，可能还解释不清。"

"从你的面貌来看，就可以断定你不是一个坏人。"大象实话实说。

"只有你会这么觉得，很多人会根据你自身周围的环境而断定你是一个怎样的人。我出身不好，没有妈妈，爸爸是个赌鬼，小学都没毕业，是个混混，手上有三条伤疤，假如你第一次和我认识，你敢单凭面貌与我交朋友吗？你还会觉得我是一个好人吗？坏人，恰恰是最懂得怎么伪装成一个好人的。”

大象不知道怎么回答他。

阿捷又说：“我不怕别人怎么看我，反正我和他们又不熟。他们的看法不会伤我一丝一毫。说实话，我只在乎妈妈和你的看法。我希望妈妈某天回来，那时的我是一个可以让她骄傲的人。”

大象说：“你一定会让你妈妈骄傲的。”

他们安静地坐在黑暗里，似乎在静候某个结果。大象汗水湿透整件T恤。

沙漏里面的沙子终于全部流干。阿捷开了口，跟大象说了另一个版本的往事：

“吴行，其实我爸是被我杀死的。关于之前所说都是假的。我跟我爸来到广州的那晚，我们在一个很臭的天桥底下睡觉。在睡梦中，我依稀听到翻书包的声音，我醒了过来，发现里面妈妈给我的两百多块被我爸翻出来，他踹了我一脚，说我偷拿他的钱，然后放进自己口袋。我当时愤怒到极点，想到以前他对妈妈和我的种种，想到他毁了我整个人生，想到，他把我从教室拔出来，从此与你断绝关系……于是趁他睡着的时候，找了一根塑料绳把他活活勒死。我双脚抵着他的双肩，把绳子绕住他脖子，身体朝后拉，他在我手上抓了三道，就这样断了气。漆黑一片，没人知道我杀了他，我把与他身份有关的东西都翻走。后来我辗转了多个城市，边工作边打听妈妈下落。两年前我才回到这里，那时我已经二十岁了。我对妈妈一点头绪都没有，因此采取了守株待兔的做法，而且这些年来，我在外奔波，也已身心俱疲。我每隔几天就会来这里，翻看老家的邮箱，希望能找到妈妈的信件。有一次还被人家当成贼。

“我很多次想，假如那晚我不将我爸勒死，在以后的相处中，他是否会良心大发，不再碰赌，成为一个好男人，好父亲。而我现在所能做的，就是为他杜撰一个好结局。这些年，你难以想象，我过的是一种多么孤独和恐惧的生活，草木皆兵，排斥任何人，一听到警车声，就会条件反射地流冷汗。那个时候，我只相信两个人，一个是妈妈，另一个是你。但你们都虚无缥缈，好像不曾存在过，却是我内心对逃避残酷现实所虚拟出来的避风港。”

大象一点也不相信阿捷所说，相比他所“杜撰”的故事，如今这“事实”倒像是胡话。大象脑子一片空白，竟不知作何回应。就在这沉默之际，阿捷无力朝着大象坐的方向瘫倒。他脸色苍白，头倚在大象的肩膀上，大象感受到他脸颊的冰凉。

阿捷虚弱地说：“吴行，我身体很不舒服，你背我去医院吧。”

他看起来很严重，大象要叫一辆出租车，阿捷拒绝了。阿捷说有一些话要跟大象单独说说。

路上几乎没有人，路灯萧瑟，阿捷双手垂在大象肩膀上，大象看着地上身影缩短又拉长。阿捷说：“吴行，我知道你这次回来找过我。”

大象没有说话。

“我还清楚记得小时候你帮我吸出蛇毒的样子。你慌慌张张，背着我去医院，为了救我，还不惜将自己的大储钱罐砸碎，被瓷片划伤了手，流了很多血，却一点也不在乎，装着一大堆沉甸甸的硬币跑到医院。那时我觉得硬币的碰撞声是世界上最美的声音。后来医生说没事，不用多少钱。那时我觉得很快乐。”阿捷虚弱地说。

“这些细节我倒不太记得了。”

“吴行，你知道吗？从那刻起，我就想永远和你在一起。还有那次被一群混混殴打的时候，你拿着砖头跑来，背我回家。我身体虚弱的时候，你每天给我带一个白煮蛋。那段小学时光，是我人生中最美的回忆。那时我想，如果能永远这样，我就心满意足了。”

大象百感交集，停止了脚步，又无话可说，只能继续往前走。

一滴水珠滴到大象脖子上，有的滴在头发里。声音在静谧的夜里异常厚实。

“这些年我一边打工，一边找妈妈和你。妈妈没有一点线索，但是你的消息，我却知道得不少。其实，后来四年，我一直和你在同一个城市，我知道你住在哪里，高中在哪个学校。直到你上大学，我才回来。那天我在这里意外地发现你在我家楼下驻足很久，你回来找我。我很高兴，所以我在酒吧出现。”

听到这里，大象已经丧失判断能力。阿捷的眼泪依然滴个不停。冷风吹过，大象的脖子凉飕飕的。

“这段时间和你和茜茜在一起，是我这些年笑得最多的一次。后来我决定接受小淳，像是一种自然而然，水到渠成的情感。”

在离医院不远的地方，阿捷向大象说道：“吴行，我妈妈给我的钱放在我书桌下的一个抽屉里，你打开抽屉，里面有一本密码笔记本，密码是妈妈的生日，0325，里面夹着两张一百，一张五十，和三张十块，每当我看到这些钱就会想起妈妈当年来找我的样子，很漂亮，很香，手冰凉。还想起我把一张旧版的一百元破开，我们在游戏厅度过的下午，那天你笑得很开心。我最放不下的就是这些了，我死了，你帮我把这些钱花掉。”

“你说这些是什么意思？”大象莫名生出一股怒火。

“我真的很高兴，也很满足，能够再次和你相处。只是现在我头很沉，全身都没力气，很累很困。”阿捷疲倦地说。

“你不要说话了。”

阿捷果真没有再说话，他的头垂靠在大象的肩膀上，像是睡了过去。

就在不久前的斗殴中，他被一个混混用棍子抡击到后脑勺。在大象背他去医院的路上，他的鼻血，混合着眼泪，簌簌滴落在大象的头发和脖子上。像是一片荒原下起了雨。

六

后来呢？

后来大象去KTV调看监控，一帧一帧慢放，找到了那个用棍子击中阿捷后脑勺的人，看不清面孔，但可以看出留一个寸头，穿一件红色T恤。他总共问了KTV里的五位服务员，得到他的地址，当晚大象在楼道坐到凌晨三点，那个人走了上来。大象对着他的脸，一直揍，揍到拳头被鼻骨割裂出血，揍到那个人不省人事。

但阿捷死了，有的生命，走得就是这么草率。

再后来呢?

再后来，大象毕业，选择回到了这里，进了日报社工作，跟我成为同事。他租住的地方，就是阿捷的老家。他说，有朝一日阿捷的妈妈带他妹妹来敲门，他可以接应。为此，大象还专门印了一张假报纸，写了一篇阿捷的人物报道，内容是阿捷当了一名协警，一次执行任务时受了重伤去世。大象还定制了一个奖状。

茜茜回去之后生了一场大病，毕业之后，跟大象分开。小淳，好像也出去外面了，大象并没有跟她联系，不想打扰她。

那个密码笔记本，大象藏了起来，从没打开过。

落幕

我从广州回到揭阳，来到大象的房间，找出阿捷的密码笔记本，打开，从里面掉落两张一百元，一张五十元，三张十元，还有一张合照。照片上一个女子抱着一个婴孩，旁边站着一个男孩。

虽然白佩芸后来整了容，但我还是一眼就看出，照片中那位女子，就是年轻时候的白佩芸——那时她并不叫这个名字。她手上抱着的婴孩，就是女儿沈如泽，而旁边的小男孩，就是曹骏捷。

沈天汉改了白佩芸的原名，哄骗白佩芸做了整容，就是为了事后大象辨认不出，甚至为了减少大象跟白佩芸的接触，在我们当初拜访他家的时候，他让白佩芸和沈如泽到欧洲旅游。当时我环视刚刚装修好的房间，总觉得缺少一个至关重要的物件，现在恍然大悟，沈天汉跟白佩芸结婚时明明举办了隆重的婚礼，整个房间设施一应俱全，却唯独没有一张结婚照。

沈天汉在大象面前表演他对白佩芸的爱，并且三番五次聚焦这个致命点，让大象误以为抓住他的软肋，实则是为了逼急大象。

沈天汉才是抓住大象命脉的人，与其说大象渴望胜利，不如说大象恐惧失败。他清楚大象的自私、骄傲和偏执。知道大象一旦钻入牛角尖，会一条道走到黑。

最后，大象会暴怒，继而失控，把沈天汉就是红鬼的报道发布出来，这份报道是沈天汉犯罪计划中引燃引线的火，一旦公开，潜伏的杀手就会行动，沈天汉要借大象之手，完成最后一步犯罪——杀掉白佩芸和沈如泽，彻底将大象推入深渊。

此时，距离报道发布还有十二小时的时间，我连夜赶往广州，路上给大象打了六个电话，他才姗姗接听。

“大象，千万不要发布那份报道！”

“已经在网络上发了，沈天汉没有认罪的意思，我决定将他的全部罪行以个人观点公布于众。”大象应道，“便衣已经在他家周围埋伏了，有可疑人员出现立即逮捕，白佩芸她们不会有事的。”

“白佩芸是阿捷的母亲！”我冲他喊，“沈如泽是阿捷的妹妹，阿捷，曹骏捷，你被沈天汉利用了！”

“什么意思？”一声吞咽。

“白佩芸是阿捷的亲生母亲，当年她带走阿捷的妹妹来到广州，又重新结了两次婚，最后一次就是跟沈天汉。沈天汉假装自己深爱白佩芸和沈如泽，就是要误导你犯错，然后派杀手杀掉她们，把责任转移到你身上。”

“我现在过去！”大象说完，挂断电话。

在大象赶往沈天汉家中的路上，那间508套房发生了爆炸，定时炸弹提前藏在沈天汉书房的保险箱中，大象的报道在网络上引爆的同时，沈天汉指派的杀手，摁下了爆炸的按钮。

“可以参观一下沈天汉的书房吗？”那天跟白佩芸聊完，临走时，我看沈天汉书房紧闭，向白佩芸请示。

沈天汉的书房简朴大气，多用红木装潢，造价不菲。在书架下方，我发现放有一台鲜红的保险柜，跟整间房间风格格格不入。

“我刚才看了遗嘱，里面标注其中遗产有五十万现金。”顺手敲了敲保险柜，“这个保险柜看起来质量并不太牢靠呀，现金放在里面吗？”

“这个我不清楚。”白佩芸说，“这个保险柜是后来张律师替换的，钥匙现在也托他保管。”

“张律师这段时间有过来吗？”我问。

“他昨天来过。”

“一般过来做什么？”

“昨天是提一些现金过来，放进书房保险柜中。”

“在放的过程中，你在场吗？”

白佩芸摇摇头，“没有，天汉说这些事情放心交给张律师处理，我一律不过问。”

“沈如泽呢？”我转问。

“她要下班了。”白佩芸看了一眼时间，“找她有事吗？”

“我想请你们跟我回一趟揭阳市，我想给你们看看关于曹骏捷的一些事。”我请求，“请务必跟我回一趟。”

事后我才得知，张律师是沈天汉指派的杀手，也是沈天汉所说的那个犯罪集团成员，他把定时炸弹装在纸袋中，伪装现金放入书房那个劣质的保险柜中。大象的报道一发出，他就启动了开关，炸弹爆炸，摧毁书房、卧室和客厅，阳台处冒出长长的火舌。

事故发生的瞬间，大象堵在广州的高速路上，我坐在赶往广州的飞机上，沈天汉沉默地坐在牢房的床沿，而白佩芸和沈如泽，则在揭阳市之前曾经住过的家中、如今大象租住的房内，坐在沙发跟纪灿一起看电视，客厅还有一只大象养的黑猫。

那晚，得知爆炸的房间无人，白佩芸和沈如泽被我接回家中，大象第一次在我面前崩溃，抱住我大哭。

两个月后，沈天汉去世。死前并不认罪。但因大象的报道已经散发，缜密的推理让大家认定沈天汉即是红鬼。我想，这也是沈天汉希望看到的结果：在自己所作的犯罪作品上署名。

虽然房间被炸毁，事实指向沈天汉主导，但白佩芸仍笃定他是好人。

大象用了整整七年时间追凶，如今以这种遗憾的方式落幕，终归黯然。整整七年，从寸头到短发，从明亮的眼珠到深邃的眼神，从上扬的嘴角到抿着的嘴唇，从光洁的下巴到密茬的胡子，从黝黑消瘦的脸颊到更黝黑消瘦的脸颊，从灵敏的嗅觉到更灵敏的嗅觉。从挺直的身躯到落寞的背影。

从所向披靡的吴行到力不从心的大象。

“我承认输了。”我知道他终于释怀。

番外：目击猫死亡

大象第一次发现自己的嗅觉超人，是在升高三的暑假。他所在的尖子班如今第七届，主攻化学，往届重点大学的录取率是百分之九十九，今年高二的暑假，学校专门给这个班开设一个月的辅导课。

教室在学校西面的实验楼三楼，天花板上是阳台，即使开空调，也难抵酷热，因此上课时间避开正午。上午从八点上到十一点，下午则是三点到六点。

占用暑假时间开课，学生自然会有不满，还好大多是实验课，如果说有什么东西能消解他们上课的枯躁，那就是每天在楼道出现的黑猫。

这只黑猫是镇校神兽，据说从尖子班第一届就出现了，它似乎能判别成绩高低，只在尖子班楼层活动。学校还流传这样一个玩笑，两个学生走到猫的面前，猫走过来蹭谁，下一次考试谁的分数就更高。因为这个预言能力，猫被学生称呼为“小言”。

小言胖乎乎，慵懒、傲慢、贪吃，喜欢被人摸，确实很得学生喜爱。但于大象来说，热天补课最美妙之处，是因为徐娟。

那是大象第一次喜欢一个人。

徐娟是插班生，之前在新加坡读书，后想回国读大学，进了这个班。虽然成绩能进年纪前一百，但在尖子班中常常排名倒数。免不了被其他同学揣测，她是通过关系进来的。

徐娟对此并不受影响，她开朗、大方、善良又得体，快速跟同学打成一片。大象是班里班长，在跟徐娟一来二去的互动中产生好感，有天晚上睡不着觉，抽丝剥茧分析，发现脑海深处在想徐娟。暑假也能跟徐娟在一起，能听到她说话，看到她笑，还能闻到她身上淡淡的香味，这些都让大象感到快乐。

然而在课程接近尾声的时候，出了一件大事。

小言每天都会趴在实验室外面的阴影处，那天来上课的同学却没有发现它。后来有位同学将牛奶盒扔进垃圾桶，在垃圾桶扇叶上下翻动的间隙，她发现里面似乎横躺着一只动物。是小言的尸体。她当场吓瘫软，大哭出来。

小言的死给同学们造成巨大的冲击，课是上不了了，大象跟老师私下商量了一下，最终决定让大象来主持调查这起“杀猫”案。

小言尸体扔在了三楼楼道的不可回收垃圾箱里，在可回收垃圾箱里，有一枚实验手套，上面有碘液。凶手谨慎，戴了手套作案。诱引的猫饵有碘味，根据现场线索推断，凶手将猫粮放于手上，在猫吃的时候，将手臂上事先垂挂的绳圈用另一只手慢慢移套到猫脖上，之后上提，利用猫的体重将其勒死，勘测猫身上的伤痕，死前还遭受重创，凶手将猫抡至地面，并用脚踩住，直到它断气。

昨天的实验用到碘液，每个同学分发一对，循环使用，但一排查，没有同学丢失手套。

学校的正门在西南角，后门不开放。除了昨晚七点有两位同学重回学校，十分钟后离开，没有其他学生进入，门卫昨天一整天都在室内跟朋友下棋，门口监控有盲区。因为整个学校只有这个班补课，而凶手的做法是在努力摆脱嫌疑，加上使用的工具及对环境的熟悉，这些都可以佐证——

“有一个难以接受的现实摆在我们面前，杀死小言的嫌疑人，很可能就在我们之中。”

大象站在讲台说出了这句话，本来恹恹一片的学生，顷刻露出讶异神情。

“只有抓到凶手，才能解除大家的心结，并给全校一个交代。我授权吴行主持调查，请大家配合。有异议发表见解，没异议立刻执行。”老师随后补充道。

全班默许。

昨天最后离开教室的人是乔彤，她是班里的卫生委员，值日生离开后，她在教室还看了十分钟书。“我是最后一个走的，大概六点半的时候，走的时候锁了门，小言还在。是张怡倒的垃圾，我确保楼道的两个垃圾箱昨天倾倒干净。”

敏琪和晓曼七点重回学校，晓曼的钱包忘在教室抽屉，敏琪陪她一起来，发现教室门已锁，“我们来的时候没有见到小言，当时我踩到地上散落的猫粮，以为是猫打翻的。离开之后，敏琪请我在校外的奶茶店喝奶茶，我们大概逗留到七点半回家。”

徐娟是倒数第二位离开教室的人，她证实走的时候，班里只剩下乔彤一人。“离开的时候小言还在。”

再问其他几位晚走同学的口供，都没可疑之处。因此大致可以推断出小言的死亡时间是在六点半到七点之间。敏琪和晓曼回来的时候，小言很可能已经躺在垃圾桶里。

做好口供，大象疏散同学，说“明天会给出一个答复”。上次他跟几位同学去向环保局举报化工厂排污不达标，也向同学做了这样的承诺，列了详实的数据和出示了污染照片，最终查封工厂。作为班长，同学都很信赖他，为了使同学放心，他说出自己的不在场证明，昨天放学回家后，他跟妈妈去菜市场，必要的话，可以找店主证实。

凶手戴手套作案，是为了不留下指纹，但往垃圾桶扔掉手套时，要用手将扇叶拨开，可能会留下指纹，基于这样的设想，大象决定试试取指纹法——哪怕他知道桶盖上可能留有大量其他人的指纹。

化学生取指纹，会采取硝酸银显现法，大象将可回收垃圾箱盖放置阳光下，轻轻在上面涂抹硝酸银，硝酸银能跟汗迹中的氯化钠反应，生成氯化银和硝酸钠。氯化银在强光照射下会分解银的小颗粒和氯气，随着反应不断进行，黑色银粒不断增多，最终会显示出黑色的指纹。

大象将上面的指纹全部记录下来，作为备案。然而指纹太多太乱，调查至此，进展不前。

自己的嗅觉灵敏，能不能在味道上找突破？凶手犯罪时，通过与猫的碰撞和磨蹭，加之猫死前的抓挠，身上的味道一定会或多或少遗留下来。是在那个时候，大象开启了自己的嗅觉超能力。

猫受害前尿失禁，身上有一股特别大的尿骚味，大象俯身去嗅，像海底捞针，每个味源分别贴合脑中词汇，花了半个小时才从中辨别出有玫瑰、丁香和麝香味，这个味道让大象害怕，太熟悉了，是徐娟身上的香味。

如果给全班做个爱心投票，徐娟一定排第一。小言平时的吃住，基本都是徐娟照料。一开始大象抱侥幸心，认为在平时的接触中，猫身自然沾附徐娟的香味。但这个结论说服不了自己，猫遇到危险时，悬空疯狂扑腾，前爪五个爪钩会张开，抓蹭到凶手的衣物，香味分布不均，前爪掌的味道明显多于其他地方，加上爪内有细碎毛线，这个味道只能是凶手作案留下的。

如果凶手真的是徐娟，那她之前表现出来的美好品性，就全都是假的，这个真相成立的话，杀伤力太大，“不能是徐娟，一定要找出更多的证据。”大象想。

重新梳理，各种可能性都罗列出来。最后一位同学六点半离开，猫还在，七点回来的同学，没见到猫，但踩到散落在地的猫粮。凶手六点半之后开始作案，出现两种可能，同学重回教室的时候已经离开，但如果还没有离开，会躲在哪?

实验楼三层，整幢楼只有一排楼梯，大象化身凶手走下楼梯，假设这时有人正走上来，本能会退回去，往上走，也就是阳台处。

阳台处出口锁住，因为无人踩踏，台阶布满灰尘，那里印了几个脚印，往上走，再往下走，脚印辨别是同一个人，看鞋形和鞋码，像是女平底鞋，在第一级台阶那里，还有一个坐印，这么脏的地，为什么要在这里坐?

大象嗅那个坐印味，仍旧是徐娟的味道。奇怪的是，看坐印的形状，不像徐娟，徐娟的屁股没有这么大——大象为这个论断分了一小会儿神，赶紧转念，难道有人跟徐娟用一款香水？

大象在阳台楼梯扶手提取到同一个人的指纹，凶手躲在阳台楼梯的时候，猫和手套已经扔进垃圾桶，在等人上楼的时候，手不自觉握住扶手，留下指纹。大象对比了指纹样本，终于解通了味道之谜。

隔天上课，同学到齐之后，大象才来，他将凶手指纹投影到黑板上，开口："各位同学，这是我昨天在阳台楼梯扶手提取的指纹，凶手将小言杀死之后，因为敏琪和晓曼上楼，躲在阳台楼道处留下的。"

有的同学盯着大象看，有的面面相觑，不安感萦绕在室内，直到有声音打破："我们轮流上台对比指纹，就能知道凶手是谁了。"

"我已经知道嫌疑人是谁了，我只需要她上台来核对下就行。"大象吞咽了一下，有些艰难地说道。

"谁？"

"老师，这个指纹如果不出意外，是你留下的。"大象看了站在一旁的老师，大家的视线同时往老师身上看。

老师一脸震惊，"吴行，让你来调查，是因为你做事可靠细致严谨，但说这样诬陷的话，是要负责任的。"

"请老师上来摁下指纹，做个对比。"大象说。

"这个指纹是我的，我就是凶手吗？"老师脸涨得通红，"你指纹在哪拿到的？阳台楼梯扶手，我不能去那里透透气吗？你这个指控太得罪人了。"

“一个将讲台收拾得干干净净的人，对实验室的卫生情况异常严苛的人，对垃圾的分类异常在意的人，每次实验后要洗三分钟手的人，去球场看学生打球要在座位上覆纸巾的人，这样一位注重自己仪容的洁癖人士，就算走到楼梯处放松，会随意就坐在落满灰尘的台阶上吗？”大象在投影上切换楼梯坐印的照片，“楼道的墙上，挂着一面大镜子，站着反射，会被楼下人发现行踪，你走上阳台，发现这个事实，不得不坐下。”

“吴行，我告诉你，你不能用行为习惯来作为判断的依据，就算我的行为反常，这跟杀死小言也关联不到一块啊。我昨天确实在阳台楼道坐了一会儿，那是因为，学校那边给我的指标太重了，我压力真的很大。难道这些我都需要跟你们汇报？”老师转而面向学生们。

“老师，可以说一下昨天放学后你做了什么吗？”大象问。

“好，我昨天没开车过来，前灯被撞坏了，我回去之后把车开出来，去店里做了维修，大概七点多左右，之后顺便买了菜回家。我办公室的包里应该还放有汽车店的收据和超市的购物小票。这些都可以证实。”老师作势要往办公室走。

“徐娟，老师昨晚真的是开车买了菜回去的吗？”大象往徐娟方向发问。

众人讶然，纷纷看向徐娟。老师站住。

看徐娟惊讶不说话，老师开了口：“对不起，有一件事我向大家隐瞒了，徐娟是我的外甥女，为了避嫌，我一直没有将这个关系公开。她父母在新加坡，想让徐娟在国内念大学，这段时间住在我家。徐娟，你可以向大家证实一下。”

徐娟并没有用香水，她身上的味道，其实只是跟老师生活一室，通过衣物的接触沾染上的。只不过大象平时的注意力在徐娟身上，对猫身上沾染的味道犯了先入为主的错误。

徐娟显然没料到这个突发情况，喏喏道，“姨妈、老师昨天确实买了菜回家的。”

不在场证明似乎确凿，就在同学以为大象推测错误，怎么收场的时候。大象在投影上切换另外一张图片：青苔地上的车辙。

校门口有监控和门卫，哪怕有盲区，二次进入仍旧冒险。后门没有打开的痕迹，要做到彻底不为人知，有一个隐秘的入口。

“学校东面的足球场后面有一条死胡同，那里背阴，下雨就积水，地上有青苔，足球场的座位阶梯，走到顶，可以往胡同里跳，那里的高度约莫有三米，之前有学生从那里逃课，摔到了腿，学校在阶梯顶绑了铁丝网，但还是被人剪开了一个口子。足球场的监控暑假是关闭的，如果要偷偷进学校，可以通过这个地方，但攀进来需要有东西垫脚。我昨天去那里查看，发现了地上的轮胎印。用车垫脚，可以轻易攀上足球场的座位阶梯，事后往下跳，又可以起到缓冲的作用，不至于跌倒受伤。如果我没有猜错，现在老师的车顶上，应该有重力下压的痕迹，轮胎纹路内，应该残留有青苔。如果老师还想辩解，麻烦上来对比下指纹，这是我在墙壁附近提取到的指纹，跟楼梯扶手的指纹是一致的。”

在大象发言的时候，老师脸色变白，最后仓皇退至墙壁，倚靠着，头看地面，身躯微颤，大概沉默了两分钟，头抬起，看向同学，流了一脸泪。

“请大家原谅我。我这么做，是有苦衷的，是迫不得已。去年的尖子班是我带的，班里四十二位同学，最终有两位没考上重点，将之前百分百的录取率打破了，是我的责任，我不知怎么办，就怪罪在猫身上，认为它会让大家分神。做了这样的错事，我非常抱歉和自责。我会跟校长自动请辞的。非常对不起。”在说话的途中，她渐渐瘫坐在地上。

“老师，到了这步，你为什么还在狡辩？”大象说，“将高考压力怪罪到猫头上，可以偷偷将猫带到远处放掉，或者安置到宠物店，充满恶的人，会将猫掳走再杀害。但你却偏偏选择最难走的一条路，这个杀猫案有一个显而易见的疑点容易被忽略掉，你为什么要将犯罪现场选择在学校里，并将小言的尸体扔在垃圾桶？你明明知道我们每天都会倾倒垃圾，一定会很快发现这个事实。你做了这么多周密计划，费尽心思摆脱嫌疑，却在最后一步犯了低级错误？这完全不符合逻辑。唯一的解释就是，你想让我们目击小言之死，但却对凶手是谁无能为力。由此可见，你的真正目的是要将这个惨剧暴露出来，让大家惊惧，受到冲击，形成挥之不去的青春阴影，而你躲在暗处发笑。你就是一个不折不扣的虐猫者，你心理有严重的问题。我已经将今天的现场录制下来，我们会联名投诉你，让教育部将你拉入黑名单，让警察彻查你之前是否有过虐猫史，你永远当不了老师，还会因此判刑。”

老师坐着狂笑，之后站起来要扑向大象，喊“我要掐死你”，被几位同学压制住，场面混乱。哭声、老师笑声和喊声交错，室内充斥着化学试剂味，大象盯着投影光束里浮动的灰尘，再看泛红的遮光帘，想必外面是烈日炎炎。

徐娟趴在课桌上，身体簌簌发抖。大象想走过去安慰她，却迈不动腿。

这件事社会影响巨大，老师被学校开除，警察通过调查发现，她在网络上与十二位虐猫者组成一个私密小组，通过非法买卖猫，分享作案心得和图片，发泄内心罪恶。是她向校长提议，要为化学班单独开暑假实验课，其实想让学生们充当观众，以便她实现虐待快感的升级——让大家因为猫死而恐慌，再辐射全校。她没想到，她的学生吴行，由此被激活了嗅觉超能力，并用上调查杀人凶手的力气和心思，把她从黑暗中揪出来。她在拘留期间精神崩溃，被家人送往精神科治疗，之后一直住在精神病院。其余十二位虐猫者及四名非法贩猫人皆被逮捕，因法律空缺，最后都释放。

徐娟之后没再出现，高三开学也没有来上课。

那是大象第一次爱上一位女孩，也是大象第一次知道自己的嗅觉超人。女孩最后不知所踪，倒是自己的嗅觉超能力，慢慢将他导向截然不同的人生。

他后来养了一只黑猫，叫“小言”。

图书在版编目（CIP）数据

大象无形 / 泽帆著. 一南京：江苏凤凰文艺出版社，2018.5
ISBN 978-7-5594-0875-4

Ⅰ. ①大… Ⅱ. ①泽… Ⅲ. ①长篇小说－中国－当代
Ⅳ. ①I247.5

中国版本图书馆CIP数据核字（2018）第000310号

书　　名	大象无形
作　　者	泽　帆
责任编辑	丁小卉　姚　丽
特约编辑	郭　洁
出版发行	江苏凤凰文艺出版社
出版社地址	南京市中央路165号，邮编：210009
出版社网址	www.jswenyi.com
印　　刷	三河市中晟雅豪印务有限公司
开　　本	880毫米×1230毫米　1/32
字　　数	280千字
印　　张	10.25
版　　次	2018年6月第1版　2018年6月第1次印刷
标准书号	ISBN 978-7-5594-0875-4
定　　价	39.80元